侦探·工匠·小说家

双雪涛 著

李 雪 编

江苏凤凰文艺出版社
JIANGSU PHOENIX LITERATURE AND ART PUBLISHING

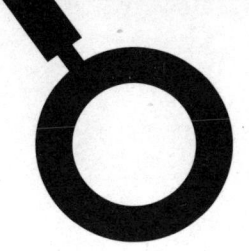

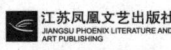

图书在版编目（CIP）数据

侦探·工匠·小说家 / 双雪涛著；李雪编. —南京：江苏凤凰文艺出版社，2021.8
ISBN 978-7-5594-5137-8

Ⅰ. ①侦… Ⅱ. ①双… ②李… Ⅲ. ①中国文学-当代文学-作品综合集 Ⅳ. ①I217.2

中国版本图书馆CIP数据核字(2020)第163649号

侦探·工匠·小说家

双雪涛 著　李雪 编

出 版 人	张在健
责 任 编 辑	李珊珊　李 黎
责 任 印 制	刘 巍
出 版 发 行	江苏凤凰文艺出版社
	南京市中央路165号，邮编：210009
出版社网址	http://www.jswenyi.com
印　　　刷	苏州市越洋印刷有限公司
开　　　本	880毫米×1230毫米　1/32
印　　　张	8
字　　　数	166千字
版　　　次	2021年8月第1版
印　　　次	2021年8月第1次印刷
标 准 书 号	ISBN 978-7-5594-5137-8
定　　　价	55.00元

江苏凤凰文艺版图书凡印刷、装订错误，可向出版社调换，联系电话 025-83280257

新时代，新文学，新坐标

杨庆祥

编一套青年世代作家的书系，是这几年我的一个愿望。这里的青年世代，一方面是受到了阿甘本著名的"同时代性"概念的影响，但在另外一方面，却又是非常现实而具体的所指。总体来说，这套"新坐标"书系里的"青年世代"指的是那些在我们的时代创造出了独有的美学景观和艺术形式，并呈现出当下时代精神症候的作家。新坐标者，新时代、新文学、新经典之涵义也。

这些作家以出生于 1970 年代、1980 年代为主。在最初的遴选中，几位出生于 1960 年代中后期的作家也曾被列入，后来为了保持整套书系的"一致性"，只好忍痛割爱。至于出生于 1990 年代的作家，虽然有个别的出色者，但我个人认为整体上的风貌还需要等待一段时间，那就只有等后来的有心人再续学缘。

这些入选的作家都是我们这个时代的新青年。鲁迅在 1935 年曾编定《新文学大系·小说二集》，并写有长篇导言，其目的是为了彰显"白话小说"的实力，以抵抗流行的通俗文学和守旧的文言文学。我主编这套"新坐标书系"当然不敢媲美前贤，但却又有相似的发愿。出生于 1970 年代以后的这些作家，年龄长者，已近 50 岁，而创作时间较长者，亦有近 30 年。他们不仅创作了大量风格各异，艺术水平极高的作品，同时，他们的写作行为和写作姿态，也曾成为种种文化现象,在精神美学和社会实践的层面均提供着足够重要的范本。遗憾的是,因为某种阅读和研究的惯性,以及话语模式的滞后,对这些作家的相关研究一直处于一种"初级阶段"。具体来说表现在以下几个方面。第一,单个作家作品的研究比较多,整体性的研究相对少见;第二,具体作品的印象式批评较多,深入的学理研究较少;第三,套用相关的理论模式比较多,具有原创性的理论模式较少;第四,作家作品与社会历史的机械性比对较多,历史的、审美的有机性研究较少;第五,为了展开上述有效深入研究的相关史料的搜集、整理和归纳阙失。这最后一点,是最基础的工作,而"新坐标书系"的编纂,正是从这最基础的部分做起,唯有如此一点一点的建设,才能逐渐呈现这"同代人"的面貌。

埃斯卡皮在《文学社会学》里特别强调研究和教学对于文学"经典化"的重要推动。在他看来,如果一部作品在出版 20 年后依然被阅读、研究和传播,这部作品就可以称得上是经典化了——这当然是现代语境中"短时段经典"的标准。但是毫无疑问,大学的教学、相关的硕博论文选题、学科化的知识处理,即使是在全(自)媒体时代依然发挥着不可替代的历史化功能。编纂这部书系的一个初衷,就是希望能够为大学和相关研究机构的从业者提供一个相对全面的选本,使得他们研究的注意力稍微下移,关注更年轻世代的写作并对之进行综合性的处理。当然,更迫切的需要,还是原创性理论的创造。"五四一代"借助启蒙和国民性理论,"十七年"文学借助"社会主义新人"理论,"新时期文学"借助"现代化"理论,比较自洽地完成了自我的经典化和历史化。那么,这一代人的写作需要放在何种理论框架里来解释和丰富呢?这是这套书系的一个提问,它召唤着回答——也许这是一个"世纪的问答"。

书系单人单卷,我担任总主编,各卷另设编者。需要特别说明的是,所有的编者都是出生于 1980 年代以后的青年评论家、文学博士。这是我有意为之,从文化的认领来说,我是一个"五四之子",

我更热爱和信任青年——即使终有一天他们会将我排斥在外。

书系的体例稍作说明。每卷由四部分组成：第一，代表作品选。所选作品由编者和作者商定，大概来说是展示该作者的写作史，故亦不回避少作。长篇作品一般节选或者存目。第二，评论选。优选同代评论家的评论，也不回避其他代际评论家的优秀之作。但由于篇幅所限，这一部分只能是挂一漏万。第三，访谈。以每一卷的编者与作者的对话为主体，有其它特别好的访谈对话亦收入。第四，创作年表。以详实为要旨。

编纂这样一套大型书系殊非易事。整个编纂过程得到了各位编者、作者和江苏文艺出版社的大力支持，尤其是青年编辑李黎老师的大力支持！在此向付出辛苦劳动的各位同代人深表谢意。其中的错讹难免，也恳请读者和相关研究者批评指正。记得当初定下选题后，在人民大学人文楼的二楼会议室召开了第一次编务会，参会的诸君皆英姿勃发，意气风扬。时维夜深，尽欢而散。那一刻，似乎历史就在脚下。接下来繁杂的编务、琐屑的日常、无法捕捉的千头万绪……当虚无的深渊向我们凝视，诸位，"为什么由手写出的这些字竟比这只手更长久，健壮？"生命的造物最后战胜了生命，这真是人类巨大的悖论（irony）呀。

不管如何，工作一直在进行。1949年，作家路翎在日记中写道："新的时代要浴着鲜血才能诞生，时间，在艰难地前进着"。而沈从文则自述心迹："我不向南行，留下在这里，为孩子在新环境中成长"。70年弹指挥间，在这套"新坐标书系"即将付梓之际，我又想起前苏联作家帕斯捷尔纳克的一首诗《哈姆雷特》：

喧嚷嘈杂之声已然沉寂，
此时此刻踏上生之舞台。
倚门倾听远方袅袅余音，
从中捕捉这一代的安排。

敢问，什么是我们这一代的安排？

是为序。

2019/2/16 于北京
2020/3/27 改定

目录

Part 1　作品选　　　　　　　　　　　　　　　　　001

《大师》（短篇）　　　　　　　　　　　　　　　　　003

《跷跷板》（短篇）　　　　　　　　　　　　　　　　022

《间距》（短篇）　　　　　　　　　　　　　　　　　039

《武术家》（短篇）　　　　　　　　　　　　　　　　061

《平原上的摩西》（中篇）　　　　　　　　　　　　　076

Part 2　评论　　　　　　　　　　　　　　　　　　137

李德南　《最初的爱情　最后的仪式——读双雪涛的〈安娜〉》　　139

田耳　《瞬间成型的小说工艺——双雪涛的小说》　　144

李振　《一个保守主义者的冒险——双雪涛论》　　　154

李雪　《城市的乡愁——谈双雪涛的沈阳故事兼及一种城市文学》　　164

方岩 《诱饵与怪兽——双雪涛小说中的历史表情》　　　　　　176

黄平 《"新的美学原则在崛起"——以双雪涛〈平原上的摩西〉为例》　189

Part 3　创作谈　　　　　　　　　　　　　　　　　　　　　211

《我的师承》　　　　　　　　　　　　　　　　　　　　　　213
《海明威的擂台》　　　　　　　　　　　　　　　　　　　　218

Part 4　访谈　　　　　　　　　　　　　　　　　　　　　　221

《侦探·工匠·小说家——双雪涛访谈录》　　　　　　　　　223

Part 5　双雪涛创作年表　　　　　　　　　　　　　　　　　242

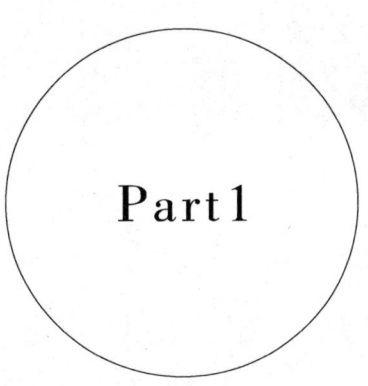

Part 1

作品选

大　师

那时我还小，十五岁，可是个子不小，瘦高，学校发下来的校服大都长短正好，只是实在太宽阔，穿在身上即使扣上所有扣子，拉上能拉的拉链，还是四处漏风，风起时走在路上，像只气球。所有见过我的人，都说我长得像父亲，嘿，这小子和他爹一模一样，你瞧瞧，连痦子都一模一样。尤其遇见老街坊，更要指着我说：你看这小子，和他爹小时候一样，也背着个小板凳。确是如此，我和父亲都有一颗痦子长在眉毛尾处，上面还有一根黑毛。父亲也黑瘦，除去皱纹，几乎和我一样，我们二人于是都得了"黑毛"的绰号，不同的是，他的绰号是在青年点时叫起，而我的，是从城市的街边流传。

正因为身材一样，所以父亲能穿我的衣服。

母亲在我十岁的时候走了，哪里去了不知道，只是突然走了，此事在父亲心里究竟分量几何，他并不多说，我没哭，也没问过。一次父亲醉了酒，把我叫到近前，给我倒上一杯，说：喝点？我说：喝点。父亲又从兜里摸出半根烟递过，我摆摆手没接，喝了一口酒，夹进一口豆腐，慢慢嚼。豆腐哪禁得住嚼，两口就碎在嘴里，只好咽下，举着筷子喝酒。菜实在太少，不好意思再夹了。就这么安静地喝到半夜，父亲突然说：你妈走的时候连家都没收拾。我说：哦？他说：早上吃过的饭碗还摆在桌子上，菜都凝了，你说这是怎么回事儿？我说：我不知道。他点点头，把筷子搁在桌子上，看着我说：无论什么时候，用过的东西不能扔在那，尿完尿要把裤门拉上，下完棋的棋盘要给人家收拾好，人这东西，不用什么文化，就这么点道理，能记住吗？我说：记住了。那时头已经发晕，父亲眉间的那根黑毛已经看不真切，恐怕一打嗝豆腐和酒就要倾在桌上，所以话尽量简短，说完赶快把嘴闭上。父亲说：儿子，睡吧，桌子我收拾。于是我扶着桌子进屋躺下，父亲久久没来，我只听见他的打火机啪啪地响着，好像扭动指节的声音。然后我睡着了。

父亲原是拖拉机工厂的工人，负责看仓库，所以虽是工人的编制，其实并没有在生产线上做工，而是每天在仓库待着，和各种拖拉机的零件待在一起。所谓仓库管理员，工资也比别人低，又没个伴，没人愿意去，就让父亲去，知道他在工作上是没有怨言的人。说白了，仓库管理员是锁的一种，和真正的锁不同的是，父亲能够活动，手里还有账本，进进出出的零件都记在本儿上，下班的时候用大锁把仓库锁住，蹬着自行车回家。工厂在城市的南面，一条河的旁边，据说有一年水涨了起来，一直涨到工厂的门前，工人们呼喊着背着麻袋冲出厂房，水已经退了，留下几处淤泥，据说还有人抓了一条搁浅的鱼回去，晚上炖了，几个人打过扑克，喝了鱼汤。父亲的仓库在城市的北面，事实就是如此，工厂在城市南面，仓库却在北面，来往的路上跑着解放汽车，一趟接着一趟。仓库紧挨着监狱，因为都在路边，都有大铁门，也都上着锁，所以十几年来，经常有探亲的人敲响父亲的门：这是监狱吗？父亲说：这是仓库，监狱在旁边。问的人多了，父亲就写了一块牌子立在仓库门口，写着：仓库。不过还是有人敲门：师傅，这是监狱的仓库吗？于是父亲又写了另一块牌子，立在仓库的牌子旁边，写着：监狱在旁边，北走五百米处。

之后还有人走错，父亲就指指牌子。

监狱的犯人们，刑期将满的，会出来做工。有一天清早呼呼噜噜出来一队，修的就是监狱门前这条路，三五十人，光着脑袋，穿着号儿坎，挥动着镐头把路刨开，重新填进沥青，然后圆滚滚的轧道机轧过，再挥着大扫帚清扫。忙了整整一天，正是酷暑，犯人们脖子上的汗，流到脸上，流到下巴上，然后一滴接一滴掉在土里，手里的镐头上上下下地抡着，地上晃动着上上下下的影子。黄昏的时候，活干完了，犯人坐在父亲的仓库前面休息，狱警提了两个大铁桶，装满了水，给犯人喝，前面一个喝过，脏手擦擦嘴角，把水瓢递给后面的人，自己找地方坐下。喝过水之后，狱警们抽起烟，犯人们坐成一排相互轻声说着话，看着落日在眼前缓缓下沉，父亲后来对我说，有几个犯人真是目不转睛地在看。这时一个犯人，从怀里掏出棋子和塑料棋盘，对狱警说：政府，能下会儿棋不？狱警想了想说：下吧，下着玩行。谁要翻脸动手，我让他吃不了兜着走。那犯人说：不能，就是下着玩，我们都不会下。说着把棋盘摊在地上，棋子摆上，带棋子的犯人执红，坐在他旁边的一个犯人把手在身上擦了擦，执黑。"你先。""你先。"最终红先黑后，俩人下了起来。

　　下到中盘，犯人们已都围在旁边，只是没有人高声讲话，静悄悄地看着，时不时有人说一句：这活驴还会下个棋咧？众人笑笑，继续看。红方棋路走得熟稔，卖了一个破绽，把黑车诱进己方竹林，横挪了个河沿炮，打闷宫，叫车。黑方没有办法，只好飞象保命，车便给红方吃了去，局势随即急转直下，两车对一车，七八步之后，黑方就投子认输。输的那人站起来，说：你这小子，不走正路子，就会使诈。红方说：那还用说？我是个诈骗犯啊。众人哄笑间，另一个坐下，接过黑子摆上，这时两三个狱警也围过来，和犯人挤在一团看棋，犯人渐渐把最好的位置腾了出来。下到关键处，一个狱警高叫了一声：臭啊，马怎么能往死处跳？说着，伸手把黑方走出去的马拿回，指住一个地方说：来，往这里跳，准备高吊马。黑方于是按图索骥，把马重新跳过，红方后防马上吃紧，那黑马如同达摩克利斯之剑一样高悬，红方乱了阵脚，百般抵抗，还是给高吊的黑马将死了。众人鼓掌，有人说道：没想到政府棋好，政府上来下吧。众人都说是好主意，耍耍无妨，路已修完，天黑尚早，不着急回去。那狱警便捋了袖子，坐在红方处，说：下棋是下，不要说出去，还有，不用让我，让我让我瞧出来，就给你说道说道。这么一说，没人敢上，你推我我推你，看似耍闹，其实心慌，哄狱警上来的犯人，早躲到最后面去。

　　这时，一个跛脚的犯人走上前来，站在狱警对面，说：政府，瘸子跟您学学。说是跛脚，不是极跛，只是两腿略略有点长短不一，走起路来,一脚正常迈出,稍微一晃,另一条腿突然跟上,好像在用脚丈量什么。狱警说:行,坐下吧。还有多长时间出去啊,瘸子。瘸子说:八十天。狱警说:快到头了,出去就不要再进来了。瘸子说:知道,政府。你先走吧。狱警在手边扯过红炮放在正中,说:和你走走驾马炮。瘸子也把炮扯过来,放在正中,说:驾马炮威猛。然后就闭上嘴,只盯着棋盘,竟也开的是驾马炮的局。狱警说:咦?后手驾马炮,少见。瘸子不搭茬,有条不紊地跟着走,过了二十几手,狱警的子全给压在后面,除了一个卒子,都没过河,瘸子的大队人马已经把红方的中宫团团围住,却不着急取子,只是把对方全都链住,动弹不得。父亲在旁边一直站着看,明白已经几乎成了死局,狱警早就输了,瘸子是在耍弄他。狱警没有办法,拈起一个兵拱了一手,瘸子也拈起一个卒拱了一手,并不抬头,眉头紧锁,好像局势异常紧张。围观的犯人全都安静得像猫,就算不懂棋的,只要不是色盲,也知道红方要输了,虽是象棋,却已形成了围棋的阵势。狱警不走了,频频看着瘸子眼色,瘸子也不催,只是低着头好像在思索自己的棋路。天要黑下来了,犯人们突然有人说:和了吧,和棋。马上有人应和:子力相当,正是和棋,不信数数?瘸子你说是不是?瘸子却不说话,只是等着狱警走。这时父亲在旁边说:兄弟,炮五平八,先糊弄一招。狱警抬头看了一眼,知是仓库管理员,没怎么说过话的邻居,反正要输,依父亲的话走了一手,瘸子马上拿起车伸过去,把炮吃了,放在手里。父亲说:马三进二,弃马。狱警抬头说:大哥,马也要弃?父亲说:要弃。狱警把马放在黑方象眼,瘸子飞起象把马吃掉,和炮放在一起。父亲说:沉炮将军。

狱警沉炮,瘸子把另一只象落回。父亲说:车八平五叫杀。瘸子又应了一手,局势又变,再走,又应,三五手过后,红方虽然少子,不过形成一将一衔之势,勉强算是和棋,不算犯规。狱警笑着说:以为要输了,是个和棋,瘸子,棋这东西变化真多。瘸子忽然站起,盯着父亲说:我们俩下。父亲还没说话,狱警说:反了你了,操你妈的,是不是想让老子把你拷上!瘸子把头低下说:政府,别误会,一个玩。狱警说:你还知道是个玩?是不是想把那条腿给你打折?操你妈的。众犯人上来把狱警劝住,都说:瘸子嘛,要不怎么是瘸子呢?算了算了。父亲趁机躲回仓库,在里屋坐着,很晚了才开门出来回家,路上漆黑一片,已经一个人也没有了。

之后狱警骑车经过仓库,车轱辘底下是新铺的路。看见父亲,会招手说:高棋,忙呢?父亲说:没忙,没忙,卖会呆。狱警点点头,骑过去了。那年父亲三十五岁,妈妈刚刚走了,爷爷半年之后去世。

一个月之后,父亲下了岗,仓库还是有人看,不是他了,时过境迁,看仓库的活也成了美差,非争抢无法胜任。按照死去的爷爷的话说,是这么个道理,就算有一个下岗也是他,何况有这么多人下岗,陪着,不算亏。

父亲从十几岁开始喜欢下棋,到了让人无法容忍的程度。爷爷活着的时候跟我说:早知道唯一的儿子是这样,还不如生下来就是个傻子。据说,父亲下乡之前,经常在胡同口的路灯底下下通宵,一洒灯光,一群孩子,附近会下棋的孩子都赶来参加车轮战,逐渐形成一群人对父亲的局面。第二天早上回家,一天一夜没吃没喝,竟还打着饱嗝，脸上泛着光辉，不说话，只是愣愣地看着爷爷傻笑，爷爷说：兔崽子，笑个什么？下个臭象棋还有功了？父亲说：有意思。然后倒头睡了。下乡之后，眼不见心不烦，爷爷知道他在农村也要下，看不见就算了吧，只要别饿死累死就行。从父亲偶尔透露的只言片语判断，确如爷爷所料，他在农村下了四年棋，一封信也没写过。后来没人与他下，又弄不到棋谱，就自己摆盘，把过去下过的精彩的棋局摆出来，挨个琢磨。回城之后，分到工厂，那时虽然社会不太平，工厂还是工厂，工人老大哥，人人手里一只铁饭碗。刚进了工厂没多久，举行了象棋比赛，父亲得了第一名，赢了一套印着"大海航行靠舵手"的被罩。母亲当时是另一个车间的喷漆工，看父亲在台上领奖，笑得憨厚，话也不会说一句，顿觉这人可爱又聪明，连眉毛上那根黑毛都成了可爱又聪明的缩影，经人说合，大胆与父亲谈上了恋爱。爷爷看有媳妇送上门，当即决定拿出积蓄，给母亲买了一辆永久牌自行车，黑漆面，镀钢的把手，斜梁，座位下面有一层柔软结实的弹簧，骑上去马上比旁人高了一截。母亲非常受用，觉得一家子人都可爱，一到礼拜天，就到父亲家里来干家务，晒被，擦窗，扫地，做饭。吃过了饭，掏出托人在百货商店买的瓜子和茶叶，沏上茶，嗑着瓜子，陪爷爷聊天。

有一次父亲站起来说：你们聊着，我出去转转。爷爷说：不许去。坐下。母亲说：让他出去转转吧，我陪您老聊天。爷爷说：前一阵子街上乱，枪啊，炮啊搬出来，学生嘴里叼着刀瞎转悠，现在好些了，也有冷枪，前院的旭光，上礼拜就让流弹打死了。母亲点点头，对父亲说：那就坐会儿吧，一会儿骑自行车驮我回去。父亲说：爸，旭光让打死的时候，正在看我下棋。街上就那一颗流弹，运气不好，我就没事儿。爷爷脸色铁青，对父亲说：你想死，等娶完了媳妇，生完了孩子再死。母亲忙说：大爷，您别生气，时候不早了，让他送我回去吧，我来的时候街上挺平静，晌天白日的，不会有事儿。于是父亲驮着母亲走了，在车后座上，母亲掐了父亲一把，说：你啊，现在这么乱，上街干吗？净给老人添乱。父亲说：不是，是想下个棋。母亲说：你看这大街上一个人也没有，谁和你下棋？这么着，你教我，我回头陪你玩。父亲说：教你？棋这东西要悟，教是教不了的。母亲笑着说：傻子，你还当真了，别说你看不起人，有跟你学棋的工夫，还不如说说话呢。正说着，路边一棵大树底下，两个老头儿在下棋，父亲马上把脚踩在地上，停了车，说：我去瞧一眼。母亲伸手去拉，没拉住，说：那我怎么办？父亲头也不回，说：等我一会儿。父亲刚在树荫里蹲下，一颗子弹飞过来，从母亲的脚底下掠过，把自行车的车链子打折了。

虽说如此，一个月以后，父亲和母亲还是结婚了。

父亲下岗之后，又没了老婆，生活陷入了窘迫。因为还生活在老房子里，一些老街坊多多少少地帮着，才不至于陷入更加悲惨的境地。老师看我不笨，也就偶尔帮我垫钱买课本，让我把初中念下去。"黑毛啊，课本拿好，学校给的。"她经常这么说，但我知道是她自己买的。父亲的酒喝得更多，不吃饭也要喝酒，什么酒便宜喝什么。烟是在地上捡点烟蒂抽，下棋的时候对方有时候递上一颗，就拿着抽上。衣服破了，打上补丁，照样穿，邻居给的旧衣服，直接穿在身上，胖瘦不在乎。一到我放暑假寒假，就脱下校服给父亲穿，校服我穿得精心，没有补丁。父亲接过，反复看看，穿上，大小正好，只是脸和校服有点不符，像个怪人。走，父亲然后说，把板凳拿上吧。

母亲还在的时候，我就跟着父亲出去下棋，父亲走在前面，我在后面给背着板凳。母亲常说：儿子，你也不学好，让你妈还活不活？我说：妈，闲着没事儿，作业也写完了，去看大人玩，算个什么事儿啊。你好好待着。就背上板凳跟着父亲走。父亲从不邀我，也不撵我，愿意跟着走就走，不跟着也不等，自己拿起板凳放在自行车后座，骑上车走。看得久了，也明白个大概，从车马炮该如何行走懂起，渐渐也明白了何为"锁链擒拿"等，看见有人走了漏招也会说：叔，不妙，马要丢了。然后叔就丢了马。只是看了两年，父亲的棋路还没看懂，大树下，修车摊，西瓜摊，公园里，看父亲下棋，大多是赢，有时也输，总是先赢后输，一般都输在最后一盘。终于有一天，我好像明白了一些，回家的路上，下起了雪，我把板凳抱在怀里，肩膀靠着父亲的后背，冷风从父亲的前面呼呼吹来，让父亲的胸口一挡，就不觉得多冷了。我说：爸，最后一盘你那个"仕"支得有毛病。父亲不说话，只是眼看前方，在风雪里穿梭，脚上用力蹬着车。我继续说：好像方向出了问题，应该支右仕不是左仕。到了家，锁上车进屋，母亲还没下班，平房里好像比外面还冷。父亲脱下外衣，从抽屉里拿出象棋，摆在炕上，说：咱俩来三盘，不能缓棋，不能长考，否则不下。我有些兴奋，马上爬上炕去，把红子摆上。父亲给了我的手一下，说：先摆的摆黑，谁不知道红的先走？我于是把棋盘旋转，又把黑的摆好，开下。输了个痛快，每一盘棋都没有超过十五分钟,我心中所想好像全被父亲洞悉,而父亲看起来的闲手全都藏着后续的手段,每个棋子底下好像都藏着一个刺客,稍不留神就给割断了喉咙。下完了三盘,我大为沮丧,知道下棋和看棋是两码事,看得明白,走着糊涂,三十二个子,横竖十八条线,两个九宫格,总是没法考虑周全。下完之后,父亲去生炉子,不一会炕就热了起来,父亲回来在炕上盘腿坐下说:现在来看,附近的马路棋都赢不了你,但是你还是个臭棋,奇臭无比。今天教你仕的用法,下棋的人都喜欢玩车马炮,不知道功夫在仕象。一左一右,拿起来放下,看似简单,棋的纹路却跟着变化,好像一个人出门,向左走还是向右走,区别就大了,向左可能直接走进了河里,向右可能就撞见了朋友,请你去喝酒,说白了,是仕的大不同。现在来说常见的十几种开局,仕的方向。说着,随手摆上,开始讲仕,讲了一个钟头仕,母亲还没回来,父亲开始讲象。从象开始,讲的东西散了,讲到朝鲜象棋象可以过河,这涉及中国的历史和高丽的历史,也就是朝廷宰相功能的不同;又讲到日本象棋,又叫本将棋,和国际象棋有些相像,一个兵卒奋勇向前,有可能成为独霸一方的王侯,这就和日本幕府时期的历史有了联系。如此讲下去,天已经黑了,我有点恍惚,从平时母亲的态度看,父亲的这些东西她是不知道的。我说:爸,这些你怎么知道的?父亲说:一点点知道的。我又问:那你怎么今天把仕的方向搞错了?父亲想了想,说:有时候赢是很简单的事,外面人多又杂,知人知面不知心,想下一辈子,一辈子有人和你下,有时候就不那么简单。说到这里,门锁轻动,父亲说:坏了,没有做饭。母亲进来,眉毛上都是雪,看见我们俩坐在炕上,雪也没掸,戴着手套愣了半天。

现在我回想起来,那个夜晚特别长。

从那以后出去,背上了两个板凳。我十一岁的时候,有人从新民来找父亲下棋。那人坐了两个小时的长途汽车,到父亲常去的大树底下找他。"黑毛大哥,在新民听过你棋好,来找你学学。"那人戴着个眼镜,看上去不到三十岁,还像个学生。穿着白色的衬衫,汗把衬衫的领子浸黄了,用一块手帕不停地擦着汗。眼镜不是第一个,在我的记忆里,从各个地方来找父亲下棋的人很多,高矮胖瘦,头发白的黑的,西装革履,背着蟑螂药上面写着"蟑螂不死,我死"的。什么样子的都有。有的找到棋摊,有的径直找到家里。找到家里的,父亲推开一条门缝,说:辛苦辛苦,咱外面说。然后换身衣服出来。一般都是下三盘棋,全都是两胜一负,最后一盘输了。有的人下完之后站起来说:知道了,还差三十年。然后握了握父亲的手走了。有的说:如果那一盘那一步走对了,输的是你,我们再来。父亲摆摆手说:说好了三盘,辛苦辛苦,不能再下了。不行,对方说,我们来挂点东西。挂,就是赌。所谓棋手,无论是入流的还是不入流的,其中都有人愿意挂,小到烟酒和身上带的现金,大到房子、金子和存折里的存款,一句话就订了约的有,找个证人签字画押立字为凭的也有。父亲说:朋友,远道而来别的话不多说了,我从来不在棋上挂东西,你这么说,以后我们也不能再下了,刚才那三盘棋算你赢,你就去说,赢了黑毛。说完父亲站起来就走。还有的人,下完棋,不走,要拜父亲当师傅,有的第二天还拎着鱼来,父亲不收,说自己的棋,下可以,教不了人,瞧得起我就以后当个朋友,师徒的事就说远了。

那天眼镜等到父亲,拿手帕擦着汗,说要下棋,旁边的人渐渐围过,里面说:又是找黑毛下棋的?都说:是,新民来的,找黑毛下棋。父亲坐在板凳上,树上的叶子哗啦哗啦地响,他指着自己的脑袋说:老了,酒又伤脑子,不下了。那年父亲四十岁,身上穿着我的校服,胡须长了满脸,比以前更瘦,同时期下岗的人,有的人已经做生意发达了,他却变成一个每天喝两顿散白酒,在地上捡烟蒂抽的人,话也比过去少多了,只是终日在棋摊泡着,确实如他所说,半年来只是坐在板凳上看,不怎么出声,更不下场下棋。眼镜松开一个纽扣说:不下了?听说半年前还下。父亲说:是,最近不下的。眼镜说:我扔下学生,坐了两个小时汽车,又走了不少路,打听了不少人,可是你不下了。父亲说:是,脑袋坏了,下也没什么用。眼镜继续用手帕擦着汗,看着围着的人,笑了笑,说:如果新民有人能和我下,我不会来的。父亲想了想,指着我说:朋友,如果你觉得白来了的话,你可以和他下。眼镜看了看我,看了看我眉毛上的瘊子,说:你儿子?父亲说:是。眼镜在眼镜后面眨了眨眼,说:你什么意思?父亲说:他的棋是我教的,你可以看看路子,没别的意思,现在回去也行,我不下了,说着又指了指自己的脑袋说,脑子坏了,谁都能赢我。眼镜又看了看我,用手摸了摸我的脑袋说:你几岁了?我说:十一。他说:你的棋是你爸教的?我说:教过一次,教过"仕"的用法。大伙儿笑了。眼镜也笑了,说:行咧,我让你一匹马吧。我说:别了,平下吧,才算有输赢。大伙儿又笑了,他们是真觉得有意思啊。眼镜蹲下,我把板凳拉过去,把黑子摆上，说了半天，确实年纪小，就执黑先走。到了残局，我一车领双兵，他马炮单兵缺仕相，被我三车闹仕赢了。眼镜站起来，从兜里掏出一支钢笔放在我手上，说：收着吧，自己买点钢笔水，可以记点东西。父亲说：钢笔你拿回去，他有笔。我们下棋是下棋。眼镜看了看父亲，把钢笔重新放进兜里，走了。

回家的路上，我在后座上想着那支钢笔，问：爸，你真不下了？父亲说：不下了，说过的话当然是真的。接着又说，你这棋啊，走得太软，应该速胜，不过这样也没什么不好。在学校不要下棋，能分得开吗？我说：能，是个玩嘛。父亲没说话，继续骑车了。

现在说到那时的事了。

那时我十五岁，鸡巴周围的毛厚了，在学校也有了喜欢的女生，一个男孩子样的女生，头发短短的，屁股有点翘，笑起来嘴里好像咬着一线阳光。偶尔打架，揍别人也被别人揍，但是无论如何最后一次一定是我揍别人，在我心里，可能这是个原则问题。父亲已经有三年没参加家长会了，上高中一年级的时候，家长会是初中老师代表我爸去的。她比初中时候老了一点，可又似乎没什么变化，好像她永远都会是那个人，我知道那恩情可能同样永远地还不了了，虽然我也知道，她从没等着那个东西。父亲有两次在冬天的马路边睡着了，我找遍了半个城市，才把他找到，手脚都已经无法弯曲，胡子上都是冰碴。自那以后，我在父亲的脖子上挂了一个牌子，上面写着我家的地址，因为没法不让他出门到棋摊坐着，只好寄希望于一旦走丢，好心人能把他送回来。他还穿着我的校服，洗得发白，深蓝色的条纹已经变成了天蓝色，他还是固执地穿着，好像第一次穿上那样，对着镜子笨拙地整理着领子。

  包括我初中老师在内，没有人知道我下棋。十五岁的我，已经没人把我当孩子了，那时城市里的棋手提到"黑毛"，指的是我。傻掉的父亲很少有人再提了。

  一个星期六的中午，同学们都去了老师家补课，上午数学，下午英语，我背着板凳准备出门。问父亲去不去，父亲说，不去了。他说出的话已经含糊不清，很难听懂，之所以不去，是因为他还没起来，在被子里醉着。那是北方的七月，夜里下了一场暴雨，早上晴了，烈日晒干了雨水，空气还有点湿，路上都是看上去清爽的人，穿着短袖的衣服顶着太阳走着。楼下的小卖部前面围了一群人，小卖部的老板是个棋迷，门口老摆着一副硕大的胶皮子象棋，随便下，他在旁边擦着自己的自行车，有空就看上一眼，支上几招。这人后来死了，从一座高桥上跳进了城市最深的河里，据说是查出了肺癌，也有人说是有别的原因，那是多年以后的事情了。老板与我很熟，没人的时候，我偶尔陪他玩上一会儿，让他一马一炮，他总是玩得很高兴，没事就给我装一袋白酒让我带给父亲。那天我本来想去城市另一侧的棋摊，那里棋好，要动些脑筋。看见楼下的棋摊前面围了这么多的人，我就停下伸头去看。一边坐着老板，抽着烟皱着眉头，棋盘旁边摆着一条"白沙烟"和一瓶"老龙口"的瓶装白酒，我知道是挂上东西了。另一边坐着一个没有腿的和尚，秃头，穿着黄色的粗布僧衣，斜挎着黑色的布袋，因为没有脚，没有穿僧鞋，两支拐杖和一个铜钵放在地上，钵里面盛着一碗水。说是没有腿，不是完全没有，而是从膝盖底下没了，僧裤在膝盖的地方系了一个疙瘩，好像怕腿掉出来一样。

老板把烟头扔在地上，吐了一口痰说：嗯，把东西拿去吧。和尚把手里的子递到棋盘上，东西放在布袋里，说：还下吗？老板说：不下了，店不能荒着，丢东西。说着他站起来，扭头看见了我，一把把我拉住，说：黑毛，你干什么去？我吓了一跳，胳膊被他捏得生疼。你来和这师傅下，东西我出，说着把我按在椅子上。我看了看棋盘上剩下的局势，心里很痒，说：叔，下棋行，不能挂东西。和尚看着我，端起钵喝了口水，眼睛都没眨一下，还在看着我。老板说：不挂你的东西，挂我的，不算坏你的规矩，算是帮叔一把。转身进屋又拿了条"白沙"，一瓶"老龙口"放在棋盘旁边。和尚把水放下，说：再下可以，和谁下我也不挑，东西得换。老板说：换什么？和尚说：烟要软包"大会堂"，酒换"西凤"。老板说：成。进屋换过，重新摆上。人已经围满，连看自行车库的大妈，也把车库锁上，站在人群中看。我说：叔，东西要是输了，我可赔不起你。老板说：说这个干啥？今天这店里的东西都是你的，只管下。和尚说：小朋友，动了子可就不能反悔了，咱俩也就没大没小，你想好。我胸口一热，说：行，和您学一盘吧。

从中午一直下到太阳落山，那落日在楼群中夹着，把一切都照得和平时不同。我连输了三盘棋，都是在残局的时候算错了一步，应该补的棋没补，想抢着把对方杀死，结果输在了毫厘之间。和尚赢去的烟酒布袋里已经装不下了，就放在应该是脚的地方。最后一盘棋下过，我突然哭了起来，哭声很大，在人群中传了开去，飘荡在街道上。我听见街道上所有的声响，越哭越厉害，感觉到世界上我一个人也不认识，世界也不认识我，把我随手丢在这里了，被一群妖怪围住。

和尚看我哭着，看了有一会儿，说：你爸当过仓库管理员吧？我止住哭，说：当过。和尚说：眉毛上也有一根黑毛吧。我说：有。和尚说：把你爸叫来吧，十年前，他欠我一盘棋。我忽然想到，对啊，把我爸叫来，把我的父亲叫来，把那个曾经会下棋的人叫来。我马上站起来，拨开人群，忽然看见父亲站在人群后面，穿着我的校服，脖子上挂着我写的家庭住址，一动不动地看着我，眼睛像污浑的泥塘。我又哭了，说：爸！父亲走过来，走得很稳当，坐下，对和尚说：当年在监狱门前是我多嘴，我不对，今天你欺负孩子，你不对。我说错了没？瘸子。和尚说：不是专程来的，遇上了，况且我没逼他下。父亲说：一盘就够了，三盘是不是多了？和尚说：不多，不就是点东西。说着，把身子下面的东西推出来，布袋里的东西也掏出来，对老板说：老板，东西你拿回去，刚才的不算了。老板说：这么多街坊看着，赢行，骂我我就不能让你走。和尚说：我没有脚，早已经走不了，只能爬。说完，用拐杖把自己支起来，支得不高，裤腿上的疙瘩在地上蹭着，东西一件一件给老板搬回屋里。然后坐下对父亲说：刚才是逗孩子玩呢，现在咱们玩点别的吧。父亲用手指了指自己：我这十年，呵，不说了，好久没下棋了，脑袋转不过来。和尚笑说：我这十年，好到哪里去了呢？也有好处，倒是不瘸了。父亲在椅子上坐正了，说：好像棋也长了。和尚说：长了点吧。玩吗？我刚才说了，玩点别的。父亲说：玩什么？和尚说：挂点东西。父亲说：一辈子下棋，没挂过东西。和尚说：可能是东西不对。说完从僧衣的怀里掏出一个小布包，布包打开，里面是一个金色的十字架。十字架上刻着一个人，双臂抻开，被钉子钉住，头上戴着荆棘，腰上围着块布。东西虽小，可那人、那手、那布，都像在动一样。和尚说：这是我从河南得来的东西，今天挂上。人群突然变得极其安静，全都定睛看着和尚手里的东西，好像给那东西吸住，看了一眼，还想再看一眼。父亲冲和尚手里看了看说：赢的？和尚说：从庙里偷的。父亲说：庙里有这东西？和尚说：所以是古物，几百年前外面带进来的，我查了，是外国宫里面的东西。你赢了，你拿走，算是我为你偷的。父亲说：我输了呢？和尚抬头看了看我说：你儿子的棋是你教的吧？父亲说：是。和尚说：我一辈子下棋，赌棋，没有个家，你输了，让你儿子管我叫一声爸吧，以后见我也得叫。人群动了一下，不过还是没有什么声音。父亲也抬头，看着我，我把手放在他的肩膀上，那个肩膀我已经很久没有依靠过了，我说：爸，下吧。父亲说：如果你妈在这儿，你说你妈会怎么说？我说：妈会让你下。父亲笑了，回头看着和尚说：来吧，我再下一盘棋。

向老板借了硬币，两人掷过，父亲执黑，和尚执红，因为是红方先走，所以如果是和棋，算黑方赢。和尚走的还是架马炮，父亲走平衡马。太阳终于落下去了，路灯亮了起来，没有人离去，很多路过的人停下来，踮着脚站在外面看，自行车停了半个马路。两人都走得不慢，略微想一下，就拿起来走，好像在一起下了几十年的棋。看到中盘，我知道我远远算不上个会下棋的人，关于棋，关于好多东西我都懂得太少了。到了残局，我看不懂了，两个人都好像瘦了一圈，汗从衣服里渗出来，和尚的秃头上都是汗珠，父亲一手扶着脖子上的牌子，一手挪着子，手上的静脉如同青色的棋盘。终于到了棋局的最末，两人都剩下一只单兵在对方的半岸，兵只能走一格，不能回头，于是两只颜色不同的兵卒便你一步我一步地向对方的心脏走去。象仕都已经没有，只有孤零零的老帅坐在九宫格的正中，看着敌人向自己走来。这时我懂了，是个和棋。

父亲要赢了。

在父亲的黑卒走到红帅上方的时候，和尚笑了，不过没有认输，而是继续向前拱了一手兵，然后父亲突然把黑卒向右侧走了一步，和尚一愣，拿起帅把父亲的黑卒吃掉。父亲上将，和尚拱兵，父亲下将，和尚再拱，父亲此时已经欠行，无子可走，输了。

父亲站起来，晃了一下，对我说：我输了。我看着父亲，他的眼睛从来没有这么亮过。父亲说：叫一声吧。我看了看和尚，和尚看了看我，我说：爸。和尚说：好儿子。然后伸手拿起十字架，说：这个给你，是个见面礼。眼泪已经滚过了他大半个脸，把他的污脸冲出几条黑色的道子。我说：东西你收着，我不能要。和尚的手停在半空，扭头看着父亲，父亲说：我听他的，东西你留着，是个好东西，自己一个人的时候还能拿出来看看，上面多少还有个人啊。和尚把十字架揣进怀里，用拐杖把自己支起来说：我明白了，棋里棋外，你的东西都比我多。如果还有十年，我再来找你，咱们下棋，就下下棋。然后又看了看我，用手擦了一把眼泪，身子悬在半空，走了。

十年之后，我参加了工作，是个历史老师，上课之余偶尔下下棋，工作忙了，棋越下越少了，棋也越下越一般，成了一个平庸的棋手。父亲去世已有两年，我把他葬在城市的南面，离河不远，小时候那个雪夜他教我下棋的那副象棋，我放在他的骨灰盒边，和他埋在了一起。

那个无腿的和尚再没来过，不过我想总有一天，他会来的。

原载《西湖》2014 年第 8 期

跷跷板

刘一朵指着床尾的摇柄对我说,摇六下,是仰卧,能喝水。摇十二下,能坐直,他坐不直,往下出溜,你给他垫个枕头。我说,你铺垫了吗?她说,你自己跟他说一下。我说,还是应该铺垫一下。她说,他现在疼得一会明白,一会糊涂,你自己铺垫。

刘一朵比我高,大概高十五公分,主要是高在腿上,上半身我和她差不多,脖子我比她还长一点,主要是腿,腿长,胳膊也长。所以据我目测,我一下摇不了她那么瓷实,可能得七下,十三下。这是一间单人病房,窗帘和沙发是蓝的,上午的太阳一照,好像在透视。茶几上摆着几个橘子和一只细口花瓶,花瓶里没有花,暖气太热,一般花都死,刘一朵买了一盆仙人掌,放在花瓶旁边,像是一个自卑的胖子。夜里守夜的是刘一朵她妈,我叫阿姨,为了显得亲切,我不说你妈,一般都说我姨。此时我姨已经回去,睡在她家那张巨大的床上。床有四柱,上有木顶,极像轿子,床体极大,两米乘两米五,放于主卧。白天是刘一朵的班,她请了四个月假,遵医嘱,四个月差不多,顶多五个月,我叔也该走了。晚上有时我住在刘家,家的面积有点大,楼下一层,楼上一层,还有个天台。刘一朵说自己住,放个屁都有回音。我们几乎每晚做爱,就在她父母的那张大床上,乐此不疲。

这天是刘一朵的单位要年终考核,她非得回去做个陈述,要不上半年干的活就有点吃亏,如能评个先进,奖金也多了几千块,钱是小事儿,主要是一张脸。她在一家银行上班,事儿倒不多,每周还有瑜伽、攀岩、远足,活动不少。行里头有食堂、澡堂、乒乓球案子、台球桌、中央空调。只是沉闷,不太适合她的性格。相亲时听说她是银行职员,心里有点抵触,一是怕悬殊,二是怕无聊,见面之后发现大出我意料,说话像连珠炮,还能喝酒,喝完还酒驾。她把我送到楼下说,总结总结。我说,总结啥?她说,总结总结今天。我说,我是个工人,一辈子挣不了你这么一辆车。她说,你庸俗。我说,介绍人不靠谱,差距太大,我不是庸俗,我父母都是工人,我爸说过一句话,人穷志短,马瘦毛长,以前不知道啥意思,今天坐在车里,知道了。她说,我爸过去也是工人,做手扶拖拉机。我扭头看她说,是吗?她说,什么是吗?我小时候还开过,三个档位,柴油的,一开直颠,跟骑马一样。我说,什么厂子?她说,小型拖拉机厂,后来改叫金牛机械厂,后来黄了。我说,我知道,在新华街上,现在厂房还在,好大一片,据说是工人不让拆,自己凑钱雇人,在那看着。她说,就你知道。我爸原来是厂长,那人还是我爸找的。我就在那的幼儿园长大的,幼儿园院子很小,没啥玩具,只有一个转椅,不知是哪个工人车的,喷成好几个颜色,转起来极快。我就爱坐那个,有一次掉下来,头顶磕了口子,现在还有疤。你摸摸。我伸手摸了摸,不太好摸,摸了半天,果然有,在头发中间,有一个肉的凸起。她说,头发都让你摸乱了。她摘下皮套,把头发披在肩上,皮套套在手腕,手腕纤细,腕骨清晰,成掎角之势,如同瓷器。她照着后视镜,把头发重新扎起来。我说,我开吊车。她说,你吃饭的时候说了。我说,三十几米高,上面就我自己,没人跟我说话,冬冷夏热,但是我爱开。她说,喜欢受罪?我说,安静。还能俯视别人,都比我小,我一个不注意,就能砸死俩。她说,当自己是上帝了是吗?我说,就是有时候高,待在高处,感觉特别。她说,你一个月挣多少钱?我说,三千七,五险一金,如果我从吊车上掉下来摔死了,能赔二十万。她说,比我想象的多。我说,我开得好,你把瓶起子绑钩上,我能给你开啤酒。她说,我从那个转椅上摔下来之后,我爸打个电话,把那个转椅拔了,换成了跷跷板。我说,嗯。她说,我没坐过跷跷板,我讨厌让人撅起来。嗯,长大了想法有点变化。我说,我妈那个厂子有个秋千,我……她说,你家有人吗?我说,有,我爸妈都在,估计在看电视。她说,下车吧。我拉开车门走下去,冷风一吹,顿觉刚才话多了,牛逼吹得也有点大。她摇下车窗说,明天你给介绍人拿条烟。说完把车开走了。

我叔在睡觉。他不知道刘一朵今天要去单位，我当班。他过去见过我，在他家楼下，我站在那等刘一朵去看电影，这是我和刘一朵共同的爱好。确定关系之后，我想送个信物，既特别又不腐坏，如果有一天分手，让她还能记得我。我让厂里的车工给她车了一朵铁花，铁玫瑰，那哥们问我，用喷点红漆不？我说，不用，就这铁色儿。他看着锋利的花瓣，说，这玩意过不了安检。我说，你他妈操心的还挺多，我骑车送去。刘一朵拿在手里看了看，说，看过《第五区》？我说，是，你就不能假装不知道？她说，走，看电影去。我和刘一朵看电影就是看电影，不吃爆米花，也不接吻，就是坐着看，看完吃饭。那天我等刘一朵下楼，先看见刘一朵，然后看见我叔，刘一朵看见我使了个眼色，我刚想溜，我叔说，找你的？刘说，是，我单位司机，一会我要出差。我叔微胖，穿着皮夹克，没拉拉划儿，肚子略显立体，腿短，也比刘一朵矮半头，可是腰板笔直，手里拿着翻盖手机，看上去能接通不少人。他走过来同我握了握手，说，那你辛苦。我说，没事儿，没事儿。他说，那我先走，路面有雪，慢点开。我说，您放心。老司机了。他朝我们摆摆手，朝另一个方向走去。那时他并没生病，或者说已经有了病灶但并不知晓。他三十几岁就戒了烟，很少喝酒，每周打羽毛球，理应对身体充满信心。

我叔动了动，应该说是蠕动了一下，手指的监控夹松了，我帮他紧上。监控器上的指标刘一朵教我看了一遍，心率正常，主要是注意血压，最近肿瘤顶破了十二指肠，有点便血。屁股底下垫了尿不湿，头顶上挂着一只血袋，这边拉，那边灌，有点像小时候的数学题。他的肿瘤原发于胰腺，这事情比较难办，癌喜欢开拓，胰腺又是枢纽，癌细胞从胰腺开始向上，攻陷了肺和淋巴，正在迫近"南京"，人类的大脑。最初的症状开始于几个月前，是丝丝拉拉的疼痛感，他跟我姨说，最近不知咋了，老爱岔气，肋叉子疼。岔气并不是疑难杂症，喝点热水放几个屁便好，可是人开始消瘦，肚子瘪了，腮帮子也像是秋天的山岭一样清癯起来。有几次岔气岔了一夜，没有屁，只是疼。我叔是条硬汉，听刘一朵说，年轻时有次在厂里让铲车撞出五米远，腰已不会动，还紧急给几个班长开了一个会，谈了一下安全生产的问题，到医院时，大夫说错位得厉害，人都快两截了，怎么还能自己走来？可是那一夜岔气，他疼得想给肋叉子一刀，我姨觉出不对，送到医院就没让走，直接住进了单人病房。晚了，手术已无意义。可是他自己并不知道，这个保密工作做得如此之好，全赖刘一朵的缜密，每一个来探视的人，她都要走一遍戏，对一下台词。我叔知道得了癌，但是很轻微，手术都不用做，化疗一下就能回家。刘一朵跟他说，咱家到医院有两站地，大夫说，做完两个疗程，你能自己走回去。那时我叔双腿已瘦得如同秸秆，他说，我想骑自行车，我挺长时间没骑自行车了，想骑自行车。刘一朵说，那就说定，等你好了，你骑自行车驮我回去。刘一朵跟我讲这个故事的时候没穿衣服，身上有细汗，她说小时候都是我叔驮她上学,后来下海经商,再没驮过她。

我叔又动了,哼了一声。我赶忙站起来,听他说啥。他的脸皮脱落了大半,颜色深浅不一,如同得了癣。我对刘一朵的行径深不以为然,我觉得应该把真实情况告诉我叔,万一他想周游世界啥的,你这么欺瞒,也许会留下遗憾。可是刘一朵说在她小时候,我叔老骗他周末会回家,可是老不回来,但是她还是每次都信,她觉得我叔骗她是对的,让她有个念想。后来我便不与她争论,毕竟是人家的家事。

他睁开眼睛看了看我,说,护工?我说,不是,我是一朵的朋友,今天她单位脱不了身,我照顾您。他看了我半天,说,司机?我说,您还记得我。他说,你瘦了。我想了想说,最近晚上睡不好,老起夜。他说,年轻人要注意身体,要不老了全找回来。我说,您说的是。他说,你把我摇起来点,我喝口水。我走到床尾,摇了七下,看他要歪,又跑过去给他垫了个枕头。保温瓶里的水足够,我递给他,他说,抽屉里有吸管,我得用吸管。我找出吸管放在水瓶里,他喝了一点递给我。他的嘴唇都枯了,好像树皮,水喝了一点,有一半都渗进了嘴唇里。他说,有点不太好意思,上次你见我时,我还有头发。我说,您没头发看着挺精神,也省事儿。他说,是,不用洗,拿抹布一擦就干净了。我乐了,他没乐,他知道他说了个笑话,可是不乐,双手交叉放在腿上,虽是瘦得像纸皮一样,可还是有种威严。他说,一朵有点脾气,你多担待,她有啥说啥,这点倒是好，比闷声让你猜强。我有点不知该说啥，也许他第一次见我就已经识破了。他说，你做什么工作？我说，您英明，我不是司机，我开吊车，在铁西的钢厂。他说，我知道，第三轧钢厂，我回城分配还考虑过那。现在效益怎么样？我说，还行，光吃饭够用，现在厂子少，活着的都能勉强坚持。他说，受累，我得上趟厕所，自从得了病，喝点水就上厕所，肠子跟直筒一样。我说，您要是嫌费事，就尿尿不湿上吧，我不嫌费事，就是怕您累着。他说，有时候控制不了，就那么着了，这自己都知道了，尿被窝里还是有点不习惯，你架我一下。厕所离床大概十米，我们大概走了五分钟，我一手提着他的吊瓶架，一手支着他的腋窝，我感觉他在浑身用力，可是效果并不明显，好像这副骨架并不听他摆弄。而且我感觉到他疼，说不清是哪，但是肯定有地方在疼痛，他站在坐便器前面尿了一会，尿了几滴，然后我们原路返回，他开始出汗了，双腿也开始发抖，在他坐在床沿的时候，我一手扶着他，一手给他换了个干净的尿不湿，他躺下时，准确地说，有点像把自己摔在床上，然后歇了半响。我觉得这么老盯着他不太礼貌，就站起来走了走，摆动摆动茶几上的报纸，给仙人掌浇了点水。他在我身后说，你叫什么？我说，我叫李默。他说，小李，我最近忘了不少事情。我回过头，看他正在看架子上的血袋，还有半袋子血，鲜红黏稠，不知是谁的。我说，您别费劲想，说不定什么时候就想起来了。他说，可能是化疗的副作用，记性变差了，我上午一直在想当年我车间的那个看门人，怎么也想不起来他叫什么。我说，看门人？那很正常。他说，那个看门人是跟我一起下乡的知青，算上下乡，算上回城，在一起待了十几年，可我想不起来他叫啥了。我说，我也经常想不起初中同学的名字，有次在红旗广场碰着一个，说啥想不起来，就记得她有个绰号，叫八戒。他说，八戒？我说，是叫八戒，刚开始还挺不乐意，后来老自称老猪。他说，我想起来了，那个人绰号叫干瞪。因为眼珠有点突出，一半在外面，又看门，所以叫干瞪。我说，这外号，形象。他说，想起来了，他大名叫甘沛元，父亲是粮食局工会主席，母亲在百货商店，他姐是变压器厂的电工。我说，您看，这不全想起了。他说，我有次发现他偷车间里的零件，就说了他两句，晚上他把我们家窗户全砸了。我说，后来呢？他说，我累了。我眯一会。我帮他把床摇下来，瞥了一眼心率，略有点快，平躺之后好了一些。他说，小李，你把窗台那只鸟放出去吧。我说，鸟？他说，窗台有只鸟，在那半天了，飞不出去，你给它放出去吧。窗台空无一物，窗帘堆在一侧，今天天气很好，虽冷，午后阳光还有，照在窗台上，好像一层黄色的细沙。窗外是停车场，一只鸟也没有，大小车辆停在白线里，几个人在车旁边握手。再看他已经睡了。

我坐在椅子上，也在发困，很想出去抽支烟，又怕他的滴流断了没人知道。早上我陪刘一朵过来，先在走廊抽了支烟，一个中年女人自己举着滴流瓶子，在那吸烟，她的肿瘤在肝脏，她告诉我是喝酒喝的，医生不让喝酒，赶忙学会了抽烟，儿子在外地，她没敢告诉他自己得病,正是晋升的关键时刻。她戴着绒线帽子,努力跟每一个陌生人交谈。我捏了捏脸颊,掀起被子看了看,没有排便,也没有出汗。血袋要没了,我按了按铃,没人来,只好自己走到医生办公室。一个大夫正在电脑上下处方,我说,502三床的血袋没了。他回头看我说,刘庆革?我说,是。他打了个电话给护士站,让他们去换血袋,然后从抽屉里拿出一张CT图说,这是昨天照的脑部CT,不太乐观,你看这片阴影,边缘不规则。我说,他刚才跟我说,在窗台看到一只鸟,可是窗台没有鸟。他说,肿瘤已经到了脑部,症状因人而异,有的是疼,有的是健忘,有的是幻觉,也有的是都有,你明白吧。我说,明白。他说,你爸这状况,坚持不了多久,也许会昏迷,如果不昏迷,可能会非常痛苦,要有心理准备。已经坚持这么久,实属不易,你爸的求生欲望很强。我说,他不是我爸,我是他女儿的朋友。他说,哦,我是值班大夫,对家属不太熟,等他家人来,让他们来一趟。止疼药这么打下去,跟毒品差不多,有钱也不是这么花的。我说,知道了。

晚上刘一朵来了,我跟她说了一下,过了一会我姨来了,她们俩一起去了医生那,谈了半天。我叔醒了,看我在,说,你开几吨的吊车?我说,二十二吨半。他从被里面伸出手与我握了握说,我有事先走,雪天路滑,慢点开。然后又闭眼睡了。

刘一朵并没有告诉我谈话的结果,只是跟我说,她租了个床,这几天晚上也在这儿,让我先回家。我知道也许有了新情况,可是也没必要多问。除我之外，刘一朵有几个暧昧的对象，我是知道的。有天我在她微信里看到，一个人跟她说，二垒时间太长，想三垒。我也没问，这在我意料之中，只是下班之后推说有事，跟几个同事去洗了个澡。我总不能和她结合，虽说床上和谐，可是在某种层面上，友谊大于爱情。同事里有跟我要好的，女的，我也没事过去她工位看看。她是个钳工，比我矮一点，年年先进，就住在我家对面，鞍山人，我和她每天在一起吃饭，她能做极好的炸黄花鱼，每周末都做几条，分我半数。我喜欢吃鱼，如果老婆能烧一手好鱼，可能这一辈子就能坚持下来。但是我还是有点踌躇，刘一朵现在家里摊上了事儿，很多问题需要这件事情过去之后再谈。

　　两天过去，刘一朵都没跟我联系，有几次我拿起手机，又放下，在这个关系里，还是让她主事比较好，其实我想问问我叔咋样了？可是这句话像客套，容易让她觉得我是在关心她，可是其实真的就是字面意思。她能把自己照顾得很好，这点我深信不疑。第二天晚上，我和钳工去看了一场电影，她睡着了，电影有点科幻，有点闹，3D眼镜让人头晕。故事发生在未来，很老套，大概是从未来回到过去，为了更改现在，可是现在正在发生，我总怀疑已经被更改过多次，那又如何，不还是现在？结束之后我叫醒她，把她送到楼下，没有上楼，但是我们第一次接吻了，感觉很好，她的嘴唇结实，双手紧紧抓住我的衣肘，洗衣粉和我用的是一个牌子。回到家我爸正在用我的电脑下棋，他和我妈都已经退休两年，其实退休之前的二十年已经下岗,做过不少小买卖,在街边流窜,被驱赶,与城管厮打,争夺一口苞米锅,终于到了两年前,可以安心养老。我妈此时应该正在马路上和一群同龄人暴走,一路从和平区走到铁西区,可是效果并不明显,眼看胖了起来。我爸学会了用电脑下棋,还学会了下载作弊器,预感要输,退出了也不减少积分。等到开春,他就会回到路边摊,那并不只是下棋,还有许多话可以跟棋友说,有时候心理战比棋艺更重要。两人过去是战友,如今各玩各的,倒疏远起来,峥嵘岁月恍若隔世,闲时总是争吵。我洗了个澡,躺在床上玩手机,发现刘一朵在半小时前给我打了十几个电话,我在电影院静音,没有发觉。我打回去,刘一朵说,你死了?我说,没,睡着了,没听见电话。她说,我爸闹了一夜,非得要见你,非得要你陪护。我说,我何德何能?她说,你他妈还端起来,来不来?我说,我打个车,也许我到了他就睡了。她说,我等你。

我到了之后发现门口围了一群人,年龄都和我姨相仿,应该是我叔那头的亲属。我姨说一句话就哭一声,几个女眷也在抹眼泪。主治医生站在门口,正和他们小声商谈。医生说,你是小李?我说,我是。他说,谁也不让近前,就让你进去。也不知是哪来的劲儿,刚才把枕头扔我脸上了。我说,你脸没事儿吧?我进去看看,等他睡了喊你们。刘一朵罔顾医院的规定,正在抽烟,她推了我一把说,你为什么不接电话?我说,真没听见,我打电话有时候你也没接。大夫说,都别着急,今晚应该没事儿,家属该休息休息,我今晚值班,放心。隔壁一个家属推开门探出头来,说,你们还有完没完,就你们家有病人?已是夜里十二点多,护士站就剩一个护士,眼皮发沉,正在用iPad看美剧。刘一朵走近我,把我抱住,说,想你了,等他睡了,你让我进去。我拍了拍她的后背,然后推门走了进去。

我叔坐得挺直,正在用手够桌上的橘子,我把橘子递给他。他把橘子扒开说,给你吃。我说,我刚吃过饭,吃不下。他把橘子皮放回桌子上说,不吃也行,橘子这味也挺好闻。我在床边的椅子上坐下,说,叔,你困了就睡会。他说,我不困,想跟你聊会儿天,你困吗?我说,我睡得晚。他比我想象的平静,枕头在他身后,没有要飞出来的征兆,床边的吊瓶架上没有血袋,已经换成葡萄糖。他说,我跟你聊的事情,你不要跟任何人说,永远别说,能答应我吗?我说,我就见过您一面,我答应了您也不一定相信。他说,我力气有限,没用的话不要讲,我知道你,你也知道我,跟别人聊不上。我说,好,如果您看得起我,您就说,我不说出去。他的样子没怎么变,只是眼睛比过去大了,通红,好像内心被什么催动,眼仁儿烧得如同火炭。他说,我有件军大衣,过去厂子发的,跟一朵说了,给你穿,吊车上冷,现在这些新东西都不如军大衣暖和。我说,谢谢您,就缺这么一个东西。他说,等我好了,你再还给我。我说,好,等您好了,我给您洗干净拿回来。他说,在柜子里,你自己拿。我怀疑是他的幻觉,如果没有会很尴尬,可是他在盯着我看,我不打开柜子恐怕是不行。柜子里果然有一件军大衣,洗得有点旧，不过一点没坏，我拿起穿上，大小正好，又暖和又敦实。他说，你转过身来我看看。我转过身去，他说，你很像我年轻的时候。我说，您抬举我。他说，我有个儿子，自从我病了，从来没来看过我。我心想，这倒是情理之中，钱这么宽裕，有个把私生子不足为奇，原来这就是他要跟我说的秘密。我说，您儿子在哪工作？他说，在银行，我给办进去的。我听着有点奇怪，说，叫什么？他说，叫刘一朵，姓刘的刘，一二三四的一，花朵的朵。我知道他是想窜了，说，现在年轻人都忙，等您好了好好批评他。他说，桌上有个止疼贴，你给我贴一下。止疼贴上没有中国字儿，但是上次架他去上厕所，看见他大腿上有一个，所以大概应该是贴到动脉上。我刚想掀被，他指了指太阳穴，说，贴这儿。我说，恐怕效果不好。他说，我头疼得不行，但是想把话说完，你给我贴上。止疼贴是个圆片儿，贴上之后搞得我叔有点滑稽，像是天桥上的瘪三。

他说，上次跟你说到甘沛元，这两天我又想起点事情。我说，您说。他说，一九九五年厂子不行了，我拉了一伙人自己干，但是肯定不能全叫着，养活不了那么些，就得先让一批人下岗。甘沛元是我发小，一起长大，我养了他这么多年，也算够意思了，就找他谈了一下，让他买断，钱比别人多五千，这钱我自己掏。他不答应，四处告我，说我侵吞国有资产，威胁我要杀我全家。告我没用，那是大政策，不是我发明的，厂长都这么干，但是我发现他跟着一朵，那时一朵上初一，并不知道有人跟他，有一天我把他叫住，他从皮包里拿出一瓶硫酸,在我面前晃了晃,然后走了。我说,您歇会。他的心率增加,已经到了一百六。他说,我一口气说完,害怕忘了。我想找人把他做了,可是想来想去,还得自己来。快过年了,厂子已经放假,我约他在车间办公室见面,给他拿点年货,谈一下把他招过来的事儿。我用扳子把他敲倒了,然后又拿尼龙绳勒了他的脖子。他一个人过,爱喝酒,孩子跟前妻,父母也早不理他,他不是管他们要钱,就是从家里偷东西。我确定他死了,眼睛比过去还突出,舌头也咬折了,我就把他拖到厂子紧里头的幼儿园,用铁锹挖了个坑,把他埋了。就在院子里跷跷板的底下。说完,我叔闭上了眼睛,满脸都是汗,枕头湿了一片。我说,您喝点水吗?他摇了摇头。我想走,但是他好像没睡,这时候出去,恐怕会让他觉得我有点懦弱。他闭着眼睛说,我这两天做梦老梦见他,说我的行为他理解,可是能不能给他迁个地方,立块碑,没名字也行,这么多年老被孩子们在上面踩来踩去,有点不好受。我说,您放心,我给您办吧。他点点头说,动静要小,那厂子我找人看着呢,这么多年我花了不少钱,等我好了,我去给他烧纸,你是司机,你开车带我去。以后你就给我开车吧。我说,好,老司机了。

他终于睡熟了,呼吸极其轻微,我掀开被,看见尿不湿上一大片黑血,帮他换了,他也没醒。我盯着他看了一会,他的胸口在起伏,有时候突然吸进一大口气,好像要吞掉这个病房的空气一样,然后慢慢地,游丝一般地呼出来。我推开门,发现人都已经散了,只有刘一朵靠在走廊的墙上，闭目沉思。她睁开眼说，睡了？我说，睡了。她说，我妈去买寿衣了，免得到时候抓瞎。我说，一点希望没有了吗？她说，他的身体里已经快没有血了，你明白吗？没有血了。她拉着我的手，走进病房，洗手间摆着她的护肤品和牙具。她洗漱完毕，脱光自己，抱着我钻进病房一角的行军床，军大衣我盖在暖气上，房间里实在太热，能遮一点是一点。我们抱了一会，谁也没有说话，我能听见我叔的呼吸声，或者说我小心翼翼地听着他的呼吸声，监控器时不时发出一点微小的声响，那是血压在缓慢地掉下来。她在我下巴底下说，到我上面来。我说，睡吧，叔能听见。她没有回答，伸手脱掉我的内裤。我翻起身压住她，她的眼睛里都是泪水，我抱着她，一动不动，她的眼泪蹭了我一脸，过了一会，她推了推我的肩膀，翻身冲外，没有了动静。

我醒来的时候，已经是夜里两点，口干舌燥。刘一朵睡着了，身体蜷成一团。我穿上衣服走到我叔的床边，在他的保温瓶里喝了点水，水尚温，我叔微张着嘴，一动不动，裹在白色的寝具里，我趴在他耳边叫他，叔？叔？他没有反应。我等到他又吸上一口气，披上军大衣，离开了医院。

出租车司机开得飞快，冬天的深夜，路上几乎没有人，路边时有呕吐物，已经冻成硬坨儿。树木都秃了，像是铁做的。他认识小型拖拉机厂，说没人不认识，那曾经是效益最好的大工厂，现在没拆，一直烂在那里，地皮的权属不清。我站在大门口，发现厂子比我想象的还要大,如同巨兽一般盘踞于此,大门有五六米高,只是没有牌子,也没有灯。我从大门上面爬过去,跨过锋利的铁尖,刚一落地,门房的灯亮了。一个人拉开窗户探出头来,此人也许五十岁,也许六十,头发没白,可是脸上都是皱纹,下巴上全是胡子茬,瞪着一双突出的大眼,看着我。手里拿着一支甩棍。他说,爬回去。我看着他的眼珠,一半在里头,一半在外头,好像随时能掉在地上。我说,甘沛元?他说,你谁啊?我说,干瞪?他说,哥们,你认识我?进来坐坐。他的屋子很小,从窗户里望,有一个煤炉子和一个小电视,煤炉上搁着水壶,墙上都结了冰。我呼出一口气说,我是刘庆革的司机。他说,你是庆革厂长的司机?他现在怎么样,每个月往我卡里打钱,好久没见过他了。我说,他挺好,老提起你,就是忙。我进去走一圈,一会回来我们聊聊。信得过吗?他说,大半夜的,就是走一圈?我说,就是走一圈,然后回来跟你喝点酒。他说,成,我把酒温上等你。

　　厂区的中央是一条宽阔大道,两边是厂房,厂房都是铁门,有的锁了,有的锁已经坏了,风一吹嘎吱吱直响。有的已经空空如也,玻璃全都碎掉,有的还有生锈的生产线,工具箱倒在地上,我扶起来一个,发现里面有一九九六年的报纸。我顺着大路往里走,车间的墙上刷着字,大都斑驳,但是能认出大概,一车间是装配车间,二车间是维修车间,三车间是喷漆车间,一直到九车间,是检测车间。路的左侧,跟车间正对,有卫生所和工人之家,卫生所的地上还有滴流瓶子,上面写着青霉素,工人之家有个舞台,座椅烂了大半,东倒西歪。我走到路的尽头,右面挂着一个牌子,上面写着:子弟幼儿园。走进去,看见一栋二层小楼,楼门紧锁。楼前的土地上,有一个跷跷板。我在跷跷板上坐了一会,虽然锈了,可是还能翘动,只是对面没有人,只能当椅子。坐了大概五分钟,我回二车间,找到一根弯曲的铁条,回到跷跷板开始挖。土已经冻了,非常难对付,累得我满头大汗,大概挖了一个钟头,已经有了一个半米的小坑,什么也没有。我歇了一会,抽了支烟,发现汗要凉,赶紧继续挖。又挖了半米,看见一串骨头,应该是脚趾,我顺着脚趾往宽了挖,很小心,怕把骨头碰坏了,又花了大概四十分钟,看见了一副骸骨,平躺在坑里,不知此人生前多高,但是骨头是不大,也许人的骸骨都比真人要小。他的骨头里面杂着几块破布,是工作服。我盯着骨架看了一会,想了想城市周围的墓地,也许东头的那个棋盘山墓园不错,我给我爷扫墓去过,如果能订到南山的位置,居高临下,能够俯瞰半个城。

墓碑上该刻什么,一时想不出,名字也许没有,话总该写上几句。我裹着军大衣蹲在坑边想着,冷风吹动我嘴前的火光,也许我应该去门房的小屋里喝点酒暖暖,人生有时候就是这样,痛快地喝点酒,让筋骨舒缓,然后一切就都清晰起来了。

原载《收获》2016 年第 3 期

间　距

　　我有个朋友叫疯马，你们肯定不认识这个人，这没关系，他的大名叫马峰，辽宁锦州人，汉族，高约一米九，体毛茂盛。我认识他是在一个酒局，都是写东西的人，一个喊两个，两个喊三个，终于包厢里挤满了互不认识的十五个人。大家比邻而坐，被空调里的热风吹拂，盯着转动的菜肴，沉默不语。我那时没写出什么东西，每天就在这些饭局里瞎混。北京的饭局这样多，只要友善和善饮，就能一天不落地吃下去。我也不是爱吃爱喝，只是无聊，而且在这些包厢里，能听到各种各样的故事，所以我兜里有个小本本，趁人不注意就记下几笔。比如有一次，一位著名编剧指着他年轻的女助理说，我昨晚打了她一顿。助理说，是啊，他把我打得挺惨。经她一说，大家定睛观瞧，她果然脸是肿的，眼角绽破，已然结痂。编剧说，也不知道为啥，走到家楼下，大雨滂沱，她的手机掉在草丛里，她低头去找，撅着屁股，我过去就踹了她一脚。助理说，一脚就把我踹到了泥里头。编剧说,我把她翻过来,骑在她身上,扇她嘴巴,最后自己打着打着睡着了。助理说,我晕了半天,醒来时眼冒金星,如同显示屏故障,还是把老师送回了家。编剧说,当着这么多朋友,我跟你道歉,我自干三杯,我平时对你不错,这种事儿从没发生过。助理说,确实,一次也没有,但是就这么道歉也不能拉倒啊。编剧说,你说怎么办吧。助理说,这有一个酒瓶子,我砸你一下,以后你还是我老师。编剧说,好,你砸。女孩喝光了杯中酒,拿起酒瓶在编剧头上砸碎了。一片玻璃蹦到了我的碟子里。编剧站起来,用手捂着头,血顺着手缝流到桌子上。编剧说,你们吃你们吃,单我买完了,我去包一下,一会儿回来。助理说,老师我送你去。两人走后,剩下的继续喝,我中途睡着了一会儿,梦见猛虎追着羚羊,羚羊螳螂一样轻盈地跳来跳去,猛虎浑身是汗,眼睛淌水,虎皮大了一圈,很不合身。醒来时,两人坐在原位,编剧头包得像个棉签,助理坐在他身边,没过多久,喧哗起来,我又睡着了。

这只是我临时想起的一件事情,因为小本本上面记下的东西,要给一部长篇小说用,姑且先写这一件。那天吃饭,我坐在疯马旁边,我们从没见过,如果见过一定记得,他太过高大,满脸络腮胡子,若不是明显看出是黄种人,真以为是高加索地区跑来的。他那天眼皮一直耷拉着,闷头吃菜,不停喝酒,自斟自饮。那晚一个人拿来了一瓶威士忌,他把酒转到自己面前,然后放在手边。其实吃饭这种事，尤其吃桌餐，邻人很重要。如果你是右手，旁边是左撇子，就很不方便；如果你心情不好，旁边的人又是自来熟，老是挑着你说事儿，想方设法把他那点对人生的见解告诉你，也是够你喝一壶的。疯马这种邻居就比较招人喜欢，沉默，专注，冬天的夜晚吃得满头大汗，让你觉得生也可恋，愿意多吃两口。

大概吃了两轮菜，这位大汉向后一倒，摸出一支烟来，他的面颊有些微红，仰面朝天吐着烟雾。那几天我没事可干，正在给人做"闹药"。所谓闹药就是跟编剧老板开会，每天陪人家说话，编剧老板若是思路受阻，你就应该想一些东西刺激他的思考，最好是有现成的解决方案，实在不行，跳舞翻跟头也可以，总之是一味活跃他神经中枢的中药。我那时住在海淀，开会在朝阳，每天坐地铁，被挤成肉夹馍，于是老板给我在开会的楼底下，弄了一个住处。极为宽敞，新修好的地下室，排风扇在床的正上方，二十四小时工作，好像随时要降落的宇宙飞船。那是一个谍战剧，所有人都是奸细，老实人几乎没有，我主要负责编制主人公的感情线。上峰规定，不能和敌人产生真感情，即使中间看上去萌发了爱情，最后一定要落在利用。吃了半晌，我突然想出了一个桥段，一个骗局，一次利用，一次死亡。一个女人爱上了一个男人，为他去刺杀一个叛徒，事后她发现男人原来是感情的叛徒，为什么她还要活下去呢？叛徒已经够多了。我拿出小本本记下来，大汉扭头对我说，你是写东西的？我说，是。他说，我也是。我说，我是一个闹药。他说，我是写小说的,也写诗。我点点头,没有继续说下去,因为那个死亡稍纵即逝,一定要赶快镌刻下来。过了一会儿,他说,我们是老乡吧,你平翘舌不分,是,似。我说,我是辽宁沈阳人。他说,不远,我是锦州人。他的声音极为纤细平静,几乎听不出什么锦州口音,倒像是转基因的上海人。他说,我很小的时候就离开了锦州,住过大连,烟台,近几年才来到北京。我说,笔架山,我去过锦州的笔架山。他说,哦?有意思。你准时了吗?我想了一下,明白了他的意思,说,准时了,不过有点险。他说,嗯,我小时候因为错过了潮汐的时间,被困在山上一整晚。你最近在写什么?我想了想,因为行规,我不方便说得太具体,我说,关于枪的。他说,枪?长枪,短枪?我说,长枪。他说,嗯,错误的刺杀?我说,差不多。他说,错误发生在哪里?我扭头看他,他并没有看我,他慢慢地吸食着烟卷,望着头顶的吊灯,那吊灯制式老旧,落满尘灰,不过亮度犹存。我说,一般都是打歪了吧。他说,嗯,倒也是一种合理的方式,弹道是生与死的分岔路,不过如果决定历史的是某种偶然,似乎难以把握剧作的意义。他似乎忽然想起来汤要凉了,端起来喝了一口,用手抹了一下唇底的胡子。我说,您意下该是个什么样的错误?他说,我以为表面是个错误,内在是一种必然,比如这次刺杀行动是被刺者设计的,他对一方表达了生的渴望,其实却是赴死的。我说,这个好,这样他的供词就可信了。他说,我有个小小的建议,兄台权且当作儿戏,写谍战剧应该多看博尔赫斯。博尔赫斯曾经说过,事情都发生在那另一个叫博尔赫斯的人身上。我在教授的名单上见过他的名字。我喜爱沙漏，地图，十八世纪的印刷格式，咖啡的味道和斯蒂文森的散文。他与我的爱好相同，但是他虚荣地把这些爱好变成了一个演员的特征。我说，我叫袁走走，敢问阁下？他伸出手来说，我叫马峰，大家都叫我疯马，大家人数不众，仅指我的朋友们。疯马和马峰是一个人。

那天我见过他之后，第二天从宿醉中醒来，地下室的潮气将我包围。那种潮气也许是从衣柜的木板中传来，也许是从脚下的水泥中传来，也许两者兼而有之，混合在一起，形成一种类似尸体的腥味。我赶到时，策划会马上就要开始了，编剧老板的工作室里有一扇白板，上面写着人物关系和故事主线。我想起了博尔赫斯的两个小说，一个非常著名——《小径分岔的花园》，另一个叫作《第三者》，兄弟俩共用一个女人，其中一个终于因为忍受不了嫉妒而将女人杀死了，兄弟和好，亲如一人。我前所未有地主导了讨论，修改了主线，并将其中一个人物的名字从贺某某改成了贺尔博。会议结束之后，制片人，一个中年女人，短发圆脸，爱穿长裙，配以手镯和近腰的挂链，找到我，对我说，小袁，这个项目是你的了。我说，有一种什么鸟？她说，什么鸟？我说，就是有一种鸟，自己不会筑巢，专门去侵占别鸟的巢，我不是这种鸟。她说，你现在的薪酬是一天二百元，这个项目你拿下来，一集五万，你写三十集，枪手自己找，给多少钱你自己定，反正我给你一百五十万，那是一种什么鸟？我说，想不到就算了。物竞天择，有这种鸟一定有它的道理。是分阶段付款吗？她说，这个项目比较急，我先给你五十万，下午签合同，明天打给你，剩下的钱从分集大纲到分集剧本，逐次给。我说，我中午也有时间。她说，那就中午签，还有，这个地下党，女特工，是我的先人，有时候会给我托梦，你用心一点。我说，您捧我了，全明白。

第一要务是找到疯马，让他给我做枪手。如果他管我要一天五百块，那当然好，我略作踌躇马上答应。如果他想论集算钱，一集不能超过五千，如果他要一万，我不能给他，除非他可以独立写出十五集，且不用修改。那就这样，底线是一集七千，大纲、梗概单独算钱。署名是文学策划，出现在片头单独一屏。我还得找两个闹药，北电的学生最好，没有署名，刺激我的中枢神经。还需要一个助理，先雇一个月，帮大家订早餐。最好是一个女的，那闹药找一个就好，助理也可以充当闹药，女闹药，比较适合男人的中枢神经。下午我到原先的会议室坐了一会儿，一个人都没有，编剧老板的茶具也撤走了。

我还需要一套茶具。

我没有找到疯马，没有人认识疯马，尽管他有一副引人注意的相貌，可惜现在也不兴在城墙上贴告示。我打电话给昨天吃饭的人，其中一个，是个老混子，他说，疯马？没听说过。我说，昨天就坐在你对面，满脸胡子，好像疯狂原始人。他说，我对面？没印象，人太多了兄弟,有名的几个我全记得,没名有胡子记不得啊。我说,好吧,那我需要一个女助理和一个文学策划,你那边有人吗?他说,你给多少钱啊?我说,助理月工资五千,写东西另算,文学策划一天五百,第一阶段大概十五天,早九点到晚六点,管两顿饭。他说,什么题材?我说,谍战。他说,跟日本人有关系没有?我说,没有,自己家的事儿,国共。他说,要是有日本人,我可以去,自己家的事我就不掺和了,一会儿我发你几个简历。我说,带照片。对了,最好读过一点博尔赫斯或者卡尔维诺。他说,好,带照片,这两人是干吗的?博和卡?你把他们俩名字短信发给我。临睡之前,我把人都选定了,通了电话,两人全是女性,一胖一瘦,胖的模样不错,瘦的模样不行,总之各自在美学的统一性上有点瑕疵。两位都是90后里崭露头角默默无闻的枪手,名字不便写在这里,姑且将胖的称作杜娟儿,瘦的叫作柳飘飘。

我大约睡了两个小时之后,被电话吵醒。一个声音说,你可能不记得我,但是我又想出了一个新东西。找到你的电话很不容易,饭局上没人认识你。我说,你说。他说,月球和地球之间有着不小的距离,对吧?我说,没错。他说,我们可以称之为间距,你可以将月球和地球想象成两列诗行。我说,可以。他说,按照斯宾诺莎的说法,万物均渴望保持其自身的性质,在我看来,有一种性质即是避免贴在一起,保持某种间距,于是产生了引力和斥力。我说,同意。他说,你可以把国共两方的军事力量想象成地球和月球,两列诗行,永远存在间距,也永远相互吸引,党派并非人的本质属性,月球可以变成地球,地球也可以变成月球,且敌我就在身侧。也许刺杀者的代号可以叫作"月球",这出戏的题目也许也可以跟月球有关,我还没想好。我说,很有意思,你还有什么想法?他说,我的想法你用得着吗?我说,看情况。他说,如果有些用的话,我没吃晚饭,也没有喝酒,没有酒实在痛苦,你能借我一点钱吗?我可以把我的身份证号和地址给你,我也可以把我妈在锦州的地址给你,我跑不了。我说,恕我冒昧,我想雇佣你,我现在负责这个剧,想请你做我的文学策划。他说,我可能需要一点预付款。我说,先给你两万,明天开会,地址在安徒生花园,你知道那个地方吗?他说,安徒生和花园我都知道,安徒生花园不知道。我说,地址一会儿发给你,明天十点开会,我是处女座,我不喜欢别人迟到。他在电话那头沉吟了一下,说,我属狗的,只要有吃的,我就会准时。

　　第二天我到时,疯马已经到了。他穿了一件鸽灰色的旧风衣,里面是一件蓝色高领毛衣,深蓝色的彪马运动裤,一双看上去应是春天穿的黑白相间的帆布鞋。从上到下,似乎是季节的逐渐转暖,雪山垂直的次第。那天下了点雨夹雪,整个北京好像十九世纪的伦敦,他的头发和胡子都湿透了,看上去从地铁出来又走了不少的路。杜娟儿和柳飘飘还没到。我和他握了握手,他从怀里拿出一瓶威士忌,说,听说你要给我钱,我用剩下的钱买了这个。我把两万块现金给他,并让他写了收条。我说,我工作时不喝酒,你可以喝,如果这是你的习惯。他说，好，你这个沙发不错。我看了看沙发，蓝色的长条沙发，布衣包的。他说，我晚上可以睡在这里，我最近睡在一个朋友那里，他每天晚上看电视剧，老婆婆和儿媳妇抢擀面杖。我说，好，我跟他们说一下，不过我们写电视剧没关系？他说，我们先试试，如果我觉得不行，我就把钱退给你。我说，不是这么算的，如果你中途退出，耽误了我的时间，不但要退钱，还要赔偿我的损失。他说，我觉得写电视剧没关系。我说，好。

过了一会儿，杜娟儿到了，又过了一会儿，柳飘飘也到了。我跟两人寒暄过，分头落座。我和疯马坐一边，柳杜二人坐一边，侧面是白板。我请大家介绍自己。杜娟儿，山东人，23岁，体重85公斤，父亲是考古学家，领域在明史。她本人毕业于北京电影学院导演系，学生时期写的电影剧本多次获奖，但是因为性格懦弱，从来没当过导演。父亲让她改行学历史，她拒绝，因此断了生活来源，所以来这里给我做闹药。柳飘飘，20岁，哈尔滨人，45公斤，美国南加州大学电影学院编剧系肄业。15岁出国，父母离异，因为无证且超速驾驶，后备厢又搜出大麻，上过美国法庭，麻烦过后，背着家人直接回国，目前住在一个男性制片人家里。这位男性制片人就是我的那位朋友，他们认识才一周左右，年龄相差20岁。疯马，32岁，95公斤，辽宁锦州人，父母都是工人，父亲是钳工，母亲是喷漆工。父亲两年前去世，母亲已经退休。辽宁大学中文系毕业，大学期间写过大量诗歌和小说，在师友间传阅。毕业后来到北京，做过三流文学网站编辑,保安,群众演员,大部分时间无业,居无定所。我,33岁,65公斤,辽宁沈阳人,曾是银行职员,因为爱好写作于三年前辞职进京,在不知名刊物发表过三篇短篇小说,分别叫作《时间穿过子夜》《赢家无所得》《如笑声般的山峦和其间的约伯》,无任何反响,退稿张贴满墙。大部分时间混迹于各个电视剧电影工作组,做闹药,所参与电视剧电影未有一部公开播映过。

自我介绍过后,开始确定当天的议题。过去十几天的讨论,形成了一个粗略的大纲,我打印出来,请他们看过。以我的经验,无中生有一般都效率低下,从批判开始,一方面可以增强凝聚力,另一方面也许可以产生一些新想法。杜娟儿说,袁老师。我说,不要叫老师,叫老袁。杜娟儿说,老袁,我觉得前面这个刺杀是可以的,但是随后导向策反是愚蠢的,策反写不出戏。我说,有道理,没人爱看策反,纵横家是最乏味的。柳飘飘说,这里头感情线太没意思了,我们的主人公是个女的,似乎毫无性欲。我说,她是个共产党员,党性高于人性。她说,怎么证明党性高于人性,得先有人性吧,然后才能把党性垫高。我说,可以有爱情,但是不能有性爱,尤其和敌人不能有。柳飘飘说,我觉得应该有些性暗示,至少要有性魅力吧,她靠什么调动敌人?我说,这个可以加一点,不能极端,美好的君子之交可以。聊了一会儿,疯马已经喝了小半瓶威士忌。我说,疯马你说,我们从哪儿开始?疯马说,什么是谍战?我说,我的理解是你中有我,我中有你。疯马说,所以是关于身份的故事。

我说，可以这么讲。他说，身份是一个人的表面属性，什么是本质的东西？我说，正想请教。他说，欲望。我说，换个词儿，信仰。他说，她的信仰是怎么形成的？我说，目前并不知道。他说，她的上帝是谁？我说，共产主义。他说，远了，就近说，新世界。我说，是的。他说，这个上帝什么时候进入她的心里，她可以为之牺牲，放弃幸福，她的脑子出了什么问题？我说，目前也并不知道。他说，我们也许应该从这个开始，她怎么确立她的信仰，为之付出了多少，是否曾动摇过，是否动摇后又更为坚定，一个人去杀另一个人到底需要多少勇气？为了新世界去杀人，她如何说服自己？要知道，在我看，不正义的和平要比正义的战争要好，她怎么确定她打的是正义的战争？我说，你有什么想法？他说，我觉得，我们不能做一部所谓的狗屁谍战剧，而应该写一部关于成长的长篇小说，然后以剧集的样式表现出来，这部成长小说应该以特殊时代的人物作为刻画的对象，我们的任务是复兴十九世纪现实主义的传统，用漫长的剧集复活之，所以我提醒各位，我们正在侍弄的是文学，我们是一个文学小组，一本大书，仔细写成，是我们每天的工作。我说，有些空泛，我们现在需要一个开头。他说，关于这个刺杀，我觉得是信仰的开篇，她，她的名字是什么？我翻了一下大纲说，文修良。他说，好，文修良，代号月球，她刺杀的人叫什么？我说，看来刚才你没有看大纲，叫贺尔博。他说，好名字，贺尔博代号太阳。文修良什么出身？我说，不知道，可能得查一下资料。他说，我们现在进行想象,她是一个大家族的三小姐,类似于《白鹿原》里的白灵,白灵读了几本左翼文学,投奔了延安,躲过了肃反和整风,留了一头短发,感到迷茫,这时候她和贺尔博恋爱了。我说,不对,贺尔博和她只是工作关系。他说,恋爱之后,两人被派往南京工作,打入军统。这时候她的信仰是爱情,爱人到哪里她到哪里。原来的信仰对她不重要了。我说,欲扬先抑,可以。他说,什么能够建立新的信仰?牺牲。贺尔博被怀疑后,为了保护她和另一个同志,这个同志的秘密等级很高,文无权知道,姑且叫他黑子。贺尔博请她杀死他。这就是开场的刺杀。我说,娟儿,你记下来了吗?杜娟儿说,记下来了,老袁。我说,好,现在吃午饭。

  午休时,杜娟儿和柳飘飘结伴去散步。两人初识,走路时一前一后。疯马倒在沙发上睡觉。我独自坐在椅子上抽烟。这个会议室在一栋商务大厦的二十三楼,从窗户向外眺望,看见天空中飘着雪花,其中夹着细雨,汽车看上去像蜗牛一样慢。来北京已经五年,没有一个朋友,原来在老家的朋友也失去了。三天两头地感冒,几乎每天都因为焦虑拉稀。除了写东西,唯一的爱好是搭地铁末班车。几乎每次都会遇见酒鬼,各种性别,不同肤色,不同年龄。有一次看见一个女孩吐了一地,周围的人都躲远了,过了一会儿,她醒来一点,从包里掏出一包纸巾,跪在地上慢慢把呕吐物擦干净,好像在收拾自己家的地板,然后趔趄着走下车。还有一次看见一个老人,戴着体面的灰色围巾,双眼紧闭,突然站起来把围巾穿进头上的拉环里，把脑袋套进去，可惜拉环太矮了，他就这么把脑袋搁在围巾里，睡着了。这时疯马开始喃喃自语。我开始没有听清。我掐了烟，蹲在他身边，他轻轻地说，妈妈，我看见一大块冰。我没有说话。他说，妈妈，好大一块冰啊。我说，多大？他说，有操场那么大，你的腿不好，要小心。我说，好。我转身赶紧去找自己的小本本，这时他说，妈妈，我想像花瓣一样一分为二。我说，为什么？他说，一瓣给你，照顾你，一瓣给我，想怎么活怎么活。我说，嗯，等你开花再说吧。他翻了个身，夹紧双臂闭上嘴，继续睡了。

　　下午的会进展不错，依然由疯马提出主要的想法，我们三个去论证，然后我来确定是否可行。按照史料记载，文修良的原型曾和南京当地一个名旦过从甚密，从而接近了各路军界要员和商界大贾。原来的想法是把一条感情线做在名旦身上，让这个戏子爱上她。疯马不同意这个想法，一是他认为文的职务在军统，感情问题应该在军统内部来处理，不应该做不恰当的外延；二是他更倾向于把男旦和她的感情确认为一种更高贵的友谊，男旦也许一直没有被她感召入党，甚至是个浮夸的、招摇的人，不喜欢共产党看上去清心寡欲的那一套，认为那是蛊惑无知人们的空洞几何图形，但是他可以基于个人与个人的情谊，为之牺牲。这才是有意思的地方。杜娟儿反对这个观点，她认为男旦和女特务的爱情，是大戏，应该作为主线。疯马反驳的理由是，没人愿意看一个娘娘腔和女主人公谈恋爱，但是做朋友就会舒服很多，把所有男女关系以爱情和非爱情区分之，是极不高级的行为。经过一个下午的讨论，我们三个再一次被疯马说服，并且做了详细的记录。中途制片人打电话来询问进度，她去上海出差十天，我没有提及具体剧情，因为那样就会陷入无休止地推敲细节的海洋，伴随着列祖列宗托梦的审查。我只是说，我们的主题不是尔虞我诈，而是关于信仰，关于牺牲，关于爱的，关于一个女人，或者说一个人，怎么确立了自己的信仰，为之付出所有，成为一个高贵的人的。疯马在旁边补充说，还有代价。我说，嗯，还有一点代价。制片人首肯了我们的方向，但是提醒我们，时间紧迫，她的工作或有变动，希望我们十天之内拿出一个详细的大纲，一个月之内拿出分集大纲，然后开始找演员和制作团队，边找边写出分集剧本。三个月之内，要建组拍摄。我从来没有跟过这么紧迫的组，尤其是制片人提到，钱不是问题，我们这些主创或许可以参与分成，我便觉得，紧迫也是有道理的。

晚上在会议室吃过工作餐，杜娟儿要去另一个剧本组帮忙，先走。柳飘飘留下，和我们两个继续喝酒。她掏出叶子，卷成烟抽起来。我穿上大衣打开窗子，雨停了，完全变成了雪，不大，如果说有一种东西叫作雪花，那窗外下的就是雪花的边角料。疯马抽着我的中南海，喝着剩下的半瓶威士忌。柳飘飘说起自己在美国差点被同学强奸的经历。一件小事，她微笑着说，他们两个人，就像你们现在这样，一个站着，一个坐着。她把一条腿放在另一条腿上，用手去点脚尖，似乎脚尖是一枚清澈的水滴。我拿起刀捅了其中一个。

疯马快把那瓶威士忌喝完了,他的脸颊绯红,胡子湿漉漉的,但是没有一点醉意。天黑了,雪大了一点,连成了线,像是黑发里的白发。柳飘飘说,他差点死了,现在不知道怎么样。我是射手座,我没事儿,不会被记忆反复折磨。楼底下有两辆车撞在了一起,一辆车把另一辆车的屁股撞歪了,道路迅速地变成泥淖,所有车都陷在里面。我得把这个写到自己的戏里,柳飘飘说,我的戏叫《再见莫妮卡》。你们说,是叫《再见莫妮卡》还是叫《再见了莫妮卡》?疯马把脑袋搁在沙发的扶手上,说,叫《回见吧莫妮卡》。柳飘飘说,你大爷,那不如叫《犯贱莫妮卡》。疯马说,《你不是莫妮卡》。柳飘飘说,《我是莫妮卡》。说了一会儿,柳飘飘拿起包摇摇晃晃站起来说,我去BAR,有人去吗?没人回答。她走到门口,疯马说,《再见了莫妮卡》。柳飘飘说,《回见吧疯马》。

我跟疯马说,我也走了,明天还是这个时间。疯马说,我睡这儿,时间对我无效。我下楼,在超市买了包烟,走到地铁口,不是末班车,我想了想,去超市买了两罐啤酒,又走回来,上楼。疯马穿着衣服在沙发上睡着了,窗户还没关。我把窗户关上,关了灯,打开啤酒慢慢喝。过了一会儿,外面的雪停了,月亮露了出来,借着月光,我能够看见室内的轮廓。疯马的脚动了动,好像在走路。我掏出小本本等着。不多时,他说,妈妈,笔架山不是山。我说,是什么?他说,是月亮的儿子啊。我说,此话怎讲?他说,妈妈,他回不去了,通往大陆的路也经常被淹没。我说,我知道。他用舌头舔了舔嘴唇说,潮汐也许是月亮的信啊。我说,有可能。他说,可怕的间距是不是?等你腿好了,我带你去旅行。小时候你把我忘在笔架山上,我坐在海边想,我要是能把月亮拉过来,我就能回家了。说着,他用手拍着自己的头说,我只有这么小啊。然后是均匀细小的鼾声,又过了一会儿,疯马彻底睡熟了,无声无息,像一片潮湿的叶子。我把他的旧大衣给他盖上,搭末班车回家去了。

第二天一早,我让杜娟儿买一些包子油条豆浆,我们直接会议室吃。杜娟儿说昨天是她最后一次去别的剧本组,她把其他所有做闹药的工作全推了。我说,好。她说她昨晚没怎么睡,对文修良这个人物有了些新的想法,写了一张纸。我说,好,一会儿我们讨论,如果你愿意,以后你可以一直跟着我干活。进屋的时候,柳飘飘和疯马正在讨论波拉尼奥,疯马说,假的。柳飘飘说,放屁。疯马说,真的全死了。年轻人没见过真的,于是爱慕赝品。柳飘飘说,胡说,我看过的不比你少。80后别他妈倚老卖老。杜娟儿把吃的放下,帮大伙沏上茶水。我说,两位省点劲儿,眼前的事儿弄完,咱们有的是时间聊。上午的工作主要是讨论结局的大概走向,也就是文修良到底应该去哪里?柳飘飘说,可以死吗?我说,不可以,那是人生的结局,不是故事的结局。聊了一会儿,没聊出所以然,疯马喝得很厉害,上午眼睛一直半开半闭,大家都没有效率。中午疯马没有吃饭,直接睡在沙发上。我们三个坐在屋子里抽烟,杜娟儿不抽,用嘴咬着笔头。杜娟儿说,如果这次再不行,我就得跟着我爸考古了。我说，你有些才华，可以再试试。别给我压力，她说，我胖成这样，没有对象，每天坐着，越来越胖，还不如拿个刷子去野外锻炼。杜娟儿跷起腿，她穿着黑色的长筒袜，说，我挺喜欢你们的。我说，别套了，想想下午怎么弄。杜娟儿说，我说真的，虽然才见了两天，我挺喜欢你们的，都是差不多的废物是不是？我说，你能不能别给我泄气？她说，没有，我看了星盘，咱们这回能成，成了之后一起出去玩吧。我说，去哪儿？她说，我哪知道，你不是领头的？我说，那就去笔架山，疯马的老家。她说，笔架山是什么东西？我说，我和疯马小时候都去过，海中山。正说着，疯马的下巴动了动，我以为他要说什么，然而并没有，他用嘴喘了两口气，接着睡了。下午工作继续，疯马睡了一觉起来，脸黄了，浑身发抖，我问他要不要回去，他说不用。他把大衣在屋里穿上，站起来走到白板前面，说，我睡觉时想了想，我过去讲的复活十九世纪的传统是错的。我讲不出来，我写写试试。他拿起黑色水笔缩着脖子写起来。

  首先我们要承认时间是可能分岔的。比如我，马峰，也是疯马，从锦州出来，坐火车进入北京，也许另一个我，在明末清初，从这儿骑马回锦州省亲，拒剪长发，身旁有女子伴随，夜晚有小仆提着灯笼。秋月霜空，就在马上睡去，醒时就在此地，拾起另一个我，与大家交谈。或者也许此时的我正在我妈身边，搀她去广场遛弯，总之时间分岔的基础是减少世界上的灵魂，减少不相干的人，即过去、现在、未来，肉身不同，灵魂共用，通过梦摆渡过去，梦类似水中央若隐若现的浮桥。文修良应该做梦吗?过去她是谁?现在她是谁?未来她可能是谁?历史上文修良最后被中共怀疑,逮捕,老死狱中。平反已在数年后。我们把这个留在梦中。她在剧中的结局是大获全胜,看破世局,飘然而走。聂隐娘?可以,跟着磨镜少年远走东瀛?可以。或是脱下军装,混入世间,嫁人生子,一生平静缄默。不过她应该会做梦,在梦中她被逮捕,被拷问,被凌辱,终于老去,将死,再想起另一个分岔,坐在自家的庭院为儿孙缝衣或者坐在江户的某个门阶上数着梅花凋落。我们并不解释为什么有这样的迷宫,为什么过去、现在、未来并肩而立,各自循环。只是建造,只是呈现,只是请君入瓮。

我们三个沉默了一会儿,疯马写完坐在沙发上继续喝剩下的威士忌,好像随时要散架。杜娟儿说,我觉得可以,是绝好的隐喻。我说,这不是隐喻。柳飘飘看着疯马说,疯马,你很有意思,换句话说吧,我愿意跟着你骑马去明朝。

我点上一支烟抽,琢磨着整个故事。故事不再是直线的,而是平摊开来,占据了我的大脑。这时有人敲门。一个从没见过的人,年轻男人,自称是董事长助理,说,哪位是袁走走先生?我说,我是。他说,麻烦您出来一下,我跟您说点事儿。我跟他走出门去,他把我领到男洗手间。我说,我没尿。他说,我也没有,这儿没有摄像头。他递给我一支烟,帮我点上,说,文总被抓了,你这个项目得停掉。我说,为什么被抓?他说,经济问题,也是队形的问题。

我说，队形的问题？他说，广播体操站错了排，被校长点名开除掉。我说，我有权利问问题吗？他说，你可以问一个。我说，我需要把前期款退给你们吗？他说，不用，文总似乎是有感觉，所以这笔钱，是走的其他的名目给你的。你把烟抽完，队伍解散，再也别走进这个楼了。我说，好，我想拉屎。他说，我先走，保重，哥们。你还可以想拉屎就拉屎，开心点。

我确实肚子疼，拉完了，洗了把脸，回到会议室，把这个情况一五一十说了。最后我说，我拿到了一些前期款，几位的薪酬没有问题，虽然还没签合同，但是按照口头上的约定三天之内结清。如果谁，因为这个项目推掉了其他工作，我可以酌情补偿一些，大家不用客气。杜娟儿说，就不能我们给它写完，卖给别的公司吗？我说，风险太大。这个项目就是个行活，不是我们原发的东西，不值得。这个茶具是我买的，我带走。杜娟儿帮我收拾茶具，柳飘飘跟疯马说，唉，大胡子，你下午有事儿没？疯马说，有事儿。柳飘飘说，什么事儿？疯马说，还没想好。老袁，我晚上能住你那儿吗？我说，我是个单人床，没有沙发。他说，有地热吗？我可以睡地上。我说，地下室，没有地热。他说，那我也可以睡地上。我想了想说，各位，其实我一直想写一个电影。杜娟儿说，什么电影？我说，我也不知道，等我想好再找大家吧。柳飘飘跟杜娟儿说，娟儿，你下午有事吗？杜娟儿说，没有。柳飘飘说，那你跟我走吧。杜娟儿说，好。于是两两别过，柳飘飘和杜娟儿打车走了。

疯马跟着我回到地下室，没有喝酒，就躺在我的单人床上发呆，我说，你没事儿吧，有话就说。他说，我没事儿。我说，你没事儿的话就下来，让我躺会儿。他说，晚上给你躺，咱们轮着不行吗？我没办法，出去走了一圈，要了一碗兰州拉面，吃了半碗，吃不下去，放下筷子抽烟，把烟灰掸在碗里。天黑了，我回到房间，疯马还保持着原样躺在那儿。地下室漆黑一片。他说，老袁，我想上月球上去。我说，坐高铁吗？他说，我把月球叫过来。我说，行了，想想明天怎么办吧，你不能一直住我这儿，你朋友不是有床？他说，关于我的一生，我以前不知道，现在全想起来了，以前得了形而上学的近视眼。我说，你收拾铺盖回家吧，别在北京待着了。他说，我睡一觉就走，但是不会离开北京，我其实一直在这儿生活。说完，没过一会儿，他就睡着了。他睡得很实，一句话也没说。快十二点，我的电话响了，柳飘飘在电话里喊，你在哪儿呢？我说，我在地下室。她说，地址给我。我说，就是我们开会的楼下。然后电话就挂了。过了半个钟头，柳飘飘和杜娟儿来了，两人都喝得烂醉。我说，你们干吗来了？柳飘飘说，你不是要写电影吗？我说，那就是一说。杜娟儿说，关于电影，我有个好主意。我说，什么主意？她说，我想吐。说完就倒在地上。我把脸盆放在她下巴底下，她吐了半盆。等我回头，柳飘飘挤在疯马旁边，一条腿拖在地上。我把她的腿拿上去，从壁橱里找出一床被，垫在杜娟儿身子底下，把脸盆清理了，又放在她手边。我环顾了一下周遭，只有两个选择，要么躺在书桌上睡，要么坐在铁椅子上睡，我选择坐在椅子上。

　　凌晨三点左右，我看见疯马坐了起来，眼睛紧闭，轻轻地说，妈妈，拿住它的缰绳。说完站起来走到门口，把门拉开又关上，然后走回来坐到床边。我翻身去找自己的小本本，他已经把两只手放在自己脖子上。我跑过去，去扳他的手，他的手简直像巨人的手，以至于他的脖子瞬间就被扎紧，细了两圈。柳飘飘被我的叫喊声惊醒，说，我×，你们怎么打起来了？杜娟儿在地上翻了个身，说，电影，我有个好主意，然后又睡着了。疯马的舌头尖儿伸了出来，我和柳飘飘一人扳着他的一只手，毫无效果。我忽然看到了我刚才坐的椅子，我说，你躲开。柳飘飘闪开身子，我举起椅子砸在疯马头上，疯马松开手向后倒去，后脑撞在墙上，又向前翻滚下床，脸冲下倒在地上，额头上肿起一个大金包。我去搀他，他突然掐住我的脖子，柳飘飘去扳他的手，根本扳不动，他的手渐渐收紧。我的眼前一片漆黑，黑漆漆中，我看见月球向我靠近过来，巨大昏黄，触手可及。我蹲坐在水边，是个小孩子，浑身瑟瑟发抖。潮汐退去，一条土桥从水中升起，我撒开腿跑在上面，跑了回去，跑进了一片市集，到处是飘荡的灯笼，到处是动听的歌声，声光凌乱，一时耳目不能自主。抬起头，看见疯马站在骑楼上，手托一个光圈看着我，我终于看清楚，那是月亮，月亮在他手心，光从指缝里射出来，如同一提小小的灯笼。我醒来时，与疯马并肩躺在地上，他的额头淌下血来。柳飘飘手提椅子气喘吁吁说，他这是怎么了？我摸了摸脖子说，没什么，做梦了。这回你可以自己睡在床上了。她说，算了，一会儿他再把我掐死。我们看着他一会儿吧。我蹲下用手摸了摸他的鼻孔，呼吸很均匀，血也止住了。他忽然睁开眼，看着我，看了足有十秒，说，我知道了，等我睡醒了，我带你们去一个地方。说完就闭上眼睛，又睡着了。

原载《花城》2017年第5期

武术家

窦斗十五岁的时候父亲死了，在此之前他从没想过父亲有一天会死，结果那一天就真的死了。窦冲石是奉天五爱国术馆的馆长，1932年12月22日上午10点，他坐在武馆正厅里等待一位叫作桥本敏郎的日本武术家的来访。桥本敏郎在中国待了多年，主要工作是在各处与人比拳，他以日本剑术入拳，练了一套左偏拳二十四手，打起来好像一个脑血栓患者，半边胳膊下沉，一条腿老拖在后面，动作歪歪扭扭，手可及地，几乎未尝败绩。所谓右手为剑，前方指路，左手为索，老是搂你脚踝，你一碰他，他就顺势向左一倒，用肩膀去撞你磕膝盖，然后一咕噜爬起站在你后面。中国拳师都叫他左偏郎，后来把郎也去了，直接叫他偏左。偏左在日本不属于左派，也不属于右派，既没有军方背景，也不在民间组织里效忠天皇，就是一个国际主义自然人，来中国不为别的，只为找人打拳。

前天晚上下了一点雪，两个用人用笤帚正在慢慢地扫雪，窦冲石在茶壶里续了点热水，看着，他感到有点寂寞。窦斗的母亲早亡，窦冲石一直没有续弦，一是没有时间，二是他信得过的人越来越少了。

窦冲石是个共产党员，但是几乎没人知道，即使是至交的拳师，也只知道他是一个天赋异禀的拳手，似乎生下来就应该练拳，然后开宗立派，然后开馆收徒，然后寿终正寝，灵堂上堆满各路人送的花圈挽联。窦冲石练的是八卦掌加满族摔跤，八卦掌是继承的他父亲，鞑子跤是从他母亲那学的，他妈是个满人，记了一套跤的口诀，背给了他，他后来一直琢磨，把这套摔跤的技法融到了掌里头，所以他的八卦掌起手是掌心向下，和一般的双掌承天大有不同。八卦掌本来就阴柔纠缠，加上有时候突然间薅你衣服，脚底下使绊，就变得更加难缠，所以他们都用一句奉天的老话称呼他，叫做粘夹儿。当然这是他小时候的诨名，等他名动奉天，甚至北平也有人知道他的时候，他已经甩掉粘夹儿的诨号，而叫作窦先生了。

窦冲石没有见过偏左，但是两人过去通过信，讨论过一些武术上的问题，不算有交情，只算有交往。窦冲石讨厌日本人，讨厌到什么程度呢？他讨厌所有日本人，不管是好的坏的，老的少的，原因当然跟日本人在他眼前的所作所为有关，另一个原因是他痛恨所有不请自来的人。但是他知道斗不过，所以不表现出来，隐藏得很深。他对日本武术很了解，所谓知己知彼，但是如果日本人上门切磋，他都一概好茶款待，然后拒绝。赢输都不好看。暗地里他给组织提供场地开会，也训练一些刺客杀手，但是自己从不亲自动手，因为他有家有口，虽有国仇，没有家恨，犯不着以武犯禁，拿自己的生命冒险。窦冲石是个情商很高的人。在通信中他知道偏左有很高的武术修为，也有文化，这么多年在中国口碑不错，得饶人处且饶人，没有给人带来致命的伤害，是个拳痴而已，但是他还是从不把对武术的真知灼见说与他。他从孔孟之道说到反清复明，从武林掌故说到儒释交汇，就是不谈实际的功夫。这天早晨他备好了茶和点心，也准备了沟帮子烧鸡的礼盒，坐在正厅的主人位上等偏左，背后是他亲手写的大字，左边是"冲淡"两个字，右边是"不斗"，包含了他和儿子的名字，其实窦斗的斗是念上声，意思是只有一斗的功夫才学，就可以了。

　　偏左上午十点如约而至，带了一个男孩子，男孩十五六岁左右，光头，极瘦，大冬天只穿一件灰色布挂儿，窦冲石以为他是独自前来，看见还有个随从有点意外，因为没有给人家备礼。偏左身穿深蓝色的中式棉袍，稍有点肚子，脖子上围着狐狸皮的围脖，脚蹬高腰儿的黑色牛皮皮靴，里面絮的羔羊毛露出一圈白边儿，乍一看跟家道殷实的中国长者一模一样。两人寒暄之后，偏左用标准的中文说，窦先生，我早有耳闻你不跟日本人比武，其中苦衷我也深表理解，你在信里跟我兜了不少圈子，我也能理解。所以我今天来不是要和您过手，我所为只有一事，听说您手里有一册山影一刀流的剑谱，那是我们家的东西，我想拿回来。窦冲石说，先生说笑了，我是一个普通的中国拳师,怎么可能有您日本国的剑谱?偏左说,藤野少佐五天前死在南市场附近的胡同里,他是在下的不肖徒弟,从我这偷了这本剑谱逃走,因是军界中人,我拿他也没什么办法。这本剑谱记载的是一套邪剑,传为刺客所练,练成之后据说可以生成一个影人,若是男人,则影人为女,若是女人,则影人为男。影人有形而无质,无声无息,决斗时却可用剑偷袭,每杀一人,影人则得一点主人之内质,最后主人死而影人存,之后影人就遁入茫茫人世,无从辨查,所以我们称其为"移"。祖上不许我们练此移术,但是剑谱一直未被毁,因为确是精妙武术,没人舍得。我知道兄台和共产党过从甚密,藤野之死多少与您有关,这也没什么大不了,人各有志,我只是作为山影一刀流的后人,必须要把这套剑谱拿回来。作为交换,我向兄提供三百斤珍贵药材,兄可自用也可与于同仁,药材现在就在大门外,望兄首肯。窦冲石用了很短的时间去思考,在他一生中很少有这样高强度思考的时刻,心知是个大抉择。剑谱在他手里,他也翻看了,虽有图画,可是重要的是心法,心法都是日本字,他不能理解,也没当回事儿,他并未想到这是一本如此重要的书,以为只是徒弟顺手从尸身上拿的,看来藤野是未及练,真是好险。眼前这个人光明磊落,和盘托出,而且这东西确是人家家传,应该还给人家,可是他是日本人,万一哪一天他回过味来,把这个东西传给日本敢死队或者刺杀团,遭殃的一定是中国人。况且一旦认了,就等于承认自己和组织的关系,不是不想磊落,是确实不能。窦冲石说，尊下所说种种，在我听来如同天方夜谭，我一生习武，为的是强身健体，往大点说是与天地相知，您所言的移术一来我不信，二来我从未见过这册剑谱。我是普通市民，对政治从不感兴趣，更不可能与共产党有瓜葛，我的所有弟子入门的第一课，就是我教他们什么叫不党不群。谣言止于智者，先生的故事今日可以收束在此。

窦冲石说完，扬手示意看茶，坐在偏左下首的男孩突然跳起，两步蹿到窦冲石近前，伸手抓住他的衣领说，拿来！窦冲石纵横关外二十载，从来没让人抬手就抓住衣领，其动作之快，如同子弹。窦冲石处乱不惊，不去拿他的手腕，而是以身带掌直点他的腋下说，少侠喝茶。少年向后一弹，跳出两丈站定，从背后掏出两把短刀，长约一尺，宽约两寸，双刀一碰，说，拿来有用！窦冲石从椅子上站起说，我确实没有。少年再又欺身而来，这次窦冲石有所准备，避开他的左手刀，伸双手掌心向下拿他手腕，他这一套八卦掌法，只要让他摸到衣服边，就很难脱身。这时他只听到偏左一声大喊，莫要无谓结仇！只见少年的身边突然出现一个等大的女子，穿红袄，梳两个圆形发髻，也使双刀，从侧面向窦冲石扑来，窦冲石说，难道真有妖术？他向后急避，没想到少年此时已经转到他身后，一刀斩下他的头颅，女子咯咯一笑，把头颅一踢，直踢到院子边的雪堆里了。

窦斗到家时，父亲已死，凶手也已逃走，除了父亲，还死了一个想要拦截他们的老用人,被双刀在前心穿了两个窟窿。两担子药材摆在家门口,可是谁也救不活了。家道迅速败落了,他是独子,如今父母双亡,家产被几个年长亲戚瓜分,有一家叔嫂较好,给了他一根金条,让他自寻生路。窦斗自小学过一点武术,但是他兴趣不大,他的兴趣在于读书,窦冲石也尊重他的选择,没有逼他继承家学,毕竟还有不少徒弟可以教,而且武术之道,总有危险,也毕竟不是新社会的主流。另一个在场的用人看见了比武,也听到了关于剑谱的谈话,但是对其中意思不甚了了,一会说来者是两个人,一会说是三个人。变卖家产时在窦冲石的藏书中并没有找到这本日本剑谱,书房已经被人翻得一片狼藉,想来是被人拿走了。窦斗掂量了一下目前的处境,在奉天已经没什么意思了,反正家已经没有,在哪都是一样,虽在热孝之中,他还是打点行李,坐火车来到北平。北平有不少大学,他想勤工俭学,以后靠知识混饭吃,他在奉天读到高中二年级,努力一下也许是可以考上的。

从北平火车站下车,他在月台上买了一只烤红薯吃,冬天里的红薯特别甜,窦斗吃完一个,又买了一个。他忽然想起母亲,他对母亲的印象已经模糊,只记得她手里常拿一只大花碗,里面盛的是给他吃的东西。父亲一生都在忙碌,时而打拳,时而伏案,他不敢去打扰,在他记忆里,他主动找父亲说话是极少的,都是父亲把他叫到近前,问一些课业的情况,然后指点他几句,通常都是他能够想到的。他拿着红薯向着出站口走,一个带黑色礼帽的男人手拿一张报纸碰了他一下,他的红薯差点掉在地上,男人说,不好意思啊。他缩了缩脖子没敢答言,男人说,你来北平做什么?他小声说,来念书。男人说,哦,你不想报仇吗?他吓了一大跳,抬头看男人的脸,见方的下巴,留着八字胡,右边眉毛上有一条竖着的伤疤。男人说,窦先生是我们的同志,因为怕给你们惹麻烦,我们没去祭奠,万望海涵。窦斗不想和他说话,想赶紧从月台走出去,他嘴里说,没事没事,迈起步子快走。男人拉住他的胳膊说,别忙,窦先生身死多少和我们有点关系,这是我们的一点意思,聊表心意。说着从兜里掏出两封大洋,交到窦斗手上。窦斗说,我不认识你,我不能收。男人说,我和令尊共事多年,我对他的人品功夫都极为敬仰,虽然他不是彻底的信仰者,但是他所做的贡献却是相当实际的。关于报仇一事,我们已经开过会,决定无论多么困难也要实施,你不要担心。窦斗说,我不想报仇,如果你们有这个打算是你们的事情。男人说,为什么?窦斗说,我们家里已经决定了,一是按规矩,对方不是靠人多取胜,让人打死了是没办法的事情,二是我不会武术,即使会也打不过人家,我爸都输了,我再练三十年也不行,他说到这里停顿了一下说,我还有别的追求,不想这辈子就琢磨这件事。男人说,你有什么追求?窦斗说,具体我还没想好,我到北平来就是要把这件事想清楚。男人说,你说得也有道理,我也不强求,但是因为对方是日本人,这个仇我们还是要报的,就算有一天他跑回日本,我们也要追到日本去。说着他从怀里拿出一册线装书说,这个给你。窦斗说，你一直给我东西，我说了我不要。男人说，日本人那天就是来要这个剑谱，我们商量了一下，决定把这个剑谱归还给你。窦斗说，咦，这东西怎么会在你手里？男人说，你家那个用人，唯一的目击者，是我们的人，这件事令尊也不知道，他看见两方相斗起来，就抢先一步把剑谱藏了。窦斗说，老金，你的人？男人说，对，他在你家十年，十年都是我们的人。令尊为此身死，这个东西你还是要收下。窦斗说，你们留着不是更有用吗？你们不用开会讨论一下吗？男人说，我们用不着，鉴于令尊的经历，我们以后都用手枪了。窦斗还想说什么，男人已经把大洋和剑谱都塞到他怀里，扭头快步走了。

窦斗这就在北平住下了，住在北京大学旁边的一家旅馆里，包了一间屋子。他有一根金条和两封大洋，在这过个一年半载是没有问题的。给老板现钱的时候，他才知道这些大洋是多么有用，北平不比奉天，百物昂贵，连一个灯泡都比奉天贵一倍，想想那个方脸男人，还真是他爸的好同志啊。时候已经到了1933年的元旦之后，因为北大正在放寒假，所以里面的学生不多，他去逛了几次，真大啊，像个大公园。住了三个礼拜，他上午在房子里看书，下午去逛旧书店，天气好的时候，骑个自行车在胡同里瞎转，故宫里没有了皇上，总统府也没有了军阀，蒋委员长的老巢在南京，北平是一方文化之地。窦斗看报纸知道，日军已经攻破了山海关，他吓了一跳，几乎怀疑日本人是追着他来的，第二天的报纸又说，傅作义将军发表声明，不会让日本人再前进一步，他们已在长城布防，配以德国造的机枪，北平市民可以安枕无忧。窦斗才想起来长城他还没去爬，看来一时是没法去了。寒假过后，北大复课，一切都像过去一样正常，校园里的男女学生好像清风一样干净，窦斗忽然明白了一点，北平人不知道日本人什么样，也从没想过自己落在日本人手里，不像他这个从奉天来的，自小就学了日本语，街上遇见日本人都贴着墙走，他是很关心时局的，每天买三种报纸看，这一点上他自信比大部分北平人成熟。

他开始到北大旁听各门课程，想选个适合自己的专业，来年参加入学考试。听了一个来月，他确认了自己过去的想法，他要考北大中文系，之后干什么还不清楚，但是至少想做一个文化人。不过有一点窦斗是一直保持着从小的习惯，就是每天早起去未名湖畔站桩，这是窦冲石唯一留给他的玩意儿，他不想丢了，而且他发现站桩有利于学习，早上站一会，一天神清气爽，看书不累。八卦掌和鞑子跤都没站桩这个东西，但是窦冲石觉得站桩能够养心养眼，所以早年间用几手八卦掌换了一套站浑圆桩的法门。那本剑谱他根本没有打开过，一直包在一件过冬的皮袄里头，藏在柜子紧里面，以他的判断，武术家的东西迟早要消亡，就说他现在的生活，和过去在家里好像完全两个时代，北大的老师讲的是民主和科学，武术和这两样都一点不沾边了。

虽然旅馆也包伙食，但是因为手头不是特别紧，窦斗有时候自己也改善一下生活。这天晚上他在附近吃了一屉烧麦，两张馅饼，往旅馆溜达。到了旅馆门口，发现围了一群人，一个和他年纪相当的小姑娘正在练把式，女孩穿着一身儿红，梳两个鬏鬏，系着红头绳，浑身上下只有一双鞋是白的，雪白，往空中一踢，好像肉团团的雪球。他看了一会，以他粗浅的武术知识，知道打得是极普通的六合拳，只是因为身段柔软，所以煞是好看。女孩练了一趟，把汗一擦，双手抱拳说，献丑献丑，小女子到贵地不是为了挣点散钱，其实是为了寻我失散了的哥哥，我哥哥长脸大眼，常年穿蓝色布衫，我们俩一起来了北平，一天早上起来他就不见了，他武艺高强，擅使双刀，说着从包袱里掏出两把短刀，就这么一样两把刀，我想他也没什么别的挣钱的本事，可能也跟我一样，只能卖点武艺，如果哪位看见了，一定好心相告，小女子感激不尽。众人看女孩不练了，就陆续散去，窦斗也踱步回了旅馆自己的房间，洗漱完毕，上床看书。晚上大概十点钟光景，他关灯睡觉，刚一睡着就开始做梦，他梦见家里着了大火，厨子用人都往外跑，只有他爸还在火里，他扯着嗓子大哭，喊爸，爸，窦冲石灵机一动，一跳跳进了院子中央的水缸里。等火烧完，他跑到水缸边看，窦冲石已经不见，水缸里飘着一张信纸，上面写着窦冲石给他的遗言：没出息不要紧，一天三顿饭要吃全，切记切记。他想起今天中午忙着逛琉璃厂，少吃了一顿，心下内疚一下醒了，他发现一个五十多岁的中年男人正坐在他的书桌前看书，这可把他吓了一大跳，在被窝里没敢出来，也没敢吱声，他闭上眼睛又睁开，男人还在，他才知道不是梦。男人发现他醒了，转过头说，做噩梦了？窦斗说，你是什么人？男人说，不好说，简单说来，我是你的仇人。窦斗说，你是偏左？男人说，正是。你这本剑谱是哪来的？窦斗说，这我不能说。偏左说，想来是共产党给你的，确实是货真价实的剑谱啊，一页不缺。窦斗脱口而出，那你赶紧拿走啊。偏左笑说，你倒蛮大方，和你父亲性格完全不一样，这个剑谱在我手里二十年，我没看过，藤野拿到了手，但是没来得及练就死了，只有我那个小徒弟，小津偷练了，结果惹了巨大的麻烦，你说我要它有什么用呢？窦斗想明白了，一定是那个小津杀了他爸，他说，小津在哪？偏左说，小津已经没了，今天你看到的那个女孩，就是小津。窦斗糊涂了，说，你这是啥话？日本人都这么说话？偏左说，一时跟你说不明白，你下火车，我就跟上了你，共产党也跟上了你，他们给你剑谱，其实是为了钓鱼，引我出来，现在这个旅馆的周围有不少他们的人，我来一趟不容易，所以长话短说。那个女孩叫津美，是小津的影子，小津没有了，她就是真身，可是她一直以为小津是他哥哥，所以一直在找他，她不能理解这其中的奥秘。她这样实在痛苦。剑谱的最后一页写了，所有影子最后都犯这毛病，他们隐入人海，一生都在寻找自己的真身，无休无止，所谓邪术，正是在此。说到这里，偏左长叹了一声说，我一生痴迷武术，不问恩仇，没想到到最后，还是不能得免，我要回日本了。窦斗说，那，那个女孩怎么办？偏左说，实话说，她到底是个什么东西，我也不清楚，她的痛苦到底算不算得痛苦，我也不知道，但是有一点我是知道的，一般人是杀不死她的。窦斗说，为啥？偏左说，她是人形鬼身，换句话说，她是个鬼啊，只是她自己不知道而已。不过这剑谱的最后一页也写了，有一种方法可以消灭她。窦斗说，什么办法？偏左说，一句日本咒语，在她睡着的时候在她耳边念。日本语念作春雨のわれまぼろしに近き身ぞ，翻译成中文的意思是春雨细蒙蒙，我身近幻影。这句要用日本语念，念完之后，她就会意识到自己是鬼，然后化作飞烟。小窦，我本不想杀你父亲，我把这句话交给你，也算了了我一桩心愿，到底怎么办，你自己决定。说完，偏左从兜里掏出火柴，把剑谱烧了个一干二净，然后用手推开木窗，跳了出去，嗒嗒几声，不见踪影。

第二天窦斗就搬了旅馆，从北大的西门附近搬到了东门附近。几天之后，他在报纸上看到，著名日本武术家桥本敏郎在旅顺登船时，被人用手枪打死，桥本本能地用左手格挡，子弹穿过手掌，打中了心脏。行凶者跳海逃走，未能就捕。几个月之后，他参加了北大的入学考试，他顺利考取了，成了北大中文系的一名学生。毕业之时，炮声隆隆，日本人攻入北平，天津失守时他已离开北平，几经辗转，到西南联大给闻一多先生当了助手，主要工作是研究唐诗，其实所做工作几近图书管理员，闻先生要什么书，他便找来，有些书闻先生无暇看，他便先看过，然后提纲挈领地给闻先生讲讲。因为他懂日语，所以日本典籍方面倒是帮了不少忙。闻先生死后，他哭了一夜，第二天升任讲师，因为口才平庸，所以学生寥寥，课上半数人都在大睡，幸而那时西南联大较为宽松，兵荒马乱，他也一直这么待了下来。他一生不婚不娶，不求有功，但求无过，除读书教书之外，最大爱好便是站桩，随着年龄增大，越站越久，早晨站，晚上也站，过了四十岁之后，夜里边站桩边睡觉，睡得极香。站桩时，父亲的仇，闻先生的死，国家的离难，都与天地相融，觉得自己的身体也恍惚不可见，所谓庄子所言：吾所有有大患者，为吾有身。及吾无身，吾有何患？

1949年之后，他回到北京，进入重建中的北京大学任教，还是教唐诗，几次运动中，都未受冲击，父亲和老师都是烈士，历史再清白不过，无党无派，无名无权，停课时就回家看书，复课就按照课表上课。牛棚中关着不少大师，有时他做点饭给人送去，若是别人，可能还有点问题，见是他，也没人说什么，知道他为人比菜汤还要清淡，完全是人道上的考虑，绝无别的意思。1969年冬天，北大里突然出现了不少告示，上写着：寻一武术家，年约五十岁，常年穿蓝色布衫，使双刀，爱动武，说中文有日本口音。早年曾去东北，后在北京大学附近失踪。知情者请与某某办公室联系，知情不报者经查属实，严惩不贷。窦斗在告示前站了半晌，低头走了。第二天他包了点饺子，送去牛棚，见一大师将饺子直往喉咙里送，便问道：您听说学校最近的告示了吗？大师倒了一口气说，知道，寻武术家。窦斗说，我看上有红头，是个啥意思？大师小声说，听说找人的就是那位著名的女人，早年把她哥弄丢了，莫当事，也许是更年期紊乱，让她找吧，比闲着弄别的好。窦斗点头，把饭盒收了走了。

转过年来春节后，著名女人要来北大看戏，戏里有文有武，武占百分之七十。窦斗跟院里申请，想看这出戏，他极少摆资历，这次倒用了，说想坐在前排，看得清楚，院里向学校汇报了他的要求，学校把他重新简单政审了一下，批准了。这天早晨，窦斗在未名湖畔站桩，站到中午，他睁开眼睛看了看远处，奉天已叫沈阳，怎么眺望也看不见了。他想起小时候父亲教过他一套简单的八卦掌六十四手，没有复杂变化的那一种，只有六十四个姿势。他以为他早忘了，可是一练起来，发现记得大半，他就打了下来，中间忘记的就跳过。距离上次打这套掌已经过去四十年，打完之后，他出了一身的汗，庄子所言的无我已经不可能了，他确凿地感觉到自己的身体，像温泉一样冒着热气。

晚上八点，戏开始了，他坐在著名女人的后一排，女人头发花白了大半，梳着五号头，身板笔直，后背很少靠在靠背儿上，一看就是练家子。中间的时候一个使双刀的武生跳上来，和人打斗在一起，窦斗听见女人跟身边的校领导说，这人不行，刀还在胳膊外面，没练到里头去。到了戏的后半段，文戏多了起来，女人的身子轻轻晃了几次，终于在一大段唱词中间睡着了。窦斗从自己的座位上站起，哈着腰挤过一条条腿，到了女人的身后，他伸着脖子在女人耳边轻轻说：

春雨のわれまぼろしに近き身ぞ。女人旋即醒了，回头看他说，原来如此，你这个狠心人，真是苦了我啊。话音刚落，女人化作一缕飞烟，被人群的热浪一鼓，到了戏台上盘旋了一圈，然后踪迹不见。

原载《鲤·时间胶囊》，九州出版社 2018 年 11 月出版

平原上的摩西

庄德增

1995年,我正式从市卷烟厂脱离了关系,带着一个会计和一个销售员南下云南。离职之前,我是供销科科长,学历是初中有过知青经历,返城之后,接我父亲的班,分配到卷烟厂供销科。当时供销科是个摆设,一共三个人,每天就是喝茶看报。我因为年轻,男性,又与厂长沾点表亲,几年之后,提拔为科长,手下还是那两个人,都比我年岁大,他们不叫我科长,还叫我小庄。我与傅东心是通过介绍人认识,当时她二十七岁,也是返城知青,长得不错,头发很黑,腰也直,个子不高,但是气质很好,清爽。她的父亲曾是大学老师,解放之前在我市的大学教哲学,哲学我不懂,但是据说她父亲的一派是唯心主义,反右时被打倒,藏书都被他的学生拿回家填了灶炕或者糊了窗户。"文革"时身体也受了摧残,一只耳朵被打聋,"文革"后恢复了地位,但已无法再继续教书。他有三个子女,傅东心是老二,全都在工厂工作,没有一个继承家学,且都与工人阶级结合。

我与傅东心第一次见面,她问我读过什么书,我绞尽脑汁,想起下乡之前,曾在同学手里看过《红楼梦》的连环画,她问我是否还记得主人公是谁。我回答记不得,只记得一个女的哭哭啼啼,一个男的娘们唧唧。她笑了,说倒是大概没错。问我有什么爱好,我说喜欢游泳,夏天在浑河里游,冬天去北陵公园,在人造湖冬泳。当时是1980年的秋天,虽然还没上冻,但是气温已经很低,那天我穿了我妈给我织的高领毛衣,外面是从朋友那里借的黑色皮夹克。说这话的时候,我和她就在一个公园的人造湖上划船,她坐在我对面,系了一条红色围巾,穿一双黑色布带鞋,手里拿着一本书,我记得好像是一个外国人写的关于打猎的笔记。虽然从年龄上说,她已经是个老姑娘,而且是工人,每天下班和别人一样,满身的烟草味,但是就在那个时刻,在那个上午,她看上去和一个出来秋游的女学生一模一样。她说那本书里有一篇小说,叫《县里的医生》,写得很好,她在来的路上,在公交车上看,看完了。她说,你知道写的是什么吗?我说,不知道。她说,一个人溺水了,有人脱光了衣服来救她,她搂住那人的脖子,向岸边划,但是她已经喝了不少水,她知道自己要死了,但是她看见那人脖子后面的汗毛,湿湿的头发,还有因为使劲儿而露出来的脖筋,她在临死之前爱上了那个人,这样的事情是会发生的,你相信吗?我说,我水性很好,你可以放心。她又一次笑了,说,你出现的时间很对,我知道你糙,但是你也不要嫌我细,你唯一看过的一本连环画,是一本伟大的书,只要你不嫌弃我,不嫌弃我胡思乱想,我们就可以一起生活。我说,你别看我在你面前说话很笨,但是我平常不这样。她说,知道,介绍人说你在青年点时候就是个头目,呼啸山林。我说,但凡这世上有人吃得上饭,我就吃得上,也让你吃得上,但凡有人吃得香,我绝不让你吃次的。她说,晚上我看书,写东西,记日记,你不要打扰我。我说,睡觉在一起吗?她没说话,示意我使劲划,别停下,一直划到岸边去。

婚后一年,庄树出生,名字是她取的。庄树三岁之前,都在厂里的托儿所,每天接送是我,因为傅东心要买菜做饭,我们兵分两路。其实这样也是不得已,她做的饭实在难以下咽,但是如果让她接送孩子就会更危险。有一次小树的右脚卡在车条里,她没有发觉,纳闷为什么车子走不动,还在用力蹬。在车间她的人缘不怎么好,扑克她不打,毛衣她也不会织,中午休息的时候总是坐在烟叶堆里看书,和同事生了隔阂是很正常的事情。八十年代初虽然风气比过去好了,但是对于她这样的人,大家还是有看法,如果运动又来,第一个就会把她打倒。有天中午我去他们车间找她吃饭,发现她的饭盒是凉的,原来这样的情况已经持续了一段时间了,每天早上她把饭盒放进蒸屉，总有人给她拿出来。我找到车间主任反映情况，他说这种人民内部矛盾他也没有办法，他又不是派出所所长，然后他开始向我诉苦，所有和她一个班组的人，都要承担更多的活，因为她干活太慢，绣花一样，开会学习小平同志的讲话，她在本子上画小平同志的肖像，小平同志很大，像牌楼一样，华国锋同志和胡耀邦同志像玩具一样小。如果不是看在我的面子上，早就向厂里反映，把她调到别的车间了。他这么一说，倒让我有了灵感，我转身出去，到百货商店买了两瓶西凤酒，回来摆在他桌上，说，你把她调到印刷车间吧。

傅东心从小就描书上的插图，结婚那天，嫁妆里就有一个大本子，画的都是书的插图。虽然我不知道画的是什么，但是很好看，有很高的大教堂，一个驼子在顶上敲钟，还有外国女人穿着大裙子，裙子上面的褶子都清清楚楚，好像能发出摩擦的声音。那天晚上吃过饭，我拿了个凳子去院子里乘凉，她在床上斜着，看书，小树在我跟前坐着，拿着我的火柴盒玩，一会儿举在耳边摇摇，一会儿放在鼻子前面，闻味儿。我家有台黑白电视机，但是很少开，吵她，过了一会儿傅东心也搬了个凳子，坐在我旁边。明天我去印刷车间上班了，她说。我说，好，轻巧点。她说，我今天跟印刷的主任谈了，我想给他们画几个烟盒，画着玩，给他们看看，用不用在他们。我说，好，画吧。她想了想说，谢谢你，德增。我不知道该说什么，就笑笑。这时，小斐她爸牵着小斐从我们面前走过。我们这趟平房有二十几户，老李住在尽东头，在小型拖拉机厂上班，钳工，方脸，中等个，但是很结实，从小我就认识他。他们家哥三个，不像我是独一个，老李最小，但是两个哥哥都怕他，"文革"那时候抢邮票，他还扎伤过人，我们也动过手，但是后来大家都把这事儿忘了。结婚之后他沉稳多了，能吃苦，手也巧，是个先进。他爱人也在拖拉机厂，是喷漆工，老戴着口罩，鼻子周围有一个方形，比别处都白，可惜生小斐的时候死了。老李看见我们仨，说，坐得很齐，上课呢？我说，带小斐遛弯去了？他说，小斐想吃冰棍，去老高太太那买了一根。这时小斐和小树已经搭上话，小斐想用吃了一半的冰棍换小树的火柴盒，眼睛瞟着傅东心，傅东心说，小树，把火柴盒给姐姐，冰棍咱不要。傅东心说完，小树"啪"的一声把火柴盒扔在地上，从小斐手里夺过冰棍。小斐把火柴盒捡起来，从里面抽出一根火柴，划着了，盯着看，那时候天已经黑了，没有月亮，火柴烧到一半，她用它去点火柴盒，老李伸手去抢，火柴盒已经在她手里着了，看上去不是因为烫，而是因为她就想那么干，她把手里的那团火球向天空扔去，滋滋啦啦地响，扔得很高。

蒋不凡

从部队转业之后，我跟过几个案子，都和严打有关。抓了不少人，事儿都不大，跳跳舞，夜不归宿，小偷小摸，我以为地方上也就是这些案子，没什么大事儿。没想到两年之后，就有了"二王"，大王在严打的时候受过镇压，小王在部队里待过，和我驻扎的地方离得不远，属于蒙东，当时我就听说过他，枪法很准，能单手换弹夹，速射的成绩破过纪录。两兄弟抢了不少地方，主要是储蓄所和金店，一人一把手枪，子弹上千发，都是小王从部队想办法寄给大王的，现在很难想象，当时的一封家信里夹着五发子弹。他们也进民宅，那是后期，全市的警察追捕他们，街上贴着他们的通缉令，两人身上绑着几公斤的现金和金条，没地儿吃饭，就进民宅吃，把主人绑上，自己在厨房做饭，吃完就走，不怎么伤人，有时还留点饭钱。再后来，两人把钱和首饰扔进河里，向警察反击。我们当时都换成便衣，穿自己平常的衣服，如果穿着警服，在街上走着就可能挨枪子儿。最后，那年冬天，终于把他们堵在市北头儿的棋盘山上，我当时负责在山脚下警戒，穿着军大衣，枪都满膛，在袖子里攥着，别说是有人走过，就算是有只狍子跑过去，都想给它一枪。后来消息传下来，两人已经被击毙了，我没有看到尸体，据说两人都瘦得像饿狗一样，穿着单衣趴在雪里。准确地说，大王是被击毙的，小王是自己打死自己的。那天晚上我在家喝了不少酒，想了许多，最后还是决定继续当警察。

1995年刚入冬，一个星期之内，市里死了两个出租车司机，尸体都在荒郊野外，和车一起被烧得不成样子。一个月下来，一共死了五个。但是也许案子有六起，其中一个人胆小，和他一个公司的人死了，他就留了心，有天夜里他载了一个男的，觉察不对，半道跳车跑了，躲在树丛里。据他的回忆，那人中等个，四十岁左右，方脸，大眼睛。但是他不敢确定这人是不是凶手，因为他在树丛里看见那人下车走了，车上的钱没动。这个案子闹得不小，上面把数字压了下去，报纸上写的是死了俩，失踪了一个。我跟领导立了军令状，二十天内破案。我把在道上混的几个人物找来，在我家开会，说无论是谁，只要把人交出来，以后就是我亲兄弟，在一口锅里吃饭，一个碗里喝汤。没人搭茬，他们确实不知道，应该不是道上人，是老百姓干的。我把这五个司机的历史翻了一遍，没有任何交集，有的过去给领导开小车，有的是部队转业的运输兵，有的是下岗工人，把房子卖了，买了个车标，租房子住。烧掉的汽车我仔细勘察了几回，两辆车里都发现了没烧干净的尼龙绳，这人是把司机勒死，拿走钱，然后自己开车到荒郊，倒汽油烧掉。有了几个线索，杀人的人手劲不小，会开车，缺钱，要弄快钱。因为和汽车相比，他抢的钱是小头，但是他没关系，车卖不出去或者他没时间卖，一个月作案五起，不是缺钱的话不会冒这么大的险。回头跟技术那头的人又开了一个碰头会，他们说，光油箱里那点油不能把车烧到这么个样，这人自己带了汽油或者柴油。

又多一条线索，能搞到汽油或柴油。

这时候已经过了十天。我到领导的办公室，坐下说，领导，这个案子不好破。领导说，你是要钱还是要人？上面给的压力很大，最近晚上街上的出租车少了一半,老百姓有急事打不着车。军令状的事儿放在一边,案子破了,甭管是什么方法,提你半格。我说,领导,我觉得干警察就是给人擦屁股。领导说,你啥意思?我说,没啥意思。你跟上面说一下,全市出租车的驾驶位得加防护罩,凶手使的是绳子,就算有点别的,估计也是冷兵器,加了防护罩,安全百分之九十,就算这个人逮到了,以后说不定还有别人,防护罩必须要有。领导说,这可是不少钱,不一定能批下来。我说,最近满大街都是下岗工人,记得我们前一阵子抓的那个人?晚上专门躲在楼道里,用锛子敲人后脑勺,有时候就抢五块钱。你把这几个案子的现场照片带去,让上面看看脑浆和烧焦的骨头。他说,我想想办法吧,说说现在这个案子的思路。我说,我手下有六个人,有一个女的不会开车不算,剩下五个,你找五辆车,不加防护罩,晚上我们开出去。

几天之后,我给手下开了个会,我说,这事儿有风险,不想干的可以不干,干成了,能记功,也有奖金,干不好,可能把自己搭进去,跟那五个出租车司机一样,让人烧了。你们自己琢磨。赵小东说,头儿,奖金多少?我知道他媳妇正怀着孕,这十几天他基本没着家,我最担心他退。我说,奖金没说死,五千吧。几个人干几个人分。他点点头,没再说话。

1995年12月16日晚上十点半,我们五个人,全都是男的,正式出车,每人带了两把枪,一把揣在腋下,一把藏在驾驶位的椅子底下。我提了几个注意点：第一，一个或者一个以上成年男子，打车要去僻静处；第二，孤身一人成年男子，上来就坐驾驶座正后方；第三，身上有汽油或者柴油味的人。如果是女人或者带小孩儿的，就推说是新手，不认识路，不拉。最后一点，如果发生搏斗，不要想着留活口，因为对方是一定想着要你命的。

我们在路上跑了三天，没有收获。小东说拉过三个有嫌疑的男的，要去苏家屯，他就小心起来，听他们说话，是本市口音。其中一个半路要到路肩尿尿，小东就把枪掏出来插在棉鞋里，结果那人尿完回来，三个继续说话，好像是兄弟三个，回去给父亲奔丧，其中一个上车之前和女人喝了酒，尿就多。到了苏家屯，灵棚已经搭好，小东下车抽了支烟，看他们两个扶着一个走进灵棚去跪下，然后上车开了回来。

第八天，12月24日夜里十点半，下点小雪。我把车停在南京街和北三路的交口，车窗开了一条缝，抽烟，抽完烟准备睡一会，那段时间觉睡得断断续续，不一定什么时候就困得不行。路边是个舞厅，隐约能听见一点音乐声，著名的平安夜歌曲，铃儿响叮当，坐在雪橇上。前面一辆车拉上一个穿着貂皮的中年女人走了，我把车往前提了提，把烟头扔出窗外，车窗摇上。这时从舞厅南侧的胡同里，走出两个人。一个中年男人领着一个十二三岁的女孩儿，男的四方脸，中等个，两只手放在皮夹克的兜里，皮夹克是黑的，有很多裂缝，软得像一块破布，女孩儿戴着白口罩，穿着一条蓝色的校服裤子，上身是一件红色羽绒服，明显是大人的衣服，下摆在膝盖上面。

她还背着一只粉色书包。书包的背带已经发黑了。头发上落着雪。

男的走过来敲了敲车窗，我把窗户摇下来，他朝里看了看，说，走吗？我摆摆手，不走，马上收了。他指了指那个孩子，去艳粉街，姑娘肚子疼，那有个中医。我说，看病得去大医院。他说，大医院贵，那个中医很灵，过去犯过，在他那看好了，他那治女孩儿肚子疼有办法。我想了想说，路不太熟，你指道。他说，好。然后把后面的车门拉开，坐在我后面，女孩儿把书包放在腿上，坐在副驾驶。

艳粉街在市的最东头，是城乡接合部，有一大片棚户区，也可以叫贫民窟，再往东就是农田，实话说，那是我常去抓人的地方。

男人的手还放在兜里，两只耳朵冻得通红，女孩儿眼睛闭着，把头靠在座椅上，用书包抵着肚子。开了一会，在转弯处他都及时指路。又过了一会，我说，大哥有烟吗？借一颗。他从兜里摸出一根递给我，我用自己的打火机点上。我说，大哥做什么的？他说，原先是工人，现在做点小买卖。我说，现在工厂都不行了。他说，有个别的还行，601所就很好。我说，那是造飞机的。他说，嗯，有个别的还行。我说，现在做点什么买卖？他看了一眼后视镜，说，一点小买卖，上点货，卖一卖，卖过好几样。我说，你爱人呢？他说，你在前面向右拐，一直开。眼看着要从艳粉街穿过，向着郊区去了,女孩儿一直闭着眼,不动弹,男人眼睛看着窗外,好像是不想再说话了。我说,现在干什么都不容易。他说,嗯。我说,就像开出租车,白天警察多,开不起来,晚上倒是松快,还怕人抢。他说,没什么事儿吧。我说,你是不看新闻,前一阵子夜半司机,死了五个。他又看了看后视镜,肩膀动了动,说,抓着了吗?我说,没啊,那哥们不留活口,不好抓,我算看明白了,人要狠就狠到底,才能成点事儿,撑死胆大的,饿死胆小的。他没回答,拍了拍女孩儿肩膀,说,好点了吗?女孩儿点点头,手把书包紧紧攥着,说,前面那个路口右拐。我说,右拐?你不是要去艳粉吗?她说,右拐,我要去艳粉后面。我打了个轮,把车慢慢停在路边,说,大哥不好意思,憋不住了,只要不抬头,遍地是茅楼,你和大侄女在车里等一下。他说,左拐,马上到了。我说,你们爷俩商量一下,到底往哪拐。我要尿裤子了。他说,马上到了。我转过头看他,手顺势伸进怀里,说,这一片黑,哪有诊所啊。女孩儿突然把眼睛睁开了,一双大眼睛,瞳仁几乎占据了所有的地方,她说,爸,我刚才放了屁,好了。男人的下巴僵着,说,好了?她说,是,刚刚我偷偷放了一个屁,不臭,然后就好了,我想下车。男人看了看我,说,爸也要上趟厕所,你先在车里等着。然后拉开车门出去,我把钥匙拔下来,也下了车,把车门锁好。这时的雪已经大了起来,风呼呼吹着,往脖子里钻,远处那一大片棚户区都看不清了,像是在火车上看到的远处的小山。他慢慢走到杂草丛,撒了泡尿,我把枪掏出来,站在他背后。他转过身来,一边系裤腰带,一边看着我说,哥们,你弄错了。我说,甭跟我说这个,别系了,把裤子脱了。他把裤子褪到脚腕子,我从后腰拿出手铐,准备给他铐上。他说,别让孩子看见,这叫什么样子?我照着他内裤踢了一脚。他没躲,说,那诊所就在前面,是我朋友开的,你可以查一下。这时一辆运沙子的大卡车靠右侧驶来,我突然意识到,我的车没打双闪,路面上都是雪。卡车似乎犹豫了一下,还是撞上了,出租车的尾部马上烂了,斜着朝我们这边的草丛翻过来。就在我被一片手掌大的车灯玻璃击中的瞬间,我朝那个男人站立的方向开了一枪。

李 斐

到底从什么时候开始,我的记忆开始清晰可见,并且成为我后来生命的一部分呢?或者到底这些记忆多少是曾经真实发生过,而多少是我根据记忆的碎片拼凑起来,以自己的方式牢记的呢?已经成为谜案。父亲常常惊异于我对儿时生活的记忆,有时我说出一个片段,他早已忘却,经我提起,他才想起原来有这么回事,事情的细枝末节完全和事实一致,而以我当时的年龄,是不应当记得这么清楚的;有的他在闲谈中提起不久前发生的事情,可能就在一周前,而我已经完全忘记,没有任何印象,以至于他怀疑此事是否发生过,到底是谁的记忆出了问题,是谁正在老去。

母亲去世的情形,我没记忆。后来我看过母亲的照片,没什么特别,一个陌生女人而已,这让我经常感到愤慨,是什么让我和她成了陌生人?父亲的解释令人沮丧,没什么特别原因,不但一个女人生孩子有生命危险,即使是一个健康人走在马路上,也可能被醉酒的司机撞死。

父亲一直没再娶。在托儿所,阿姨帮我洗屁股并且有效地控制我上厕所的时点,如果我无所顾忌地拉屎或者和别的孩子厮打,还会揍我。哭,一个嘴巴,再哭,一个嘴巴,我看你再哭。没错,这应该就是母亲的职责,如果有妈妈,也是如此这般。这让我有些欣慰,没什么大不了,晚上别的孩子有妈妈来接,我就会去想,你要倒霉了,回家也是这套。可惜,这样的错觉没有持续太久,在我六岁的时候,我认识了小树一家。

小树是我家的邻居,在我们家那趟平房里面居中,我家在最东头,每天父亲从厂子下班,去托儿所接上我,都要推着自行车从小树家门前走过。父亲是钳工,手艺很好,和他一起进厂的人,都叫小赵、小王、小高,而父亲别人叫他李师傅。每天父亲推着我走在厂子里,都有人和父亲打招呼,李师傅走了?李师傅回家做饭啊?李师傅过冬的煤坯打了吗?要不要帮忙?还有人过来逗我,和我说话,父亲都笑着回应,但是车子很少停下。有人给父亲织过围脖,织过毛衣,红的、藏青的、深蓝的,父亲收下,都放柜子里,扔上一袋樟脑丸。据说父亲过去是个相当硬朗的人,但是结婚之后对母亲好得不行，很少和人起争执，宁可自己吃亏也不愿意闹不愉快。母亲死后，他一度瘦了两圈，后来又胖回来了，还自己学会了做饭，在车间他升了班长，带着两个徒弟，都是男的，他不用徒弟给他沏茶，也不用他们帮着洗工作服，但是他把自己会的东西都教给他们，他能自己一个人用三把扳子，装一整个发动机，时间是二分四十五秒。如果有人看见父亲绷着脸，中午吃完饭没有看别人打扑克，而是去托儿所看我午睡，那一定是他的徒弟，没把作业做好。

我六岁的时候，第一次和小树说上话。过去我们见过，我比小树大一岁，已经从托儿所毕业，进入学前班，转过年来就要上小学，而小树，还在托儿所的大班里，因为调皮捣蛋，很有名号，左邻右舍都知道。据说有次小朋友们在一起玩皮球，大家都用手抱着，你扔给我，我扔给你，小树接过球，飞起一脚，把棚顶的日光灯踢碎了。好几个孩子的头发里都落上了荧光粉。阿姨没有打他，而是到了供销科，把小树他爸找来了。小树他爸看了看，出去买了两支新的日光灯，一大包大白兔奶糖。然后站在椅子上，装上灯管。阿姨们帮他扶着椅子，然后拉他坐下，磕了会瓜子，有说有笑，把他送走了。

小树他爸是有名的活跃分子，不知道哪来的那么些门路，反正他总是穿得很好，能办别人办不成的事儿。

我之所以能和小树说上话，是因为那个夏天的傍晚，我想用手里的冰棍去换小树手里的火柴。

那个夏天的傍晚,在日后的许多个夜晚都曾被我拿出来回想,开始的时候,是想要回想,后来则变成了某种练习,防止那个夜晚被自己篡改,或者像许多其他的夜晚一样,消失在黑暗里。

我喜欢火柴,老偷父亲的火柴玩,见着什么点什么。其实平时我是个挺老实的孩子,话也没有多少,阿姨不让上厕所,我能一直憋着,有一次憋得牙齿打战,昏了过去。但是就是喜欢火,一看见火柴就走不动,有一次把母亲过去写给父亲的信点了,那是父亲有数的几次,给了我两下。家里就再也看不见火柴了。那次我把小树的火柴抢到手中,马上就把火柴盒变成了火球,实在憋得太久了,手指烧掉了皮都没在意,火球从空中落下,熄灭了。我突然哭了起来,不是害怕,而是我突然意识到,这样玩太奢侈了。

父亲有点挂不住,又舍不得打我,说,这孩子,小傅,你看这孩子。傅东心说,你喜欢火柴啊?我低头弄手上的皮不说话。傅东心说,为啥?我不说话。父亲用手指点了一下我肩膀,小傅阿姨和你说话呢。我说,好看。傅东心说,啥好看?我说,火,火好看。傅东心说,你过来。我走过去,傅东心拉住我的手看了看,抬头跟父亲说,这孩子将来兴许能干点啥。父亲说,干点啥?傅东心说,不知道,有好奇心,小树太小,坐不住,教他啥他回头就忘。父亲说,四岁的孩子,让他玩吧。傅东心说,你要是信得过我,晚上吃完饭,让她到我这儿来,周末白天来,我这儿书多,我小时候就爱玩火。父亲说，那哪行？给你和德增添多少麻烦。庄德增说，麻烦啥？现在就让生一个，让俩孩子搭个伴，你也松快松快。东心那一肚子东西，你让她跟我说？父亲说，还不谢谢叔叔阿姨？我说，谢谢叔叔阿姨。这时小树正蹲在地上，研究那根冰棍，冰棍上面已经有了很多蚂蚁，绝大部分都被粘住，下不来了。

　　第二天是工作日，我一直盼着晚上赶紧来到，可是到了晚上，父亲并没有提这茬，还是像过去一样生炉子做饭，然后在炕上摆上小炕桌，两个人对着吃，没说什么话。睡觉的时候，我在被窝里哭了一场，用手悄悄地抠墙皮放在嘴里，抠着吃着哭着，睡着了。转过天来，是礼拜日，早上醒来的时候，父亲没在家，门反锁着，一般礼拜日父亲要出去办事，都把我这样锁在家里。我窗帘都没拉，洗脸刷牙，然后在灶台找点东西吃了。父亲回来的时候，一身的汗，带回来一堆东西，半扇排骨，两袋子国光苹果，一盒秋林公司点心。他给我换了身干净的衣服，拉开窗帘，外面一片耀眼的阳光，自己换上洗得发白的工作服，穿上新发的绿胶鞋。然后拿着东西，拉着我的手，来到小树家。

　　小树他爸正给皮鞋打油，小树在旁边玩肥皂泡泡，傅东心坐在炕上，在一张白纸上画东西。小树他爸抬头说，来了？父亲说，忙呢？然后他走进屋里，把东西放在高低柜上，跟我说，叫傅老师。

傅东心

  1995年，7月12日，小树打架了，带不少人，将邻校的一个初一学生鼻梁骨打折，中度脑震荡。是昨天晚上的事，我今天早上知道的，知道的时候我正在给李斐上课，讲《旧约》的《出埃及记》：耶和华指示摩西：哀号何用？告诉子民，只管前进！然后举起你的手杖，向海上指，波涛就会分开，为子民空出一条干路。小树的班主任走进院子，跟我讲了一下小树的情况，小树当时没在家，抱着球出去了。我跟李斐说，小斐看家，先读读，无需信，欣赏行文中的元气，小树回来，让他别出去，在家等我。然后我拿出存折，去银行取了一千五百块钱，两百块钱给老师，老师没收，说逢年过节，庄树他爸没少照顾，男孩子打个架正常，只是这种群殴，以后得避免，半大小子出手没有轻重，容易惹出大祸。小学生连初中生都敢打，以后咋办？然后我跟着老师去了挨打的孩子家，他刚出院，我递上水果，把钱塞到家长手里，坐下聊了会儿天。夫妻俩在五爱市场卖纱巾，条件不差，人也能说通，最后他们送我走，在门口说，看你文质彬彬，你儿子怎么那么浑？我没说什么，坐公交车回家了。

  到家的时候，小树正拉着李斐陪他玩球，他在院子里用两块石头摆了个门，让李斐帮他守门，然后他一脚把球踢在李斐脸上，一个大球印子，李斐晃晃脑袋，跑去把球捡过来，又扔给小树。我把小树叫住，让他跟我进屋，小树把球踢给李斐说，你玩吧，好好练练，别跟大脑炎似的。李斐抱起球，跟在小树后面，也进了屋。我坐在板凳上，让他站着，说，我给你爸打了个电话，他明天回来。他说，妈，你别唬我，我爸刚走没几天。我说，你给我站好，你刚才说小斐什么？他说，没说什么，笨还不让人说啊。我说，你给她道歉。李斐还抱着球，说，傅老师，他不是故意的，我确实笨。小树说，你看。我说，你给她道歉。他说，不价，你教过我，做人要真，我给她道歉，就是不真。我说，我让你真诚地道歉。他说，那不可能。李斐说，小树，还玩球吗？小树没看她，说，不玩，以后再也不和你玩了。我说，小斐，你从小就跟着他屁股玩，你还比他大，你没玩够啊？李斐没有反应。我说，庄树，明天你爸回来，让他跟你说，我打不动你。一个钟头之前，我用公用电话给德增打了个电话，跟他说小树又惹祸了，这回还跟一伙人，一大帮打一个。德增急了，说，明天就从云南回来。我说，你该办你的事儿办你的事儿。德增说，云南那边的关系现在已经夯实了，给他们看的烟标，他们很满意。我说，他们觉得还行？他说，他们说从来没见过画得这么好的。我说，那你就趁热打铁吧。孩子我再跟他谈谈。他说，小树我还不知道？谈没用。我正好也得回去，云南这边的厂子我们拿技术入股，咱们家那边的，反正现在企业也都承包，我回去跟他们谈谈承包印刷车间的事儿。咱们得有自己的厂子。

小树看我不像骗他，有点慌了，说，妈，是那小子先打的我，好几个打一个，我再去打的他。我说，你知道打人有罪吗？说这话的时候，我感觉到自己的手抖了起来。他说，啥？我说，无论因为什么，打人都有罪，你知道吗？他说，别人打我，我也不能打回去吗？那以后不是谁都能打我？我看着他，看着他和德增一样的圆脸，还有坚硬的短发。在我们三个人里，他们那么相像。

我按住自己的手，让它不抖，说，不说这个了，就说小斐的事，你怎么就不知道尊重人？他冲着李斐说，小斐姐，我错了。我说，你什么意思？当你妈是傻子？他说，妈，我不是认错了吗？我说，你那叫认错吗？你小斐姐内向，你得保护她，你还欺负她，你是什么东西？这要是"文革"，你不得把你妈也绑了？他说，啥是"文革"？我说，不用知道，你给我好好道歉。他这才正对着李斐说，小斐姐，我错了，不是故意的，以后你踢球，我给你守门，让你踢我，长大了，谁敢欺负你，我就弄死他。我说，意思对了，事情说歪了。李斐说，我记住了。我说，你去院子玩，我给你小斐姐上课。他说，妈，你能替我兜着点吗？要不我也坐这儿听听？我说，你出去玩吧。

然后我领着李斐，坐在炕上把《出埃及记》读了一遍，讲了几个她能够理解的典故，然后我问她，小斐，跟我学了几年了？她说，六七年了。我说，觉得有意思吗？她说，有意思，每天都盼着晚上。我说，从第一次见你，就知道你是好苗子，我没看错，你现在的程度，一般初中生不如你。她说，我不知道。我说，无论什么时候，你就按照你想的方式读、写，多读书，多写东西。她说，嗯。我说，你马上要考初中了,一定要考上。她说,就算考上也要交九千块钱。我爸也说让我考,但是我不考了。我说,没关系,你让你爸跟我说,我帮你出,你爸现在下岗,没工作,是稍微紧一点,将来会好的,能还我们,记住,只要有知识,有手艺,什么都不怕。你现在碰上好时代,我那时候想念书没有地方念。她说,不能管你要。我说,我估计教不了你几堂课了。她抬起头说,为啥?我说,我们这趟房要动迁了,咱们都得搬走,再找房子住,就不是邻居了,知道今天为什么教你这个《出埃及记》吗?她说,那我以后就见不着小树了吗?我说,教你这一篇,是让你知道,只要你心里的念是真的,只要你心里的念是诚的,高山大海都会给你让路,那些驱赶你的人,那些容不下你的人,都会受到惩罚。以后你大了,老了,也要记住这个。李斐没有说话,朝窗户外面看着,我不知道她听明白没有。

李 斐

记忆里的礼拜天,总是天气晴朗。父亲会打开所有窗子,放一盆清水在炕沿,擦拭每一片玻璃。然后把脏水泼在院子里,开始浆洗床单被罩。他用双手一截一截把床单被罩拧干,展开,挂在院里的晾衣绳上,院子里都是肥皂的香味。然后他坐下抽一支烟,开始清洗屋里的锅台、地面,他粗壮的胳膊像双桨一样,划过家里的每一个角落。最后一项,是给挂钟上弦。他打开红色的盖,拿起锃亮的钥匙,"嘎嘎"地拧着。他跷着脚,伸着脖子,好像透过钟盘,眺望着什么。

工厂的崩溃好像在一瞬之间,其实早有预兆。有段时间电视上老播,国家现在的负担很大,国家现在需要老百姓援手,多分担一点。父亲依然按时上班,但是有时候回来,没有换新的工作服,他没出汗,一天没活。

父亲接到下岗通知那天,我在家里生炉子。对于生炉子,我是非常喜欢的,看着火苗一点点从炉坑里渗出来,钻进炉膛,好像是一颗心脏在手中诞生。父亲进门的时候,我没有看他。炉子里的烟飞出来,呛进我的眼睛里,我用手抹眼泪,这时我发现父亲已经蹲在旁边,帮我往里面续柴火。他的下巴歪了,一只眼睛青了一圈,嘴也肿了。我说,爸,怎么了?他说,没事儿,骑车摔了一跤。今天我们吃饺子。他把脸伸到水龙头底下,洗净嘴角的血。然后烧了一大锅水,站在菜板旁边包饺子,他的手虽然粗,但是包饺子很快,"咚咚咚"剁好馅,把馅揉进皮里,捏成饺子,放在盖帘上,一会儿就是一盖帘。

晚上吃饭的时候,他喝了一口杯白酒。父亲极少喝酒,那瓶老龙口从柜子里拿出来的时候,上面已经落了一层灰。快喝完的时候他说,我下岗了。我说,啊。他说,没事儿,会有办法的,我想办法,你把你的书念好。我说,嗯,你今天没摔跤。他说,没有。我说,那是怎么了?他说,我在想,我能干什么。我说,嗯。他说,我想，我也许可以卖茶叶蛋。广场旁边，卖茶叶蛋的，我过去见过，一会儿就能卖出一个。我说，为什么是你下岗了呢？他说，没什么，几乎所有人都下岗了，厂子不行了。我说，嗯。他说，我下班之后，就去广场看他们卖茶叶蛋。要走的时候，来了一伙人，穿着制服，把他们的炉子踹了。一个女的，抱着锅不撒手，其中有个小子，抓住她的头发，把她往车上带。我就过去，把那小子抱住了。我说，爸。他说，他们人多，如果是我年轻的时候，也没什么事，现在老了。他摊开自己的右手看了看，说，打不倒人了。我说，爸，你有我呢。他说，本来我是回家取刀的，看见你在生炉子，嗯，你蹲在那生炉子，我怕死啊。我说，爸，初中我不考了，按片儿分吧。他站起来说，我说过了，你把你的书念好，别让我再说一遍。然后喝光酒，收拾碗筷，晚上再没说话。

庄德增

有一年夏天，具体哪年有点记不清了，那几年一晃就过去了，好像都是一年一样。应该是在千禧年前后吧，我在北京谈事儿，接到一个电话，电话里头说，庄厂长，他们要把主席拆了，你想想办法。是厂子里一个退休的老工人，当时我接了厂子，把这些人一起都接了。我说，哪个主席？他说，红旗广场的主席，六米高那个，后天就要给毁了。我知道那个主席，小时候住得就离他很近。老是伸出一只手,腮帮子都是肉,笑容可掬,好像在够什么东西。夏秋的时候,我们在他周围放风筝,冬天就围着他抽冰尜。我说,毁他干吗?他说,要换上一只鸟。我说,一只鸟?他说,是,叫太阳鸟,是个黄色的雕塑,说是外国人设计的,比主席还高两米。我说,我不是市委书记,找我没用,在家好好歇着吧,不差你退休金就完了。说完我把电话挂了。

第二天我飞回家,晚上又出去接待了一拨人,弄到很晚,在洗浴中心睡了,醒过来的时候已经是中午,和我一起来的人都走了。到了前台,小姐端出一堆手牌,我挨个结了账,打电话把司机喊来,给我送回家。开到半路,我下车吐了一次,隔夜的酒从胃里涌出来,好像岩浆一样把食道熨了一遍。有一群老人,穿着工作服,形成一个方阵,在路中间走着,不算整齐,但是静默无言。司机说,咋回事儿?跑这儿练健身操来了?我也纳闷,摆了摆手,上车歪在后座,到了家门口,我突然想起来,是主席,他们是奔着主席去的。我让司机先走,自己在马路牙子上坐了一会儿。看着自己的裤腿,干干净净,皮鞋,干干净净,就在几年前,我穿着西裤和皮鞋,走在云贵高原的土地上,皮鞋几天就长嘴了,西裤的裤腿永远蒙着黄土。我抬起手看了看表,这个钟点,庄树在学校上课,傅东心应该在睡午觉。自从她辞职之后,她的午觉就变得十分漫长,好像一天的主要工作是睡觉。我站了起来,拦了一辆出租车,说,去红旗广场。

出租车司机坐在防护罩里,戴着一顶灰色的帽子,穿着司机制服。奇怪的是他还戴着一个口罩,那可是八月份的正午,烈日高照。我朝他面前的后视镜看了一眼,他的一双眼睛正在其中,也在看我。一个眼角突兀地向下弯折。我便把眼睛挪走了。

红旗广场?他的一只手放在"空车"二字上,我说,是。他手指一勾,牌子一倒,"空车"熄灭。行了两站地,已经看见主席无依无靠的大手,路却突然拥堵起来,原来刚才看见的老人,只是其中一支队伍,眼前是另一队方阵从路中间缓缓通过。不同的是,他们穿着另一种颜色和款式的工作服。司机把半个膀子搭在车窗外面,看着眼前的老人,没按喇叭,也没干点别的,就是平淡地看着。我说,也是闲的。他说,谁?我向前指了指。他说,那你去干吗?我一愣,说,我去附近办事,和主席像没关系。他点点头,说,也是,你没穿工作服。我又一愣,说,咱们认识吗?他说,不认识。你什么意思?我说,没什么意思,就是觉得话头有点怪,好像咱俩见过。他说,你是个板正人,我是个卖手腕子的,你可别抬举我。我一时语塞,可能是昨晚喝多了,脑子不太对劲儿。

终于蹭到了广场周围的环岛,他说,你到哪?我一边朝广场上看一边说,你绕着环岛走走。他说,你没瞧见都堵死了?我说,你就走你的,耽误你的时间我给你折成钱。他说,哦,钱是你亲爹。我一下火了,说,你这人怎么说话呢?他说,我是开出租的,不是你养的奴才,你下去。我望向后视镜,他没看我,而是小心地避过前车摆动的车尾。这个疤脸。一般这种人不是话痨,就是犟驴脾气。

一旦我下了车，再想打车回去，基本上没有可能，所有路口都插死了，还不断地有老人从车缝里向广场走去，好像水流一样。我说，天热，咱都别急，你帮我绕一圈，咱就原路返回。他没说话，开始向环岛内侧打轮，透过车窗，我看见红旗广场上，围着主席像，密密麻麻坐满了人。施工队的吊车和铲车在一角停着，几个民警拎着大喇叭，却没有喊话，正在喝水。老人们坐在日头底下，有些人的白发放着寒光，一个老头，看上去有七十岁了，拿着一根小木棍，站在主席的衣摆下面，指挥老人们唱歌。在他的右手边，另一个老头坐在马扎上，拉着手风琴，嘴里叼了一根烟卷，时不时翘起嘴巴的一角换气。"北京的金山上光芒照四方，毛主席就是那金色的太阳，多么温暖，多么慈祥，把翻身农奴的心儿照亮。我们迈步走在，社会主义幸福的大道上，哎，巴扎嘿。"

主席的脖子上挂着绳子，四角垂在地上，随风摆动。几个工人坐在后面的阴影里，说着闲话。似乎眼前的这一幕和他们没什么关系，等他们闹完，动动手指主席就倒了。我想起小时候，我和几个小子就站在他们的位置，看着主席的后脑勺。一个人说，你说主席的脑袋真这么大？另一个人说，胡扯，这么大的脑袋不是怪物？他哥马上给了他一嘴巴，你他妈的见过主席？嘴是棉裤腰？我当时寻思，如果主席的脑袋真这么大，那他戴的军帽能成多少顶我们戴的军帽，他穿的军裤能成多少条我们穿的军裤？我又想，不对，主席的脑袋应该是正常大小，也许是大，但是大不了这么多。他接见红卫兵的时候，和红卫兵小将的脑袋差不多大，如果他的脑袋果真这么大，那千千万万的红卫兵的脑袋岂不是也这么大？这怎么可能，因为我们学校有人去过，脑袋就和我一样大。

车流缓缓地向前挪动，车里的司机和乘客，无论是私家车、运货车，还是出租车，都有足够的时间向广场上张望。大家歪头看着这群老人。我已经很久没回来过，搬走之后，几乎没回来过。那个建筑好像我故乡的一棵大树，如果我有故乡的话。上面曾经有鸟筑巢，每天傍晚飞回，还曾经在我的头上落过鸟粪。有好多个傍晚，我年纪轻轻，无所事事，就站在这儿看夕阳落山。那些时光在过去的几年里，完全被我遗忘，好像从来没有发生过，好像一瞬间，我就成了现在的样子。

你知道那底下有多少个？我说，什么？已经几乎绕了一圈了，我感觉到了后半圈，他的速度比其他车子都慢。没什么，你现在去哪？我看了一眼广场上，好像图画一样静止了。回刚才来的地方。我说。他换了一个挡位，把速度开了起来。你说，为什么他们会去那静坐？过了一会他问我。我说，念旧吧。他说，不是，他们是不如意。我说，嗯，也许吧。他们是借着这事儿，来泄私愤。他说，他们让我想起来海豚。我说，什么？他说，新闻上报过，海水污染了，海豚就游上海岸自杀，直挺挺的，一死一片。我没有说话。他说，懦弱的人都这样，其实海豚也有牙，七十多岁，一把刀也拿得住。人哪，总得到死那天，才知道这辈子够不够本，你说呢？我说，也不是，也许忍着，就有希望。他说，嗯，也对。就是希望不够分，都让你们这种人占了。我越发觉得他认识我。我很想让他把口罩摘下来，让我看看，可是那是不可能的事情。我坐在出租车的后座，拼命回忆，他的音调，他的体态，但是总有些东西不那么统一，从中作梗，像又不像。

到了目的地，他抬起"空车"二字，说，二十九。你知道那底下有多少个？我一边拿钱包，一边说，什么？他说，主席像的底座，那些保卫主席的战士有多少个？我说，我记得我数过，但是现在忘了。他接过我的钱，没有说话，等我拉开门下车，他从车窗伸出头说，二十六个，二十个男的，六个女的，戴袖箍的五个，戴军帽的九个，戴钢盔的七个，拎冲锋枪的三个，背着大刀的两个。说完，他踩下油门，开走了。

庄　树

我虽然完全违背了我爸的意愿，但是他多少还是帮了一点我的忙。他断了我的退路。在我妈去英国旅行的时候，我和他达成了协议，最初五年，除非我辞职，否则我不能管他要钱。这其实是一个单方面的协议，只对他有意义，因为我本来也是这么想的，我给自己的期限更久，比这久得多得多。我得承认，我和我爸妈的关系比较奇特，我妈从小和我不亲近，她和另一个孩子待的时间特长，是一个我小时候的邻居。因为我没兴趣读书，她就把时间花在那个孩子身上，教她读书，把她压箱底的东西都教给她，结果到了那女孩儿十二岁的时候，我们搬了家，从此失去音信，我曾经偷看过她的日记（她藏得并不隐私，当然她自己不这么觉得），这么多年，她花了不少精力，去打听那个女孩儿的下落，可是没有一点线索，就好像从来没有这个人一样，那些两人一起在炕上，在小方桌旁读书的岁月，好像被什么人用手一扬，消散在空气里。后来她爱上了旅游和收藏，我们家有好多画、瓷器和旅行的纪念品，我爸给她弄了一间大屋子，专门放这些东西。昂贵的，独一无二的艺术品，和廉价的，可以无限复制的旅游区玩偶放在一起，看上去也不怎么别扭。

我爸从印制烟盒起家，在某一段时期，因为他的运作疏通而造成了垄断，他的印刷机器和印钞机差不了多少，后来他又进入了房地产、餐饮、汽车美容、母婴产品等领域。在我大学第三年，有一次陪女孩儿去看电影，正在亲吻时，余光看见电影片头的出品人里，有他的名字。他这一辈子干干净净，对我妈言听计从，自从做了烟盒，就把烟戒了。对于生意上的朋友和对手，他很少在家里提及，我感觉，在他心里，这些人是一样的，他们相互需要，也让彼此疲惫。在我印象里，即使他喝得烂醉，只要想回家，总能独自一人找回来，前提是我妈也要在家，帮他校准方位。我妈通常不会说他，给他煮碗面，有时候他进门一头栽倒，她就把他拖到床上，然后关上门。

我爸常说我不听话，也常说我和他们俩一点都不像。其实，我是这个家庭里最典型的另一个，执拗、认真、苦行，不易忘却。越是长大越是如此，只是他们不了解我而已。

高中一次斗殴，作为头目，我在看守所待了一宿，其他人都走了。其实我也受了点轻伤，眉骨开了个小口，值班民警给我拿了一板创可贴，坐在栅栏外面和我说话。你知道混混以后有什么出路吗？他说。我记得他很年轻，胡子好像还没有我的密。我没有说话，自己把创可贴贴上，在眉毛上打了个叉。他说，要么变成惯犯，要么成为比普通人还普通的人。我没有说话。他说，你以为你多牛逼呢？你将来能干什么？我没有说话。他跷着二郎腿，不断打响手里的打火机。他说，你知道每天全国要死多少警察吗？我没有说话。他说，我看了你的档案，你隔三差五就得进来一回，老是为别人出头，你说你将来能干啥？你那帮朋友，从这里出去的时候，哪个回头看你一眼，哪个不是溜溜地赶紧走了？我说，操你妈，有种你进来和我单挑。他说，单挑？我一枪就打死你。我开枪不犯法，你会开枪吗？你知道枪怎么拿吗？傻逼。我把手从栅栏里伸出去，抓他的衣服，他没动，衣服被我紧紧攥着，他说，你好好摸摸，这叫警服，昨天有个毒贩，把自己的父母都砍死，抢了六百块钱，他爸临死之前还告诉他钱藏在哪，让他快点跑，你这个臭傻逼，你敢吗，你敢动这种人吗？告诉你，今天收拾完你，我明天就把他抓回来，你们这帮傻逼。说完，他把我的手腕一拧，我咬紧牙没有出声，松开了他的警服。他没有回头看我，我听见他开门出去的声音，然后走远了。

我一直记得他的样子和他的警号,他是一个辅警。没有编制的辅警。后来我知道,他也没有用枪的权力。大约两年之后,我的一个朋友,因为伤人进去,我在我爸那拿了点钱,去看守所帮他,那年我十九岁,正在念高四,复读,好几个警察都认识我。一个警察看见我说,有日子没来了,跟你爸做生意了?我说没有,然后说了一个警号,还有他的样子,问他在吗,我想让他看看我,不知道为什么,我一直记着他,好几次有人找我去打架,我都想起他。一个人说,你找他干吗?我说,没事儿。问问。那人说,他让人报复了。我盯着他看,等着他往下说,他说,死在自己家楼下,让人从背后捅死了。媳妇饭都做好了。说完,他接过我的钱,进了别的屋,我想问人抓住了吗?可是嘴唇动了动,发现喉咙发不出声音,有什么东西堵在那里。我把事情办完,我的朋友看见我,笑着向我走过来,我转身走了。

从考上警校,到从警校毕业,我妈没跟我说什么话,但在我报考之前,有一天我妈突然问我,真想当警察?我说,是。她说,别逗能。我说,没有。她说,为什么想当警察?我记得那是一个早晨,就我们两个人坐在餐桌旁边喝牛奶,她喝了一口,用手指轻轻擦掉嘴边的白色沫子,抬起头问我。我说,人迟早要死的吧?她说,嗯,要死。我说,想干点对别人有意义,对自己也有意义的事儿,这样的事儿不多。她说,挺好。然后不再说话,低头继续喝自己的牛奶。后来我爸告诉我,她跟我爸说,如果我考不上,让我爸找找关系,让我念上。我不知道她是基于何种心理。也许在她眼中,我做什么都无所谓,都不是她想要的那种人。警校四年,她从来没去学校看过我,即使是毕业时,我成了优秀毕业生,这可是有生以来第一次,但她还是没出现,倒是我爸开车到了学校,参加了我的毕业典礼,还请我吃了顿饭,西餐。他说我妈去了南非,他都联系不上,但是她送给我一个礼物。是一幅画。上面一个小男孩站在两块石头中间守门,一个小女孩正抡起脚,把球踢过来。画很简单,铅笔的,画在一张普通的 A4 纸上,没有落款,也没有日期。

那顿饭,我爸想要说服我,去市局坐办公室,做文职工作。我拒绝了,结果我爸提前结了账,把我扔在饭桌旁走了。

和他达成协议之后,趁他俩不在,我回了趟家,收拾了自己的一些东西,搬到局里安排的宿舍。我的申请获得了批准,成了一名实习刑警。开始的半年里,我参加了几次相对轻松的行动,那阵子搞逃犯清理,我和几个老警察一起,走了七八个省市,在村庄,在工地,在矿井,把逃了几年或者十几年的杀人犯带回来。没有一点危险。我记得其中一个人刚从矿上下来,看见我们在等他,说,我洗个澡。老警察说,来不及了,车等着呢。走过去给他上了手铐。他的头发上都是煤渣,我年少时的玩伴,随便哪个,看着都比他强悍多了。他说,回去看一眼老婆孩子。老警察说,让他们去看你吧。在奔赴机场的路上,他只说了一句话,你们早来就好了,我把那娘俩坑了。

2007年9月,我正式成为刑警,出警时可申请配枪,若是要案,可随时配枪。9月4日晚,和平区行政执法大队的一个城管,喝了些酒穿过公园回家,遭到枪击,尸体被拖到公园的人工湖里。市局的刑警开了动员会,骨干们又单独开了案情分析会,这是这个月里,第二个遭到袭击的城管。第一个被钝物砸中后脑,倒在自家的楼洞口,再没起来。我因为毕业成绩还可以,实习期间的表现也过得去,分析会时允许旁听。枪是警用手枪,子弹也是警用子弹,64式7.62毫米手枪,64式7.62毫米子弹。被枪击的城管,也曾先被钝物击中后脑,从法医鉴定和现场分析,这一击并未致命(怀疑是锤子或扳子),他负伤逃走,袭击者追上再给予枪击。那个城管我不认识,和我也不是一个系统,但是葬礼我还是参加了。因为上面的要求,葬礼比较简单,遗像也没有着制服,而是穿着休闲装,看上去很轻松的样子。作案的手枪,有记录可查,十二年前属于一个叫蒋不凡的警察,那是一次不成功的钓鱼行动,凶手逃脱,他成了植物人(不知是幸运还是不幸。他的脑袋被车玻璃击中后,又被钝物击打),因为是工伤,所有费用都由市局承担。受伤时他还未成家(虽然已经三十七岁),去世之前一直由父母照顾,1998年在病床上停止了呼吸。从未醒来,也从未留下只言片语。那次行动的另一个后果,是他携带的两把警用64手枪,两个弹夹,一共十四发子弹,丢了。

当时的案子是一起劫杀出租车司机的串案,一直未能侦破,不过蒋不凡出事之后,这起系列案件也随之停止了。而这两起袭击城管的案子,有着内在的联系,因为这两个城管比较著名。他们在上个月的一次行政执法中,没收了一个女人的苞米锅,争执中,女人十二岁的女儿摔倒在煤炉上,面部被严重烫伤,恐怕要留下大片疤痕。两人因此登上了报纸网络等各种传媒,而有关部门对这起事件的定性是,女孩属于自己滑倒,她自己的母亲负有主要责任,两人并无重大过失,内部警告,继续留用。

在第二次的案情分析会上,会议室烟雾缭绕,主抓这个案子的大队长叫赵小东,当年的钓鱼行动有他一份,那时他的妻子怀孕待产,现在他的儿子已经十二岁,念初一,而他的战友蒋不凡没有子嗣,死了近十年。蒋父已去世,只剩下一个老母亲,住在女儿家。他每年都要去几回,局里发东西,或多或少,带过去一点。他说,没想到过去那个死案又有了活气儿。如果在退休之前,还破不了这个案子,退休之后他就自己调查,如果在他死前还破不了,就让他儿子当警察继续破。会议室里静悄悄,我相信大部分人一方面在想着这个案子为什么这么难,现在到处都是摄像头,可是在这个案子上毫无用处;另一方面想着,那两把枪里,还有不少子弹。

自从参加工作之后,这是我第一次主动发言,我说,领导,各位,我是新人,我瞎说两句,请大家指正。赵队说,不用客套,说。我说,看了当年的卷宗,也看了卷宗里的现场照片,还去了事发的现场。赵队打断我说,什么时候去的?我说,前天,参加完城管的葬礼,坐公交车去的。赵队说,谁让你去的?我说,我自己想去看看。赵队说,继续讲。我说,当年的高粱地,现在都盖上了楼,卖七千块钱一平米,那条土路,已经变成四排车道的柏油路。蒋不凡被发现的草地,现在是沃尔玛超市。照片上的地形一点也看不出来了。赵队说,你他妈是想干房产中介?我说,没这个意思,我查了当年的报纸,并且问了周边的人,有一个发现,距离当年事发地点向东两站地,有一个私人诊所,是中医,十二年前就在,现在还在。我在诊所门口等了半天,问了从里面走出来的一个上岁数的患者,他告诉我这里原来的大夫孙育新,曾经是工人,下乡的时候在村里跟着一个江湖郎中学过一阵中医,1994 年下岗,第二年自己开了个诊所,没想到就一直开下来了。他 2006 年春天得胰腺癌去世,现在坐诊的是他儿子孙天博。

所有人都看着我,赵队把烟掐在烟灰缸里,瞪着我说,继续说。我说,当年那起案子,一死一伤,死的是蒋不凡,伤的是卡车司机刘磊,他当时前额撞上方向盘,大量出血,晕厥,什么也没看见,只记得突然看见一辆红车的车尾,而车祸之前,他属于疲劳驾驶,据他所说,眼前只有一片黑夜,所以他连个目击证人都不算。出租车内有血迹,当时也做了检验,不是蒋不凡的,推测属于凶手,但是蒋不凡被车碎片击中的位置在车外,所以我做了一个推测,除了凶手和蒋不凡,出租车上还有另一个人。赵队说,你叫什么名字?我说,我叫庄树。他说,小庄,从今天起,你跟这个案子,和家里打个招呼。继续讲。我说,那个人在蒋不凡和凶手离开车后,还在车中，坐在副驾驶位置，卡车撞上出租车后，车倾覆到路边，他受到重创。蒋不凡倒下后，凶手拿走蒋不凡的手枪，把那人从车中救出，离开现场。这就可以解释，为什么蒋不凡藏在车中的手枪也被拿走了，如果车里没人，他怎么能发现那把手枪呢？赵队站起来说，你的意思是他们去了那个诊所？我说，我只是推测，怕打草惊蛇，没敢去诊所里面调查，但是我感觉，有这种可能。

孙天博

我爸去世之后，我又见过他两回。一次是去市图书馆帮小斐借书。我有一张图书证，最贵的那种，一次可以借出十本书。对图书馆的构造我已经十分熟悉，这个图书馆是新建的，外面有草坪，远看也相当美观，门前有长长的石阶，每个来看书的人拾阶而上，好像在拜谒山门。坐在阅读室里，如果夜幕抢在管理员下班之前降临，就能看见脚下一条宽阔的大街，路灯的光亮底下，爬行着无数的黝黑车辆。里面的设施相对简陋，文史类书籍基本集中在一层，不到一千平米，二层以上便是多媒体阅览室，不知具体可以阅览何物，因为小斐要借的书无需上楼，所以我从来没有上去过。每次帮她借书，我都关门一天，上午来，把她需要的书找到，然后坐在阅览室，把每一本书的前言和后记读一遍，如果觉得有趣，就随便翻开一本读上几十页。等管理员戴着白手套，在我身边逡巡而过，把其他人丢在桌子上和椅子的书收走，我就知道是该离开的时候了。那天借出的十本书是《摩西五经》《小鸟在天空消失的日子》《夜航西飞》《说吧，记忆》《伤心咖啡馆之歌》《世界尽头与冷酷仙境》《哲学问题》《我弥留之际》《长眠不醒》和《纠正》。我用一个下午，读了几十页《哲学问题》，主要是关于桌子，这人说个没完，但是并不无聊。"世界上有没有一种如此确切的知识，以至于一切有理性的人都不会对它加以怀疑呢？这个乍看起来似乎并不困难的问题，确实是人们所能提出的最困难的问题之一了。"似乎有些道理，但也说不上是确切的知识。

从图书馆出来，我把书分装在两个大袋子里，准备打车回家。我爸他从旁边的面馆走出来，站在我旁边。我帮你拎一个，他说。我闻到他嘴里的蒜味，他一辈子都爱吃大蒜，说是防癌。我说，我拎得动。他说，给我，看你手勒得。我没给他，拉开车门，他让我往里头坐坐，和我并排坐在后面。他说，看你脸色，最近有些劳累，给你把把脉。我说，没事儿，睡得晚了。他说，最近附近动静不对。我说，知道。他说，跟你讲过我和你李叔的事吧。我说，讲过。他说，我再讲一遍。我说，好。他说，我下乡不久之后，就进了保安队，抓赌。你李叔是点长，小时候我们就认识，他们兄弟几个外号"三只虎"，我和他走得近，我比他大，但是愿意跟着他跑，他说话我听。下乡之后，我们在一个堡子，他让我抓赌挣工分，有一次我和你李叔刚走到窗户边，一个小子从窗户里跳出来，想跑。我伸手一拉，他捅了我一下。你李叔马上背着我去了老马头那，老头用针灸封住我的脉,给我止了血,救了我一命。后来他找到那小子,把他脚筋挑断了。我说,是这故事。他说,不能让他折进去,他折进去,小斐就成了孤儿。我说,我心里有数。他说,你和小斐的事儿别着急,她性格怪,也不怎么见人,就自己在那写字。我说,没急,我也没想怎么。他说,你是让你爸拖累了,接了爸的班,爸知道,但是有时候人生在世就是这么回事儿,那天老李跟我交了底之后,就是这么回事儿了。我们是一代人。我说,跟你没关系,你和李叔是朋友,我和小斐也是朋友。他说,最近小斐再来,从后门进来,如果觉得不好,先别来,你也别去她家。我说,别操心了,该歇着了,都一辈子了。他拍了拍我的手,走了。

第二次见他,是在那两个警察来过之后,晚上,他把我推醒,说,儿子,别把自己搭进去。我说,你变样了,老了。他说,实在不行就脱身吧,你李叔能保你,以后你照顾好小斐就行。我说,爸,这事儿和你没关系了。然后闭上眼睛睡着了。

傅东心

搬家之前,有天晚上德增没在家,我想找老李谈谈。一个是关于将来的事儿,关于小斐的教育。一个是关于过去的事儿。走到他家门口,看见老李在炕上修他家的挂钟,今天小斐也没在,学校联欢会。1995年初秋的夜晚,在市区还能看见星星。我站在他家院子里，看他把挂钟拆开，用一个小钉子把机芯的小部件捅下来，擦擦，又用一个小螺丝刀拧上。头上的猎户座系着腰带，不可一世。院子里堆满了旧东西，皮箱、炕柜、皮鞋、锅和大勺。是要卖的，搬家带不走这么多，也许钟也要卖，但是他要先把它修好。我敲了敲门，他在炕上抬起头，说，傅老师来了。我说，小斐这么叫，李师傅就别这么叫了，跟你说过好几回了。他把钟的零件码好，下炕，站在地上，说，傅老师坐。我坐下，他用肥皂洗了洗手，走到院子里打开地上的炕柜，拿出一个铁罐，给我沏了杯茶。我说，你也坐，跟你聊聊小斐。他说，坐了半天了，站一会。我说，小斐上次模拟考试的成绩我看了，超过最好的初中三十分。他说，傅老师教得好。我说，我没教她考试的东西，是她自己上心。他说，这孩子能坐住。我说，择校费别太在意，我们这里有点闲钱。他说，没在意，孩子我供得起。傅老师的心意我领了。我说，古代徒弟学成下山，师傅还送把剑或者行路的盘缠，你别跟我客气，实在不行，回头你再还我，算我借你的。他拿起炕桌上我的茶杯，把水滗出去，又添了一杯热水。喝点热的，凉茶伤胃，他说，我也有徒弟，教完他们把我顶了，但是我不当回事儿。他们去广场静坐，我在家歇着，不丢那人，又不是要饭的。我伸手从裤兜想把准备好的纸包掏出来，他按住我的胳膊肘，说，傅老师别介，说说行，你拿出来我可就要轰你了。我看了看他的眼睛，很大，不像很多在工厂待久了的人，有点浑，而是光可鉴人。我松开纸包，把手拿出来，说，我明白了，毕竟是你和小斐的事情，我作为退路，这样行吗？他说，你也不是退路，各有各的路，我都说了，心意我领了。

一时没人说话，我听见炕桌上裸露的机芯，"嗒嗒"地走着。我说，还想跟你说个事儿，明天我就搬走了。他说，你说。我说，你能坐下吗？你这么站着，好像我在训话。那是九月的夜晚，他穿着一件白色的老头衫，露出大半的胳膊，纹理清晰，遒劲如树枝，手腕上戴着海鸥手表，虽然刚干了活，可是没怎么出汗，干干净净。他弄了弄表带，坐在我对面，斜着，脚耷拉在半空。我说，李师傅过去认识我吗？他说，不认识，你搬到这趟房才认识你，知道傅老师有知识。我说，我认识你。他说，是吗？我说，1968年，有一次我爸让人打，你路过，把他救了。他说，是我吗？我不记得了。他现在怎么样？我说，糊涂了，耳朵聋，但是身体还行。他说，那就好，烦心事儿少了。顿了一下，他说，那时候谁都那样，我也打过人，你没看见而已。我把茶杯举起来，喝了一口，温的。我说，我爸有个同事，是他们学校文学院的教授，美国回来的，我小的时候，他们经常一起聚会，朗诵惠特曼的诗，听唱片。他说，嗯。我说，"文革"的时候，他让红卫兵打死了，有人用带钉子的木板打他的脑袋，一下打穿了。他说，都过去了，现在不兴这样了。我说，当时他们几个红卫兵，在红旗广场集合，唱着歌，兵分两路，一队人来我家，一队人去他家。来我家的，把我父亲耳朵打聋了，书都抄走，去他家的，把他打死了，看出了人命，没抄家就走了。他说，是，这种事儿没准。我说，这是我后来知道的，结婚之后，生下小树之后。他说，嗯。我说，打死我那个叔叔的，是庄德增。他一下没有说话，重又站在地上，说，傅老师这话和我说不上了。我说，我已经说完了。他说，过去的事儿和现在没关系，人变了，吃喝拉撒，新陈代谢，已经变了一个人，要看人的好，老庄现在没说的。我说，我知道，这我知道。你能坐下吗？他说，不能，我要去接小斐了。你应该对小树好点，自己的日子是自己过的。我说，你就不能坐下？你这样走来走去，我很不舒服。他说，不能了，来不及了。无论如何，我和小斐一辈子都感激你，不会忘了你，但是以后各过各的日子，都把自己日子过好比什么都强。人得向前看，老扭头向后看，太累了，犯不上。有句话叫后脑勺没长眼睛，是好事儿，如果后脑勺长了眼睛，那就没法走道了。

日子"嗒嗒"地响着，向前走了。我留了下来。看着一切都"嗒嗒"地向前走了，再也没见过老李和小斐，他们也走了。

李　斐

我坐在窗边，看着杨树叶子上的阳光，前一天的这个钟点，阳光直射在另一片树叶上。这两片树叶距离很近，相互遮挡，风一吹，相互触碰，一个宽大，一个稍窄，在地下根的附近，漏出光影。秋天来了。叶子正在逐渐变少。我想把它们画下来，但是担心自己画得不像，那还不如把它们留在树上。这棵树陪伴了我很久，每次来这里治腿，完了，我都坐在这儿，看着这棵树，看着它一点点长大变粗，看着它长满叶子，盛装摇摆，看着它掉光叶子，赤身裸体。树，树，无法走动的树，孤立无援的树。

我想起第一次搬家，后来又搬过，但是人生第一次的印象最为深刻。搬家之后，大部分家具都没有了。房子比过去小了一半，第一天搬进去，炕是凉的，父亲生起了炉子，结果一声巨响，把我从炕上掀了下来，脸摔破了。炕塌了一个大洞，是里面存了太久的沼气，被火一暖，拱了出来。有时放学回家，我坐在陌生的炕沿，想得最多的是小树的家，那个我经常去的院子，想起小树用树枝把毛毛虫斩成两段，我背过脸去，小树说，怎么了？我说，没怎么。小树说，你知道什么？它吃叶子。我说，那也不是它的错。在搬离那条胡同之前，我对小树说，小树，快圣诞节了。小树说，闲的，还有三个月呢。我说，圣诞节的时候我们就不是邻居了。小树说，那有啥，该干吗干吗。我知道庄家是过圣诞节的，每年的平安夜傅东心都给大家包礼物，有一年送了我一个笔记本，扉页上写了一句话，谁也不能永在，但是可以永远同在。我虽然不太清楚这句话的意思，但是喜欢傅老师的字迹，像男人的，刚劲挺拔。我说，你想要什么？小树说，你买得起？我不要，我妈骂我还少？我说，我可以给你做个东西。小树说，做啥？我说，烟花行吗？小树说，就像你点了那个火柴盒一样？我说，你还记得？小树说，那玩意太小了，没意思。

我说，你想要多大的？小树说，越大越好。他伸开双臂，能多大多大，过年我妈都不给我买鞭炮，怕我给人炸了。我想了想说，我知道，在东头，有一片高粱地，我爸带我去一个叔叔家串门，我在那过过，冬天的时候，有没割的高粱秆。都枯了，一点就着。像圣诞树。小树说，你敢？我说，兴许能一烧一大片，一片圣诞树。小树拍手说，你真敢？我说，你会去看吗？穿过煤电四营，就能看见。小树说，你敢去我就敢去。我说，无论你在哪？他说，无论我在哪。我说，如果傅老师不让你去呢？小树说，不用你管，我有的是办法。我说，几点？小树说，太早会被人看见，十一点？我说，十一点，你别忘了。小树说，我记性好着呢，就看爱不爱记。我准到。

  天博过来，跟我说话。好像在说腿的事，说腿怎么了，我没听清，因为我想起了另一件很遥远的事。很多年之前，傅老师在画烟盒，我跪在她身边看，冬天，炕烧得很热，我穿着一件父亲打的毛衣，没穿袜子。傅老师歪头看着我，笑了，说，你爸的毛衣还织得挺好。我也笑了，想起来父亲织毛衣时笨拙的样子，我坐在那帮父亲绕毛线，毛线缠到了他的脖子上。傅老师说，你别动，就画你吧。我说，要把我画到烟盒上？傅老师说，试试，把你和你的毛衣都画上。我说，不会好看的。傅老师说，会的。我说，那我把袜子穿上。傅老师说，别动了，开始画了。画好草稿之后，我过去看，画里面是我，光着脚，穿着毛衣坐在炕上，不过不是呆坐着，而是向空中抛着"嘎拉哈"，三个"嘎拉哈"在半空散开，好像星星。我知道，这叫想象。傅老师说，叫什么名字呢，这烟盒？我看着自己，想不出来。傅老师说，有了，就叫平原。我也觉得好，虽然不知道玩"嘎拉哈"的自己和平原有什么关系，但就是感觉这个名字很对。

我还想起，很多年前的另一个夜晚，我从这里的一张床上醒过来，首先看见的是天博，过去我们见过，但是没说什么话，我俩都是挺闷的人。天博坐在床边，在床单上摆扑克，从K到A，摆了几条长龙，要从床上出去了，就拐弯放。我觉得迷糊，腰上疼得厉害，下面好像是空的。我说，天博，我爸呢？天博说，你醒啦，那没事儿了，他也没事儿了，和我爸在外面抽烟呢，你玩扑克吗？打娘娘啊？我说，我的书包呢？天博指了指。和我的血衣服一起，在另一张床上。我说，帮我扔了，别让我爸看见。

这次我听清了天博在说什么，他说，今天感觉，你的左腿胖了。我说，肿了吧。他说，不是，是胖了，我针灸的时候，感觉经络活分了一点，你动一动脚趾。我试着动了动，没动。我说，你弄错了。他说，感觉到脚后跟热吗？我说，有一点。他说，是好现象。再观察看看。我说，你老是抱有希望，这样不好。他说，这是有依据的，虽然这么多年，应该没希望了，但是从上个月开始，我觉得有些变化，你伤在脊椎，按理说，不容易好，但是最近你的脊椎好像恢复了一些，有一些过去没有的反应，很奇怪，万物自有它的循理，我们再看吧。我说，外面阳光很好，推我出去走走。他说，有个事跟你说一下，昨天来了两个警察。我说，你跟我爸说了吗？他说，说了。他说没事儿。对了，昨儿我在街上给你捡了一个烟盒,估计你没有。天博从白大褂的右兜里,掏出一个已经拆开摊平的烟盒。我接过来看了看,我真没有。你看这小姑娘,画得真好,他说。我把烟盒夹在手边的书里,说,昨天那两个警察都问你什么了?他说,一个警察四十岁左右,另一个二十七八岁,问我知不知道十二年前,这附近出过一起案子,车祸,然后一个警察让人打废了?我说不知道,那时我还小,早就睡了。他们问我,我爸说起过什么没,比如那天晚上是不是来过什么人?我说,没听他说起过,他也是早睡早起的人。他们问我有没有病人的病历,我说有,他们让我给他们看看,看完之后,他们说,让你妈和我们聊聊,我说我爸下岗之后,他们俩就离婚了,我妈现在在干什么,我都不知道。他们就走了。我说,你害怕吗?他说,我是大夫嘛……最近你不要来了,也不要打电话,等过了这阵子再说,我会把后面三个月的药给你弄好带着,然后你自己给自己按摩,我教过你。我说,嗯。他说,你最近写小说了吗?我说,写了,还没写完。写好了给你看。他说,你歇着吧,我去前面看看病人,热敷了半个小时了,快熟了。

庄　树

我和赵队最后还是决定去一趟蒋不凡母亲那,就算是枯井,也要下去摸一摸。烫伤事件里的母女,我们都已经排查过,没有嫌疑,女人是单身母亲,女孩儿成绩不错,两人收到了大量的捐款,女孩的恢复也比预想的好，两人既无作案的能力，也无更深层次的作案动机，和旧案也无瓜葛。在孙天博那里，有一定的收获，这让赵队振奋。收获就是没有收获。孙天博的诊所极其干净，一尘不染，病历、锦旗、沙袋、针艾、草药和床，都在恰当的位置，还有两盆一人高的非洲茉莉。病历是整齐的十几本，两个人的字迹，前一个写得比较凌乱，后面的则字迹清秀，工工整整，情况也写得详细。从里面出来，回到车上，赵队说，有意思，这个姓孙的好像一点毛病没有。我说，是，太利整了。他说，说说你的想法。我说，得把他妈找着。赵队说，是，找人，用不着咱俩，让局里落实。我打个电话。他把电话打完，我们俩坐在车里抽烟，我说，蒋不凡留下什么东西了吗？他说，有，他当时穿的衣服，他妈都留着，上面还有血，没洗。她说这是他儿子的血，不脏。搬了几次家，都带着。我说，赵队，我想看看。他说，走吧。

　　蒋不凡母亲跟大女儿一起住，在市西面的砂山地区，属于三个行政区域的交界，发展得比较缓慢，三个区都想管，最后都没管。有一片地方想开发，平房推倒，挖了一个大坑，一直没有盖东西。十年过去，还是一个大坑，所以那个地方也叫砂山大坑。她的大女儿在大坑边上开了一间麻将社，不大，六张桌子，有一个小厨房，麻友可以点吃的，炒饭或者炒面两种。我们去的时候，她的大女儿去接孩子，蒋母自己看店，她坐在一张桌子旁边，一边嗑毛嗑，一边和其中一个老头说话。老头说，今年退休金涨了一百五，真不错，死了能多穿一件裤衩。赵队说，大娘，没玩？她转过头说，小东来了。我把买好的水果递上，她说，老了，吃不了几个，下回别买了。赵队说，这是小庄。咱们后屋说啊。她说，咋地？人抓着了？桌子上的四个人马上抬眼看我们，赵队说，没有，说点闲话，有日子没来了。大爷，该和就和吧，别憋大的啦，五万对死了。几个老人笑了，继续打牌。

  蒋不凡的衣服果然在，一件棕色夹克，一件深蓝色毛衣，一件灰色衬衣，一件白色跨栏背心，一条黑色西服裤子，一条灰色三角裤头。蒋母用一个包袱卷包着，好像一盒点心。赵队说，看看吧。蒋母说，我想了，我这身体越来越不行，今年小凡忌日，这些东西我就给他烧去了，要是我死了，怕是得让人扔了。赵队说，嗯，我们再看看。我把每件衣物翻检了一遍，没什么东西，血迹已经发黑，兜里的东西应该早就拿出去了。我说，我再看一遍。赵队说，你别急，都已经来了。第二遍我翻到裤子，发现右裤子兜是漏的，顺着裤腿，我摸下去，发现在裤脚，有个东西。裤脚扦过，是两层。我借来剪子，把裤脚挑开，里面有个烟头。我把烟头拿出来，举起来，过滤嘴写着两个字：平原。我说，大娘，蒋大哥当年抽什么烟你还记得吗？她说，大生产嘛，我给他买过，一天两包。现在买不着了。我回头跟赵队说，是吧。赵队说，是，我也抽大生产，后来这烟没了，换成红塔山，又换成利群。我把烟头递给他，说，那这烟头是谁的？

回局里的路上,我们俩停了一次车,去了烟店,买了一包新出的平原,打开一人一根抽上。我看着烟盒,觉得奇怪,上面有一个玩"嘎拉哈"的小姑娘,虽然图案很小,面目不太清晰,但是感觉很亲切。从烟标来看,做工是很好的。赵队说,挺好抽,当年也有这种烟,但是不好抽,后来没了。我说,不好抽?他说,是,还挺贵,抽的人特别少。我们可以查一下,95年,这种烟也许刚上市,抽的人更少。我说,那就明白了。他说,是,老蒋还是老蒋,可惜这么多年我们都不知道他兜里头有东西。我说,不怪你,那兜漏了。蒋哥在车上管凶手要了一根烟,他也发现抽这种烟的不多,所以抽完之后,就把烟蒂放在裤兜里。他说,幸亏老太太没把衣服烧了。要不然老蒋就白死了。我说,不会的,不会有人白死的。

第二天赵队主持开了个会,烟头的事儿他没有通报,因为涉及到过去的过失,等查出结果再说也不迟。他主要提了两件事儿,一个是密切监视孙氏中医诊所,二十四小时不能断人;一个是尽快找到孙天博母亲的下落。盯了一星期,孙氏诊所没什么动静,没有可疑的病人,孙天博也没逃跑的动向,但是孙天博的母亲找到了。她叫刘卓美,现在在北京朝阳区东四环附近开了一家四川小吃店,卖面皮、麻辣涮肚、麻辣拌。老板是四川人,当年在本市走街串巷,推着一个两平米的小车,四面缝着塑料,里面有口锅,常年煮着漂着大烟葫芦的老汤,她常上他的车吃麻辣烫,后来孙育新下岗,她就跟着他推着车跑了。我和赵队马上连夜飞到北京,当时北京正在弄奥运，一片乱糟糟，我们两个外地警察，也被人反复查了一阵。到了那家小店的时候，已是晚上十点多，饭店里没什么人，几个服务员围着一锅面条，一边吃一边看墙角挂着的小电视，里面正在播盖了一半的鸟巢，一片狼藉，好像被拆了一半。我们拿着照片，看见刘卓美坐在其中一张靠里的桌子上点账，左手拿着一根烟。每翻开一面纸，就用拿烟的手蘸一下口水，头发花白，其实已经焗过，但是在亚麻色中间，到处可见成绺的白发。我们说明了来意之后，她没有惊慌，而是让服务员提前下班，说要和我们好好聊聊。她说，老乡啊，虽然我的口音已经乱套了，老乡还是老乡。她的丈夫从后厨出来，是一个个子不高的中年男人，穿着一双安踏运动鞋，鞋帮已经裂了。他给我们沏了壶茶，她说，他可以先回家吗？赵队说，可以，主要问你一些事情。她说，那你回吧。那个男人走出门去，却没有走，蹲在路边，背对我们抽起烟。赵队说，你是哪年走的？她说，94年10月8号。赵队说，说说怎么回事。她说，老孙下岗了，第一批被裁了员，过去他在拖拉机厂当木工。下岗之后，他想开诊所，那时给了他一笔买断工龄的钱，但是我反对，租房子，进东西，投入太大，而且他的手艺平常觉得好使，真开起诊所说不定哪天就让人封了。他不干，我就不给他钱，咱们家的存折在我这儿，他就打我，我和他一直关系不好，他老打我，手劲还大。那时候我和小四川很熟，我问他，你愿不愿意带我走，我有点钱。他说，你没钱，咱们也走。10月8号的上午，是休息日，老孙没在家，我给天博做好饭，看着他吃完，问他如果有一天妈不想和爸过了，你是跟妈走还是跟爸走。他说，跟爸。然后继续吃饭。下午我拿上存折，就跑了。赵队说，说得很清楚，那就是说，95年12月24号，你已经不在老家了。她说，95年？那时候我们在深圳打工。赵队看了我一眼，说，他们现在的诊所开得不错，你儿子接班了，老孙去世了。她没有表情，说，从走那天开始，我就和他们没有关系了。天博从小就是个心里有数的孩子。顿了一顿，她说，他结婚了吗？赵队说，没有。她说，嗯。这时我说，你当时把家里的钱都拿走了？她说，是，连他买断的钱我都拿了，就给天博兜里揣了十块钱。我说，那他拿啥开的诊所呢？父母能给不？她说，不可能，他父母早没了，兄弟姐妹比他还困难。我说，那他从哪来的钱呢？她说，这我哪知道？我说，你再帮着想想。她想了想说，他有个朋友，一直很好，如果他能借着钱，也就是他了，他们从小就认识，下乡，回城，进工厂一直在一起。那个人不错，是个稳当人，不知道现在在干啥。我说，他叫什么你还能想起来不？她说，姓李，名字叫啥来着？他有个女儿，老婆死了，自己带着女儿过。我说，你再想想，名字。她说，那人好像姓李，名字实在想不起来，他那个姑娘，很文静，能背好多唐诗宋词，说是一个邻居教的，小时候我见过她，那孩子叫小斐。

赵小东

  孙天博很有意思，什么也不说。我找了几个经验丰富的人问过，也不行。只是不说话。不让他睡觉，他就不睡，跟你耗着，把我们几个都耗累了，他还能撑。我说，你要是不知道，可以说不知道，我们记录在案。他连不知道也不说，只是不时用手按摩自己的颈椎。

  我们让诊所开着，从别处找了一个中医坐诊。从里到外翻了一遍，没有发现。其中一个人说，没见过这么干净的地儿，就不像有人住。我问小庄，往下怎么弄。小庄从北京回来，状态有点萎靡，在飞机上想抽烟，憋得乱转，下飞机之后，到局里的路上，把半盒平原都抽了。

  我们查了本市所有叫李斐的女性的社会记录，发现有一个和我们要找的人高度吻合。此人生于1982年，父亲叫李守廉，1954年生人，身高一米七六，原是拖拉机厂工人，钳工，会开手扶拖拉机，也会开车，下岗之后，就从社会上蒸发了。李斐有小学的档案记录，小学毕业之后就没有了。而这两件事情的时间点，都是1995年。综合我们掌握的所有情况，李守廉是1995年劫杀出租车袭警串案和2007年袭击城管串案的重大嫌疑人。李斐即使不是从犯，也是重要的证人。人活着就应该有记录，李斐是否还在世无法确知，但是李守廉一定在世，这中间社会上换了一次二代身份证，他一定有了新的名字和身份。

小庄说，应该是这样，那年李家发生了几件事，下岗、李斐升学、朋友孙育新想要开诊所，借钱。李守廉一向仗义，先把钱借给了孙育新，李斐升学就没有钱。我说，没明白。他说，我是经过那个时候，考初中，就算你考全市第一，也要交九千块，我假设李斐这孩子考上了，但是李守廉的钱压在诊所里，所以他实施了对出租车司机的抢劫。我说，有道理。逻辑上可以成立。他说，第一起案子你还记着吗？那个出租车司机的储物柜里，有刀，他是转业兵，开夜班，防身带着，第一起案子也许是误杀，他本来是想拿点钱就走。后来手上已经有人命，就杀人抢劫了。我说，有这个可能，但是已经不重要了，第一起案子到底怎么回事儿，重要吗？他说，后来的袭警案，就和我过去假设的差不多，那天李斐应该在车上，他们不是要抢劫，而是去办什么事儿，也许就是去孙氏诊所串门或者看病，打的是蒋不凡的车，蒋不凡觉察出李守廉的嫌疑很大，中途两人下车，后面的事情我过去推论过了。我说，可能李斐也参与了抢劫，也有这种可能。小庄说，嗯，也有。但是可能性不大。我说，为什么？他说，从人性角度讲，父亲不应该这么干。我说，操，跟我说人性？他没有说话。

第二天我又带人去翻了一遍孙天博的家，的确收拾得很干净，应该是随时防备有一天我们会抓他。里屋是木地板，我让人撬开，什么也没有。我觉得既然如此，索性继续拆。所有能藏东西的地方全拆开，终于发现了一个中医枕头，里面有一层小石子，安眠用的。

在石子底下，有一本带血的小学语文教材和七十多页复印的文稿。我把这些东西拿到孙天博面前，他像没看见一样，还是不说话，然后闭上眼睛，按摩自己的太阳穴。我看了一遍稿子，好像是小说，写的都是一趟房里邻居的事情，小孩儿之间的事儿，大人之间的事儿，玩毛毛虫啊，弹玻璃球啊，打啪叽啊。看意思应该是作者小时候的事情。我把这些东西转给了小庄，让他看看。小庄看过之后，没有提什么决定性的想法，而是向我请了几天假，说是实在撑不住了，身体要垮了，我同意了，毕竟年轻，第一次跟这种案子，休息休息是合理的。我提议他可以先见见孙天博，毕竟是目前我们手上唯一可用的线索，他说不见了，实在是太累，他还说，这几天他好好想一想，也许会想出个眉目，再见不迟。

就在他请假的第三天下午，出现了新的情况，这是所有人都没有想到的。年初我们搞过一阵子追逃行动，其实有些劳民伤财，抓回来的，即使手上有过人命，大多早已成了废物，不是未老先衰，就是成了沉默寡言的木头疙瘩，或者因为酗酒成了废人。有一个人现年五十一岁，1996年抢劫岐山路建设银行未遂，用自制短筒猎枪打死一名保安，潜逃。今年年初将他从河南省舞阳县抓回，他承认他抢劫杀人，并提出希望能见到自己离异多年的妻子。我没把此事当回事儿，如果每天满足他们的愿望，我就不用干别的了。小庄找到了这人的妻子，也已经五十多岁，重新结婚生子后，生活不错，现在退休在家，帮儿子带孩子。不愿意与他见面。小庄征得对方同意，给她照了一个半身像，带给案犯看了，并把实际情况跟他讲了。他收下照片没说什么。可就在这几天，他突然说有重要事情汇报。我去了。他要见小庄，我说小庄休假了，病了，我是他上级，可以代表他。他认识我，把情况讲了一遍，我听后，让他写下来，然后召集了专案组，拿着他所写材料的影印件，又让他讲了一遍。这人记性极好，无论是所写材料，还是两遍的供述，没有任何矛盾之处，而且十几年前的细节，很多都还记得。此人叫赵庆革，无业，酗酒嗜赌，麻将花面冲上摆着，他扫一眼，揉乱砌出城墙，所有牌的位置基本上都在心里亮着。可是就是这样，还是输钱，欠了不少外债，为了翻本，他就动了抢劫出租车司机的念头。他身高一米七五，手劲极大，据他自己说，年轻时吃核桃有时是用掰的。尼龙绳、柴油，上车之后坐在司机正后方，行到偏僻处实施杀人抢劫，然后焚车逃走。一共五起，每一起的时间地点人物，甚至连司机的大致相貌、年龄，甚至有的人的口头禅，他都记着。其中有个司机上衣兜揣着一把梳子，一边开车一边梳头，说送完他就去跟相好会面，相好三十二岁，丈夫常年出差。他把他勒死后，梳子拿走，一直用到现在。

但是他说 1995 年 12 月 24 号，他并不在蒋不凡那辆车上，他去了广州买枪（但是没买到），那时出租车的案子他做了五起，没有纰漏，就准备向前走一步，去抢银行。我把李守廉和李斐的照片给他看，他说不认识，从没见过。

我看到了那把梳子，然后给小庄打了电话，他关机了。其实也没那么着急，只是案子的链条有了一个断缝，而我们需要做的工作并没有什么大的变化。

李 斐

看见报纸那天，我晚上失眠了。我把那份报纸放在枕头边上，夜里起来看了好几回。前两天父亲跟我说，天博出事了，那盆非洲茉莉不在窗户边上了。我就知道，很多事情要开始了。但是我没有想到，首先出现的竟然是小树。第二天一早，我叫住父亲，把报纸递给他。父亲看过之后，说，太巧了。我没有说话。父亲说，我知道你是怎么想的。我说，我怎么想的？父亲说，你想，也许没问题。我点头。父亲说，按道理，天博不会说，我知道他，而且如果他说了，也不用登寻人启事找我们。我点头。父亲说，但还是太巧了。我说，爸，你是不是有事情没告诉我？父亲说，我先出车，你让我想想。

父亲现在是出租车司机。

晚上父亲回来，我坐在轮椅上，还在看那份报纸。

  寻人启事：寻找儿时的伙伴，失散多年的朋友、家人小斐。我一周后就要出国定居，请速与我联系。不可思议，我们已经长大了。下面是我的电话。

在电话的下面，附了一张画。上面一个小男孩站在两块石头中间，一个小女孩正抡起脚，把球踢过来。

父亲摘下口罩，把买好的菜拿进厨房。吃饭时，父亲说，广场那个太阳鸟拆了。我说，哦，要盖什么？父亲说，看不出来，看不出形状，谁也没看出来。后来发现，不是别的，是要把原先那个主席像搬回来，当年拉倒之后，没坏，一直留着，现在要给弄回来。只是底下那些战士，当年碎了，现在要重塑。不知道个数还是不是和过去一样。我说，哦。父亲说，我想好了。我说，嗯。父亲说，去见见吧。我原先想查查小树，但是怕反而会惹麻烦。索性就这么去吧。我从轮椅上向前跌下来，碗掉在地上，饭粒撒了一地。父亲把我抱起，放回轮椅上。我说，爸送我过去，我单独见他。父亲说，那得想个地方，你腿不方便，如果不好，能走的地方。我说，我想好了，船上。父亲说，船上好，一人一条船，挨着说话。我说，他也看不出我腿有毛病。父亲从腰上拔出一把枪，放在桌子上，说，你带着，放在包里，不到万不得已，不要用。一旦用，就不要手下留情。我看着枪。父亲从后腰又拿出一把，说，我们两个一人一把，你那里面有七颗子弹。在家等着，我去给你买张电话卡。

我用新的电话卡给小树发了短信，约第二天中午十二点，在北陵公园的人造湖中心见。发完短信，父亲把电话卡放在煤气上熔了。父亲说，明天中午，他来了就是来了，没来这事儿就算了，来了见完，这事儿也就算了，我们只能这么下去，你答应我。我说，我答应你。爸，我欠你的太多。父亲说，不说。你们两个总要见一下。

以后还和以前一样。

庄　树

　　我上船的时候，看见一条小船漂在湖心。我向着湖心划过去。不是公休日，湖上只有两条船。秋天的凉风吹着，湖面上泛着细密的波纹，好像湖心有什么东西在微微震动。划到近前，我看见了李斐。她穿着一件红色棉服，系着黑色围巾，牛仔裤、棕色皮鞋，扎了一条马尾辫。脚底下放着一只黑色挎包，包上面放着一双手套。我向她划过去的时候，她一直在看着我。她和十二岁的时候非常相像，相貌清晰可辨，只是大了两号，还有就是头发花白了，好像融进了柳絮，但是并不显老。眼睛还像小时候一样，看人的时候就不眨，好像在发呆，其实已经看在眼里了。我说，等很久了吧。她说，没有，划过来用了一段时间。我笑了笑，说，你没怎么变。她说，你也是，只是有胡子了。来见老朋友，胡子都不刮。我说，你现在在做什么？她说，你怎么上来就问问题？你呢？我想了想说，说实话吗？她说，说实话。我说，我现在是警察。她收了笑意，闭紧嘴看着我，说，挺好，公务员。我说，我小时候挺浑的吧？她沉默了一会，说，是。我说，现在我长大了，能保护人了。她又许久没说话，把围巾重新系了系，隔了一会，她说，傅老师现在好吗？我说，很好，地球都要走遍了。她说，那就很好？我说，说实话，我也不知道。她一直在找你。她说，让她别找了，我什么都不是。我说，我不觉得。如果你时间不急，我跟你讲讲这么多年我都干了什么。她说，你讲吧。我就开始讲，讲了自己在警校交的女朋友，也讲了分手之后自己很难过，喝多了在操场疯跑，还讲了因为当警察，和父亲搞得很紧张，一直讲到现在。她听得很认真，偶尔中途问一点事情，比如，她人有趣吗？或者，没听明白，我没上过大学，请你再讲一下。很少能得到这样的听众。讲完了，我好像洗了个澡。我说，无聊吧，这么多年的事儿，这么快就讲完了。她说，不无聊。如果让我讲，一句话就讲完了。我说，一会儿是你自己回去还是李叔来接你？或者他现在就在附近看着？她没有说话。我说，他现在忙什么呢？她没有说话。我说，李叔十二年前，杀了五个出租车司机，不久前又杀了两个城管，一个用锤子或扳子，一个用枪打。她没有说话。我说，我不是请你帮我，我是请你想想这件事本身。她说，没这个必要，不用你提醒我这个。我说，你告诉我在哪能找到李叔。然后到我的船上来，我们划到岸边，然后我们去找傅老师。她说，如果没有这事，你会来找我吗？我说，也许不会，但今天我是一个人来的，没人知道我来，而且这件事情已经有了，我也已经来找你了，都不能更改了。

她抓住桨，把船向后轻轻摇了摇，和我拉开了点距离，说，其实我可以说，我不知道你在说什么，但是你刚才很坦白，我也可以跟你坦白，谁也不欠谁最好。其实这么说不对，应该说，我欠你们家的，能还一点是一点。我说，不是，这事儿和你我……她伸出手，意思是这时不需要我说话，我突然意识到这么多年没见，她果真在某一个局部，有了不小的变化。她说，1995年那起出租车的案子，和我爸没关系，信不信由你。我爸的钱借给孙叔一部分，然后他把他小时候攒的"文革"邮票，全卖了，我的学费是有的。但是12月24号那天的事儿，我和我爸确实在。那人朝我爸开了一枪，他的左腮被打穿了。我说，嗯。她说，一辆卡车把我坐的车撞翻了。你知道吧？我说，知道。她说，然后那个人倒了，我爸满脸是血，把我从车里头拖出来，那时我没昏，腿没感觉了，但是脑袋清楚得很。他看了看我的腿，把我放在马路边，跑回去用砖块打了那个警察的脑袋。我说，哦，是这个顺序。她说，然后我跟他说，小树在等我啊。然后我就昏过去了。

这次轮到我沉默下来，看着她的眼睛，她一眨不眨，看着我，或者没有看着我。

然后她说，我爸什么也不知道，他以为我真的肚子疼。当时我的书包里装着一瓶汽油，是我爸过去从厂里带回来，擦玻璃用的。那个警察应该是闻着了。那天晚上是平安夜，白天我一直在想去还是不去，因为我有预感，你不会来。但是到了晚上我还是决定去，可我实在想不出什么办法，你说你总会有办法，可是我想不出来。孙叔叔的诊所离那片高粱地很近，我可以想办法下车，跑去用汽油给你放一场焰火，一片火做的圣诞树，烧得高高的。我答应你的。

我说，现在那里已经没有高粱地了。

她说，那天你去了吗？

我说,没有。

她说,是傅老师不让你去吗?

我说,不是。我忘了。

她说,你干什么去了?

我想了想说,也忘了。

她点了点头。

我说,当时我们都是小孩子,现在我们都长大了,对吧。

她说,你长大了,很好。

这时她指了指挎包,说,这里面有一把手枪,我不知道自己会不会使。我说,不会使我可以教你。她说,小时候,傅老师曾经给我讲过一个故事。说,如果一个人心里的念足够诚的话,海水就会在你面前分开,让出一条干路,让你走过去。不用海水,如果你能让这湖水分开,我就让你到我的船上来,跟你走。

我说,没有人可以。

她说,我就要这湖水分开。

我想了想,说,我不能把湖水分开,但是我能把这里变成平原,让你走过去。

她说,不可能。

我说,如果能行呢?

她说,你就过来。

我说,你准备好了吗?

她说，我准备好了。

我把手伸进怀里，绕过我的手枪，掏出我的烟。那是我们的平原。上面的她，十一二岁，笑着，没穿袜子，看着半空。烟盒在水上漂着，上面那层塑料膜在阳光底下泛着光芒，北方午后的微风吹着她，向着岸边走去。

原载《收获》2015 年第 2 期

Part2

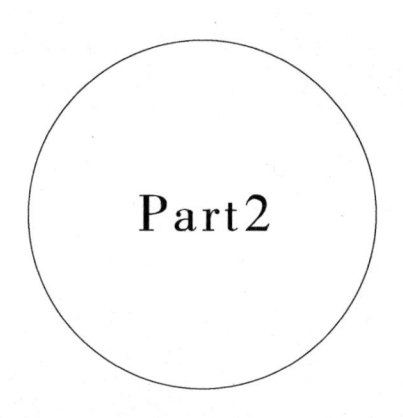

评论

最初的爱情　最后的仪式
——读双雪涛的《安娜》

李德南

80 后这代写作者中，双雪涛是一位迟来者。当这代人中最早开始写作的作家们已经名声在外、著作等身时，双雪涛尚在一家银行上班，每天与数量庞大的钞票打交道。有一天，他突然意识到自己想做的事情是写作，遂辞职。在这时代，成为一位自由作家无疑是冒险之事，更何况他低产，惜墨如金，不可能像许多作家尤其是网络作家那样倚马千言，日产万字。无论如何，他还是决心上路了——我为此感到庆幸。

我最早接触双雪涛的作品是他的《无赖》，尚未发表的电子稿。后来又陆续读到《跛人》《大师》《安娜》等小说。给我印象最深的，是他的语言。他绝不像有的 80 后作家那样追求语言的华丽，情绪黏稠。与他的作品相遇，扑面而来的，是北风般的冷峭。他也甚少以外露的、直白的方式说出自己的观念，而是将之磨碎，融入字里行间。他的小说，大多有着套盒般的结构，大故事里有小故事，小寓意连接着大寓意。他更有着小说家的狡黠与智慧，用烟雾迷住你的双眼，看似是在一本正经地给你讲一个故事，陈述某个观念，其实他真正重视的，是另一个，是藏在水面下的那一个。

我首先喜欢的是《安娜》，一篇经过反复打磨，以至于没有一句废话的作品。《安娜》首先是一个爱情故事，用第一人称叙述，故事时间主要是"我"与安娜读初中与大学的时候。安娜是谁？"她是个彻头彻尾的坏学生。那时候她时常不来上课，在街上和其他学校的男生溜达，有时候上去扯男生的头发，很用力那种，揪住了还要晃一晃，男生就这么被她牵着，脸上还赔着笑，好像是得了某种殊荣。"着墨不多，活脱脱一个叛逆少女的形象却跃然纸上。"我"则显得内敛、偏执，缺了一根筋似的。按理说，两人的故事实在没什么好讲的，经由双雪涛娓娓道来，却自有他的腔调。腔调如何形成？语言独特是其一，含蓄内敛的写法也是其一，精心设计的对白也是其一。因着这些，《安娜》已经可以与那些缠绵悱恻、俗套泛滥的校园爱情故事区别开来了。

然而，如果我们只是从这个角度来理解《安娜》，作者恐怕是要冷笑一声，接着向你投来轻蔑的一瞥。与他的《无赖》《生还》《我的朋友安德烈》等作品一样，《安娜》是一个双重文本。随着"我"与安娜那最初的爱情一同觉醒的，其实还有阶层的意识。小说中有一段写到"我"与安娜的性经历，这既是两人感情的高峰，又是阶层意识觉醒的仪式。这仪式既是开端，又是结束。伴随这仪式而产生的情感将不再单纯、单一，而是让情感的主体沉入幽暗之地。借用麦克尤恩小说的题目，这"最初的爱情，最后的仪式"是紧密联系在一起的。

这种写法在 80 后的写作中并不多见。更可贵的是,双雪涛既发挥了小说介入现实的功能,又意识到他是在写小说,并没有完全忘却艺术的自律。他并没有将"我"与安娜的故事,处理成不同阶层间的隔阂与冲突,甚至是对立的状态。"我"固然是来自工人阶层——双雪涛在他的个人简历中也时常提及自己是"工人子弟"——但这并不意味着,这个阶层本身的生活毫无暖意可言。双雪涛也在追问社会历史变革所带来的公平、平等的缺失等问题,却也意识到,这并没有让穷人的生活完全黯淡无光。小说里有不少"我"与"我"的父母间相互关心的细节。家里的电话"是我妈在我上大学之后下决心配的,为的是她能够找到我,我在需要他们的时候也能找到他们"。小说里还写到,"我"知道如果"我"晚上不回家吃饭,母亲便只会煮一锅粥,然后和父亲吃上几个茶鸡蛋就完事,而一旦"我"在家吃饭,母亲就会炒一个菜。"我"外出去见安娜时,当母亲问是否回家吃饭,"我"说回。其实是否回来,还是不能确定的。然而,一旦"我"说回,父母就可以吃得好一些。这些寻常的细节,已将"我"与家人之间的爱意以含蓄内敛的方式传达出来。

对于一个"工人子弟"来说,书写带有暖意的细节与场景,传达困顿中的温情其实并不困难,当然,在目前这种新左思潮越来越有市场的时刻,泄愤的欲求与激进的姿态也很可能会使得人们忘记这一切。审美的愉悦与道义的担当并非两难,然而,在有的作家看来,为了道义的担当而牺牲审美的愉悦,已成为理所当然的选择。双雪涛想必会认同一点:文学对社会问题的关注必须是以艺术的形式来进行,道义并不能成为思想上单薄、艺术上粗制滥造的借口。难得的是,双雪涛在小说中越过了阶层的简单预设,以相对中正、平和的立场去呈现另一阶层的生活。他对安娜,还有安娜家庭的注视,并不是立足于"工人子弟"的偏执与偏见,而是以艺术家的良知,以人道主义者的冷眼与热心肠去书写他们的矛盾和精神困境。在一篇题为《让我们来做滑稽的人》的创作谈中,双雪涛曾这样写道:"我爱安娜,她由我臆造,可是吸纳了我真挚的爱情,她是我写过的一些女性人物的胚子,好像酒的原浆,用一口大缸埋在地里,回头在上面盖了一座酒厂。我还没有信仰,常感宇宙之残暴,恶的毒液进入人的身体,有人试图用一生去挤,有人把它聚在舌尖,给挚爱的人深情一吻。可是有毒的土壤里,在恶的浊水旁,也可长出点小花,那花如果有那么一点美丽,就值得去写一写,证明在黑暗里穿行的人们曾经有过几刻的闪耀,用得上文学。"

这篇短评的读者们,我不知道你们在读到这段话时是怎样一种感觉,在我,实在愿意因此对这位与我同年出生的文学同道致以敬意。我想,有心人自可领会,他的文字间有着介入社会现实的勇气,但是又不乏超越现实、尊重艺术的胸襟与境界。他的勇气,他的执着,他的清醒,不失为一束隐秘的火焰,也许无法照亮漆黑的夜晚,完成净化"有毒的土壤"与"恶的浊水"的宏伟使命,却让我得以确证,对道义的承担与对艺术的抱负并非两难。相反,艺术上的抱负与才能,可以让作家的道义承担真正落到实处。在中国当代文学中,我们时常可以看到,有不少作家在处理社会历史问题时,主要是站在民间的立场上,站在"被欺凌与被损害的"一方,这种伦理承担的勇气是值得称道的,问题是,小说毕竟有自身的伦理，那就是对事物复杂性的守护。立场过于清晰，过于决绝，很可能会忽略事件本身的复杂性，也会损伤思考的力度和深度，而真正有抱负的艺术家，是不会将道义承担作为艺术上无能的借口的。

  我更希望，这位兄弟般的同道，能够在他将来的写作实践中继续坚持这种宝贵的品格。同样是在《让我们来做滑稽的人》中，我记得他曾经说过，写《大师》这篇文章跟他父亲有关。"我的父亲活得不算长，可是已经赢得了我的尊敬和思念，他极聪明，也极傻，一生匆匆而过，干过不少蠢事，也被少数几个人真正爱过。没有人知道他。《大师》不是为他作传，因为完全不是他的故事，但是《大师》某种程度上是我的决心，我希望能把在他那继承下来的东西写在纸上，如果我和他一样，无声无息地做着自己的事，然后结束，那也不错。只是曾经抵达过的灵魂的某个地方和为此流过的血，自己不应该忘记。"我想，他已很清楚自己所想要做的一切。而他所需要的，只是持志前行，继续走自己的路。

原载《创作与评论》2014 年 9 月号（上半月）

瞬间成型的小说工艺
——双雪涛的小说

田 耳

由具体而生的模糊

双雪涛小说好用第一人称，这使他的小说乍看多种手法多种路径杂然交陈，却又以最简单的方式达成形式上、体例上某种统一。既然人称统一，伴之而来的语调，也具有稳定性质，总体观照，不难从中看出小说中"我"的成长轨迹、心路历程。

《无赖》讲"我"十二岁，一家遭遇强拆，在老马帮助下免费寄居于工厂车间的一个隔间。老马是个酒鬼、无赖，无靠无依，谋生的艰难使他具有多重面目，对我一家既施帮助，又行敲诈。工厂保卫将我家强行赶走，我认定是老马告密，欲借他或有的一丝愧疚，帮自己要回心爱的台灯。饮酒无度、神情恍惚的老马，用极端的方式完成我所托之事，就像所有弱者面对强者的抗争，必是一种悲壮的表达。

这小说应是处在双雪涛写作转型的当口。据我揣测，同时期的作品还有《长眠》和《刺杀小说家》。后两篇凌空高蹈，承接地气一说彼时对于双雪涛，不在考虑范畴；而《无赖》则矫枉过正，一路夯得密实，只在最后，圆里求缺似的有了一笔转折。当写到老马将啤酒瓶敲在自己脑袋上，小说叙述陡变，"就在这时，好像有谁拉动了总开关，我听见工厂里所有的机器突然一起轰鸣起来，铁碰着铁，钢碰着钢，好像巨人被什么事情所激动，疯狂地跳起了舞……有人喊叫着，从房间里面冲了出来，把我撞倒在地。我倒在雪里，台灯在桌子上还放射着温暖的光，震耳欲聋的轰鸣声把我包围。我感觉到，前所未有的安全。"小说至此结束。小说叙述在此有了急遽的流变，虚实转换，突兀生硬。老马那一啤酒瓶，砸在自己头上，还是砸在所有人所有事物上面，抑或砸在地球上引发一场地震？这巨大的流变，却能生发出纯正的小说意味，将一切突兀包藏。

《荒冢》同样写十二岁的"我"，与一个十五六岁女流氓交往的过程。小说几乎没有故事，人物也游离模糊，已到收尾处，全文还紧紧围绕我与老拉两个人物若即若离的交往。这篇小说字里行间有莫名的吸引力，或许借助少年郎共有的隐秘心思——期冀遭遇一个成熟的、带有叛逆气质的女人，引领自己，使初开的情窦得以完好托付。小说大部分篇幅中规中矩，稍嫌铺张地记述了我与女流氓老拉的交往，只在最后部分，两人走入一片茫茫煤海，老拉说不见就不见。我四下寻找，在煤海一洼积水里找见一具女尸，还当老拉溺亡，拽上来，是另一个女人。自那次煤海奇遇，女尸作梗，我与老拉可能发生的故事全都戛然而止，此后形同陌路。

当双雪涛要起虚笔，前面的细节或者地名，往往真实得纹理毕现,触手可及。老拉在煤电四营失踪,我从积水洼中拽出却是无名女尸。小说至此,隐约的故事线索断裂,读者强烈地失重。然而,在这断裂与失重处,小说的意蕴却蓬勃生长。

到《冷枪》,"我"已读高中,读大学,十五到二十岁的年纪。我是现实社会的街头霸王,老背是网络游戏中虚拟世界的无敌神人,两人相识相知,互为照应。在虚拟世界老背给我庇护,在现实世界我为老背撑腰。这种对应渐有失衡,老背日渐沉湎于网络,对现实中的一切不屑一顾,我却日益认同老背在虚拟世界中遵循的秩序。老背出手惩罚违背网络秩序的游戏同仁,因此人存在于现实世界,老背出手以后受碍于重重幻象,轻描淡写的一击,却在老背幻觉中肆意夸张,自以为犯案。我窥明实情,主动出手,完成老背未尽的惩罚。

老背跟我说,他惩罚了网游中作弊的疯狂丘比特,自以为事态严重,还担心就此被捕、坐牢。我赶去疯狂丘比特的寝室,发现这人一切如常,后脑勺粘了一块纱布。而我以为,如果疯狂丘比特后脑勺一块纱布也没贴,这小说照样成立。老背沉湎于虚拟世界所导致的迷离恍惚,甚至轻度谵妄,由此彰显,亦是这小说旨趣所在。

通过如上几篇,可以一窥双雪涛在小说中埋藏的基本叙事策略。以上所说的流变、虚实转换、断裂、失重,以及后文要提到的跳切、无厘头变形、多重叙事空间,都是双雪涛小说中的惯伎,甚至是标配。双雪涛何以一再调弄这些小说技术,反反复复,乐此不疲?除了小说中可以归纳的技术点,笼罩于双雪涛几乎所有小说中的,是一种影影绰绰、虚实相生、亦真亦幻、迷离恍惚的情境,在这情境中,少年的迷惘与成人怀旧时的惆怅,都诡异地调和在一起。

弥漫于双雪涛几乎所有小说中的情境,非常契合儿童未发育成熟时的视听感受,或者说,这正是由作者一种儿童视觉引发,在小说的字里行间、整体意蕴中彰显。这样的作者,必然有着极为顽固的童年记忆,头脑保留了远超常人的童年记忆碎片。

据此反观《冷枪》《荒冢》《无赖》等篇目,里面的"我"虽是十几二十岁青少年,但其观看世界的眼光,似乎始终停留在十岁之前。有理由相信,对于成长和时间,双雪涛很早就作了自主的选择。他的思维,至少是眼光,长时间停滞在儿童时期,或者有能力随时返回儿童时期,保有足够的任性和好奇,所见的事物,具体处必生模糊,清晰时即见恍惚。毋庸置疑,双雪涛本人玩味、享受这种眼光,用这眼光反反复复打量着周遭事物。浸淫日久,沉湎日深,他已分不清,是童年记忆引发这种视效,还是这种视效保证了童年的延续,这成为双雪涛借用小说循环论证着童年记忆的强大动因。循环论证,诚因其引证失据,结论无效,所以在双雪涛的诸多小说篇什中一再重复。而小说,恰好不必从论证结构上入手,求证或者归谬,所以双雪涛小说中的这种重复,有如西西弗斯式的抗争,并非没有意义。借这种论证与抗争,他得以长期厕身于童年,一再延宕于童年,由此伴生的诸多不适,又倚赖小说创作的过程自行消解。

瞬间成型的小说工艺

双雪涛的短篇大都短小,万字以内,六七千字也自行成篇。因儿童视角的烛照,看似随意的笔法,却一再营造出蓬松、毛糙、生机勃勃的小说情境。

《跛人》七千字不到,内部的气象却时阴时晴,多重变换。小说写"我"高中时有一任性刁蛮的女友刘一朵,高考后,刘一朵拉我离家出走,"我"一头扎进说走就走的旅程。前部分叙述守着规矩,小说家的脾性暂且藏起,纵有刘一朵近乎夸张的刁蛮,写实的气味仍四下弥漫,没想却是双雪涛布下的幌子。到火车上,遇一跛足汉子,坐对面,请我们喝酒。皮箱一打开,全是啤酒,没一件衣衫。行文至此,小说初现怪异气氛,但还轻度,只让人觉得稍有不对劲。哪里不对劲?接下来,酒一喝,刘一朵猛然发情,示意我不妨去洗手间。而我即刻心思荡漾,"我喜欢洗手间,想一想就让人喜欢啊,飞驰的火车上的洗手间"。叙述到此,小说家的乖张性情已然显露,不是有哪里不对劲,是整个小说情境现出诡谲气氛。跛人漫不经心讲着自己的事,语调一变,突然审问我与刘一朵,为何离家出走,还要查看我们的书包。包里搜出一把折叠刀,跛人将它掰折,刘一朵这时已不能容忍。"刘一朵站起来,伸手向他的头发抓去,他拿住刘一朵的手腕一拧,刘一朵嚎叫了一声,坐在我的身上。她挥拳向我打来,劈头盖脸地攻击我的脑袋。"那个跛人在一旁起兴:"给我打他,打他!"我一下子蒙掉,"我任她痛打,没有出声。到底是怎么搞的?什么时候一切就全不对劲了?"至此,小说的第一重高潮,借助于一种近乎无厘头的手法,突然来临。

小说推进到这一部分,可能性其实已无限拓展,明白无误的每一个情节,无一处虚笔,却又阴森怪异,像太阳底下双眼发黑,像大白天见到鬼。往后的叙述,是这精心建立的怪异气氛的顺延和铺陈。跛人下了车,我俩在洗手间干完想干的事,刘一朵却忽然消失。我随意找了一站下车,并就此踏上回程。一个跳切,半月以后,母亲叫我复读,一切仿佛恢复正常,但刘一朵消失后再不出现。又一跳切,现在的我生活在北京,去了天安门,想到刘一朵,想到放风筝,恍如隔世。最后这一次跳切,使得前述一切,忽然又有了一层回忆的性质,就像一部黑白片,最后一小段落忽然着色,形成现实与回忆的对照,予人以时空恍惚之感。

《跛人》最能体现双雪涛本时期的创作风格,其反复运用的诸多小说技术,在这一篇中得以和盘托出,整体呈现。整个小说,乍看处处贴地及物,笔笔不虚,但所有事物都看得不很分明,整体笼罩于梦呓般的情境。儿童时期的记忆碎片,以这样的小说拼命打捞。双雪涛笔下恍惚如梦呓或者梦魇的品质,明显有别于同以写梦境著称的残雪。双雪涛写出这一切,没有刻意,没有用力,只让文字在一种眼光操控下肆意流淌,喷涌而出,自然圆融。

双雪涛笔下的虚实转换,简单、迅捷,具体手法层出不穷(他潜心于创造新手法,这构成他巨大的写作快感)。他小说中,每次虚实转换的一瞬间,乍看毫无道理,却又毋庸置疑。他的一系列短篇写作,仿佛就是要让自己回到过去某个时间点,将当时未看清的事物仔细打量,得来新一轮恍惚,却没有失望。他甘之如饴地品味这恍惚,从中榨取巨大能量。在这种反复中,双雪涛也找到独属于自己的小说利器:可以摒弃人物和故事,只要文字构筑起迷离恍惚的情境,在叙述流变、断裂、失重或者跳切的节点上,在小说中由实到虚的那一瞬间,尽情将隐喻、象征、寓言、夸张、反诘、呼告等内涵灌注其中。他的短篇,正是要借助那一瞬间的发力成型,成为成品。换个说法,双雪涛要在每一篇小说里,写出不讲理的一笔。这一笔常理讲不通,突兀,再一回味,却意境大开。这近乎一种工艺,但翻生出意项之丰沛,双雪涛本人至今也未探明。在这小说工艺的重复中，每个作品却各自生成不可重复的特质。

回到从前缺席的现场

双雪涛最新的中篇小说《平原上的摩西》，采用多声部叙事结构，在我们传统小说中又称"金线串珠"结构：由一个人，写到另一人，都是第一人称，各自叙述，故事就在每个人叙述的夹缝间若隐若现。不同于传统小说中"金线串珠"的开放和随性，这小说故事密闭，人物的叙述交叠生衍、往复回环。有评论家将这种结构称为"环型链式"，应是更恰切的命名。当然，这种结构在当下已不新鲜，随着小说技术的发展，"金线串珠"也一无例外地走向了"环型链式"。故事主体也不新鲜，是由新案引出陈案，循着蛛丝马迹查下去，新案陈案又合而成为案中案。巧合中，李守廉掩蔽了连环杀手赵庆革。随着赵庆革意外落网，坦陈一切，先前山重水绕的案情叙事戛然而止，似乎让读者有失重感。

案情叙事中止，故事却顺着惯性往下蔓延。在小说家笔下，案件通常是一个幌子，逸出案情之外，往往才是心之所会的本体。由此，我认为若只用一个关键词归纳这个小说，这词应为"救赎"。由此着眼，小说隐藏的线索就可整体打量。在案情叙事的字里行间，草蛇灰线般隐藏着有关"救赎"的叙事。傅东心对自己儿子漠不关心，却于茫茫人海中认定李斐为同道中人，导引她阅读与写作，倾力助其读书。傅东心将李斐引入信仰之土，让她内心生发出皈依之愿和认信之力，让她的人生从此不一样。摩西带领希伯来人脱离奴役，寻找乐土。所以，我更愿意将摩西理解为引领者、引路人，他让人认识到，我们仅仅拥有此生是不够的，内心需存有一方彼岸，不论抵达与否，须得走在路上。傅东心将李斐画成"平原"烟壳上玩"嘎拉哈"的女孩，篇名"平原上的摩西"应是指李斐，自然也涵括了李斐的领路人傅东心。

小说写到傅东心搬家之前，跟李守廉讲起庄德增旧事，自己的丈夫，竟是当年打死父亲同事的恶棍。这一笔俭省、隐约，往下也不再发展。这是小说中的重要拐点，让读者在阅读中逐步建立的，自以为清晰的理解，忽然变得游移、模糊。小说的复调性质于此彰显。傅东心为何要嫁给庄德增，又为何将旧事说给李守廉听，作者没有丝毫透露，但读者得以感知，作者笔下，小说表层的叙事之外，有一条暗线滋长。庄德增少年期表现出来的暴戾乖张，何尝不是上一辈人的怨气凝结？李斐承袭傅东心衣钵，对于庄树的隐忍和包容，弥漫着一种质朴的宗教情绪。李斐少年时期，受傅东心点化，长大之后，李斐又对庄树施以引领，是回报，也是自身宗教情绪自然地烛照他人。信仰关乎奇迹，必须让信众有应验的体会。在当时，李斐所能想象和创造的"奇迹"，是在平安夜带给庄树巨大的焰火。她谎称肚子疼，藏好汽油，要父亲李守廉将自己带往东郊高粱地，却阴差阳错坐上了蒋不凡开来的的士。蒋不凡制定了一套引蛇出洞的计划，李斐身上的汽油味让他认定，连环杀手已经落入自己掌心。

就这样有了悄然流变的结尾：多年以后，庄树当上警察，且是天生的破案高手。面对陈案，他倚赖新发现的线索，对案情抽丝剥茧。他以为真相即将揭开，没想真相背后隐藏着更惊人的事实，那就是多年前那个寒夜，他不经意错过的一场约定，却让一个女孩落下终身的残疾。小说最后，李斐跟庄树说明当时情况，说到撞车、杀人，庄树评了一句"是这个顺序"。庄树自以为李斐的讲述，只是印证自己分析，一切已尽在掌控。但李斐紧接着来一句："然后我跟他说，小树在等我啊。"峰回路转，平地惊雷，字字平白，却又铿锵有声。至此，案情如何揭底已不重要，案情叙事变调为一出人生的悲喜剧，而女孩多年前未能实现的那场奇迹，在此得以延续。庄树愿意相信奇迹，走向李斐，跟从她的引领。案情之下，是一个迷惘青年的心路历程；案情叙事里丝丝入扣的刑侦过程，嬗变为回到从前缺席的现场，寻找自我的过程。

　　这个中篇，显现出与双雪涛以往作品不同的特质，一路写实，笔笔不虚，惯使的寸劲巧劲，都被一股憨直之气抵开。行文虽仍有恍惚感，生成方式主要在于这小说多声部叙事的结构，每个人的言之凿凿，构筑成整个文本的时空杂沓交叠，线索往复回环。相对于双雪涛前面诸多短篇对小说技术的探索，这个中篇更具"成品"的面目，而前面诸多小说，因作者执着于一念不计其余，所谓瞬间成型，带有"半成品"的性质。当然，成品与半成品仅是从工艺上考量，无涉品质高低。别说半成品，有的原材料，天然去雕饰，稍一加工便是毁坏；有的材料，不动用工序就无以成型。《平原上的摩西》在气质上与双雪涛别的作品有所区分，但他趁手的武器，擅使的招数，到底没舍得放下。这小说看到后头，一路写实的笔法，导向的，却是梦境般深邃的结尾。整篇小说，在末端由实转虚，走向无边的阔大。梦境的恍惚，作为注册商标，被双雪涛烙在了卒章显志之处。

　　双雪涛业已写成的一系列作品，大都是为了承载童年记忆，动用的是"瞬间成型"的工艺，所以大都体现着他一种任性的探索乐趣，为这"瞬间成型"的一次次得逞，不计其余。正因"瞬间成型",这一路数的小说以浑然天成的效果见长,粗糙或者毛糙都是它内在的品质,不需过多修改。《跛人》是这一路数的代表之作,显示出双雪涛对小说的领悟力和写作天赋。但一旦沾上"天赋",来得似乎容易。双雪涛也承认,《跛人》是一气呵成,不费气力。到了《平原上的摩西》,他使尽浑身力气,宁愿让这个小说将自己掏空一回。他改得辛苦,半年时间六易其稿,越改越好。前文所说,相对于双雪涛一系列短篇小说"半成品"的质地,《平原上的摩西》更像一件成品,大概就是多了或者强化了修改的工序。有写作经验的人都知道,会写,不一定会改。写是放纵自己心性,是不断地自我肯定;改是放纵开后的强行约束,是当头给自己泼凉水,是割自己的肉,还要在这疼痛中找足快感。既能写又能改,就好比周伯通练成了双手互搏,功力倍增,心中揣定见两个打一双的豪情。从这个意义上,《平原上的摩西》更能体现双雪涛此后的写作空间。

原载《上海文化》2015 年第 7 期

一个保守主义者的冒险
——双雪涛论

李 振

不要激怒一个老实人——用这句话形容双雪涛的创作可能有些夸张，但大致不会错，因为我们已经看到一个默默写作的年轻人在不经意间带来的惊喜。他仿佛是老实的，却在那老实之中带着一丝狡黠、一股隐隐的凶悍，就像生活中的保守主义者走进赌场，种种可能都被打开。

一

双雪涛在小说里爱尽了轮回或是圆满，似乎不把故事编成一个完整的圈就会坐立难安。《聋哑时代》有一个看上去可有可无的"序曲"，讲一条几乎被城市遗忘的艳粉街，讲艳粉街里那些被时代戏弄的人们。而对李默来说，这里最重要的是一个旧时的玩伴，他十一二岁就成了胡同里最好的木匠，他看他把猫按进水缸里，也坐在他的木板车上心甘情愿地人仰马翻。当李默为了心爱的姑娘被一群混混殴打，其中一个坐在摩托车上玩烟的少年将他拉起，拍拍身上的土，"序曲"的秘密便在瞬间发生了作用，一下把李默青春年代的开始和结尾捏合在了一起。而这个少年，连名字都没有。我们应该从这里就意识到双雪涛小说中那种吹毛求疵般的戏剧感和连贯性，他似乎无法承受一种残缺的结局，如果小说所有的元素不被全部调动起来就不能安心。穿着白衬衫的艾小男在小说里意味着时间的翻腾。李默在2011年的某天醒来，从一本日记中回到2000年的7月，"今天是我最悲伤的日子，毕业了，我爱的人走了，她甚至都没有看我一眼。"这个爱人就是艾小男，只有她才能让时间再次回到1997年，"一个特别的日子"，因为她出现在他面前。于是，"我"和高杰的决裂，那张没有送出的贺卡，那块中空的让"我"折断了腿的石头，一张巴掌大的铅笔画，甚至是许可为"我"医治的青春之"病"，都因为艾小男的出现而有了交待。我们很难说这个让李默神魂颠倒的女孩子是从什么时候出现的，虽然直到小说最后，艾小男才随着李默磕磕绊绊的回忆呈现出来，但这个女孩子似乎让我们感觉到一种异常的熟悉，她的身影一直在小说中摇晃，好像小说始终都在讲述她的故事。就像《聋哑时代》的"序曲"在接近尾声才发生作用，小说可以被看成是一个没有开始也没有结尾的循环——一切都是独立的，一切都是无序的，而一切都将在一个微小的节点被贯穿起来并开始疯狂地旋转。在这种恍惚朦胧的讲述中，在这些交错缠绕如同九连环一样的故事里，在这些没有因果又互为因果的关系里，双雪涛用一种满是留恋的方式讲述着他的青春，似乎只有这样，他的青春才不会结束，他所爱恋的人和事，才会不断在眼前上演。

《平原上的摩西》则在不同人物间不停切换，庄德增、蒋不凡、李斐、傅东心、庄树、孙天博、赵小东……没有谁是必不可少的，但少了任何一个，都不会成为双雪涛式的故事。这些零乱的、反复切换的人物让时间消化殆尽，一切都需要另外一个人来为之重新定义。那么，这些被重新定义的时间和因果，也就成了故事。从庄德增的恋爱，到庄树作为一个警察在湖心与李斐见面，其实是一个颇为艰难曲折的过程。其中的艰难不是时间的漫长或是关系的复杂，而是如何将这些纷扰的生活碎片简化、拼接，让原本无关的人和事迸发出命中注定的偶然。

到底从什么时候开始，我的记忆开始清晰可见，并且成为我后来生命的一部分呢？或者这些记忆多少是曾经真实发生过，而多少是我根据记忆的碎片拼凑起来，以自己的方式牢记的呢？已经成为谜案。父亲常常惊异于我对儿时生活的记忆，有时我说出一个片断，他早已忘却，经我提起，他才想起原来有这么回事，事情的细枝末节完全和事实一致，而以我当时的年龄，是不应当记得这么清楚的；有时他在闲谈中提起不久前发生的事情，可能就在一周前，而我已经完全忘记，没有任何印象，以至于他怀疑此事是否发生过，到底是谁的记忆出了问题，是谁正在老去。

这是李斐有关记忆的陈述。但是，一个没有母亲的孩子和她孤独的父亲怎么就成了一连串命案的嫌疑人，这需要解释。双雪涛给出的解释，是他们如何与庄树一家相遇，李斐如何成了傅东心的学生……在这些跨越性的关联中，一个紧张的核心渐渐浮现，而与此同时，一幅有关时代、有关阶层的社会图景也被不断编织出来。蒋不凡、赵小东就像《聋哑时代》中的小木匠或是那块中空的石头，他们孤零零地戳在那里，却如磁石一样将有关庄德增、李守廉、庄树和李斐的故事碎屑吸引到位，最终形成一个完整的磁场。

双雪涛在这里显示了不同于同代年轻作家的一面。他在小说中表现出绝对的强势，几乎不相信那些未知的或开放的结局，他要的是一种独有的、可靠的关联。他要用这些关联消解那些未知和可能，以此实现一个讲故事的人对过去和未来的掌控，更是对心中那份趋于传统、保守甚至是固执的故事性圆满的特殊交待。

二

"艳粉街"暴露了双雪涛的立场。也许在这个时代，在这些青年作家看来，立场可能是最缺乏说服力的东西。但是，一种基于"艳粉街"的立场却直接而深入地左右着小说讲述的视野和方式。

《聋哑时代》的"艳粉街"是贴在李默身上的标签，是他的出处，是他逃避不了的生命记号，而《平原上的摩西》把"艳粉街"藏在深处，那些人像、事件，不过是"艳粉街"对外的表征。"艳粉街"又不似苏童的"香椿树街"，后者承载的是时间，是有关地域风物和一个时代的印迹，而"艳粉街"是有关阶层的修辞，更像是一种时代流转过后不可更改的结果。

《聋哑时代》中无法回避的是李默父母的处境。他们曾是一个国家最光荣自豪的阶级，在最好的年纪相遇在效益最好的厂子。但他们不会想到，赖以生存的工厂已经岌岌可危，工人们一批一批地被通知可以休一个没有尽头的长假，如若执意留下，薪水减半。父母们自然有他们的想法，但在李默或是双雪涛们看来，"那是一种被时代戏弄的苦闷,我从没问过他们,也许他们已经忘记了如何苦闷,从小到大被时代戏弄成性,到了那时候他们可能已经认命自己是麻木的蝼蚁,幻想着无论如何,国家也能给口饭吃"。这本身就是一种有异于"正史"的表述方式。面对那些曾经的荣光,面对那个作为领导阶级的社会群体,面对他们所坚信的自己之所以成为自己的信条、理想以及特别的政治色彩,一个青年作家以一种戏谑而满是遗憾的口吻将其讲述出来,它不仅仅是某个个体讲述历史和阶级的方式,同时也隐含着在另外一个时代里,一个新的阶层如何认识、看待一段逝去的岁月和一个曾经风光无限的群体。

当然,双雪涛在小说里把这种认识逐一细化,具体为个人、行动以及人生际遇。为了一个女孩子,李默决心考入 108 中。这对他父母来说完全是个意外,因为在他们的期待里,小学毕业上个技校然后进到父辈的工厂,"从仓库保管员开始,从清点每一个螺丝和轴承开始,一点点地成为一个合格的拖拉机厂工人,抱着铁饭碗,铁饭碗里盛着粗茶淡饭,但是从不会空"。这在某种程度上形成了一种深刻的反讽,我们需要特别注意这里的时间——这个时候正是大批国有工厂生意萧条工人频频下岗的日子——这对工人父母处境尴尬,一方面对上中学需要的九千学费胆战心惊,另一方面却依然沉浸在"铁饭碗"从来不会空的身份想象和阶级荣耀之中。结果当然是"上进总是好的",但一个时代与一个阶级的神话却被"砸锅卖铁也供你"震得粉碎。考试那天,李默自己骑着自行车到了 108 中,小说之所以如此强调,是因为"我是为数不多的几个没有父母陪同的孩子"。与考试对应的,是拖拉机厂减员增效的风潮终于波及他的父母,"工厂来朝他们要剩下那一半的薪水了"。于是,108 中以及那场震动全家的考试似乎只与李默有关，父母们所关心的只有厂里谁给谁送了烟酒，要不要送和怎么送的问题。结果到底是让父母为难，李默的成绩出人意料地超出分数线许多，于是也就没有了不上的借口。母亲骑着自行车跑遍所有的亲戚，终于凑够了学费。当九千块钱学费尴尬而充满讽刺地装在拖拉机厂发工资的信封里被送进学校财务处的时候，母亲才意识到"原来这个城市里有这么多富人，每个人都提着一塑料袋的钱，等着那些因为凑不足九千块钱的家长漏下的名额"。双雪涛以母亲细碎而微弱的声音表达出时代转折里一个阶级的变化，这种变化不是被赋予了某种积极的、前进的修饰，而是从一个个被牺牲的个体和家庭里提炼出的历史或时代的另一面。那么就在这个时候，"艳粉街"才真正被落实下来，也开始发挥出它在小说中的影响力。

在李默的父亲继承了上辈的房产举家搬进市区之后，"艳粉街"的标牌如影随形，那套七十平米的老楼房于李默家来说又有什么意义呢？工厂彻底倒闭，作为下岗大潮中的一员，他们除了拧螺丝之外别无所能，用婴儿车支起两口大锅去卖煮玉米则成了唯一的出路。那些让李默感到难为情的玉米实际上支撑起"艳粉街"的"卓越"和"前途"，因为"我发现也许我是这个平庸家庭里唯一卓越的人"，"我将成为这个三口之家的唯一希望"。但是，从刘一达到许可这样的朋友，从安娜到艾小男这样令李默心动的女孩，他们在小说里的存在仿佛不断提醒着李默"艳粉街"的窘境。一个新生的社会群体在此后的时间里愈发显示出他们的虚弱和窘迫，而作为他们的子女和一个阶层的希望，正如中考后李默有关"希望"的思考，只是因为那时的"我"还没有体会到"希望"和"一切"是多么危险。

《平原上的摩西》破碎片断和线索的结点就在"艳粉街":"去艳粉街,姑娘肚子疼,那有个中医。""艳粉街"在小说中更像一种象征,是棚户区、贫民窟、城乡结合部。卷烟厂的庄德增和傅东心,拖拉机厂的李守廉,以及庄树、李斐、孙天博、蒋不凡等等,都在"艳粉街"的阴差阳错里重新排列组合。承包企业也好,开出租也好,下岗再就业既是故事的一个前提,又是拼接起两辈人、两个时代的关键。《大师》里因下岗失去仓库的管理员终于有了下棋的可能。下岗让他失去了收入甚至失去了自己的身份,住在老房子里靠着老街坊的帮衬过活,喝最便宜的酒,从地上捡烟蒂抽,但在路边的棋摊上,在一场又一场的棋局里,他反倒获得了前所未有的精神享受。经济制度的转型致使一个原本社会地位、生活水平相对稳定的阶级面临着失去生活基本保障的难题,双雪涛不仅习惯以这种社会转折作为文学叙事的大背景,而且将具体的人物直接与之对应,将他们的生活难题具体化、日常化。虽然我们很难说这是试图为一个新的社会阶层立象,但他对这一时代难题的特别关注和那种后代视野里既抽离又脱不了干系的独特表达,在构成一种留恋与嘲讽同在的"艳粉街"情结时,也为如何讲述时代转折与新兴阶层提供了一种有效的方式。

三

很多青年作家越来越喜欢面对世界表现出自己的残酷和决绝,仿佛只有这样才显得深刻和尖锐,好像只有这样才谈得上"文学性"。但双雪涛似乎有自己的一套道理,我们很难在小说中发现那种刻意制造出来的冷酷,反而总能找到某种保守的温度。这种保守,恰恰成全了双雪涛与一些快被遗忘了的文学精神的关联。

《大师》中的父亲是拖拉机厂的仓库保管员。仓库紧临监狱，于是就有了犯人们做工过后下棋休息的一幕。在这个简单而充满偶然的场景里，我们惊喜于双雪涛所赋予它的细碎的人情味。"政府，能下会儿棋不？狱警想了想说：下吧，下着玩行。谁要翻脸动手，我让他吃不了兜着走。"得到应允后，"带棋子的犯人执红，坐在他旁边的一个犯人把手在身上擦了擦，执黑"。仿佛狱警也不像狱警，倒像是一个大家长面对一群顽皮的孩子；犯人也不像犯人，至少双雪涛没让他们落入对犯人惯常的想象，"把手在身上擦了擦"分明生出一份孩童得了好玩意儿或好吃食的兴奋和腼腆。一盘棋就那么下了起来，原本在一旁抽烟的狱警也围上去。下到关键，一个狱警高叫，"臭啊，马怎么能往死里跳？"伸手就把已经走出的棋子拿了回来。至此，就连狱警也将之前的矜持抛于脑后，十分欢乐地参与进来，于是，狱警与犯人这对充满紧张感的关系在双雪涛的讲述中渐渐演化，变得有如路边棋摊街坊邻居那般轻松无忌。

双雪涛不会让故事不完满，没下完的棋也不会沦为残局。十年之前仓库门口想同父亲下棋的犯人意外出现，让小说充满了宿命的味道。十年中发生了太多的事情：下岗大潮将父亲卷入其中，母亲也不知去向，"黑毛"早已在父亲的熏陶和调教下成为闻名城里的棋手。"把你爸叫来吧，十年前，他欠我一盘棋。"——故事终于跨越十年与之前对接。父亲不但破了几年前不再下棋的承诺，而且破了自己从不"挂东西"的戒。父亲终于是输了，赌注其实也简单："我一辈子下棋，赌棋，没有个家，你输了，让你儿子管我叫一声爸吧。"双雪涛当然想让故事变得更加玄妙，但犯人是不是成了和尚并不重要，和尚从僧衣里掏出一个金色的十字架作赌注也不重要，重要的是两个在十年中同样落魄的男人如何在十年后依然挂念着那盘没有下成的棋。这也许可以成为一个高手过招独孤求败的故事，可双雪涛显然没有那种侠客之心，他更热衷于市井的世俗之情。那盘棋是个念想，也是了断，同样是圆满。我们很难说那盘棋到底是谁输了，因为在"黑毛"看来是盘和棋，可父亲到最后无子可走，输了棋的他眼睛闪着前所未有的亮光，对儿子说：叫一声吧。虽然小说最后，"黑毛"相信那个没腿的和尚还会回来，但除了一种无凭无据延绵不绝的情义，和尚似乎已经没有了回来的道理。父亲已在那盘棋里成全了他——棋下过了，儿子也有了，和尚已经了无心愿。在一盘有输赢的棋里，双雪涛写出了没有输赢的人生：落寞也好，坎坷也罢，从地上捡烟头抽的父亲在他的棋里获得了心灵的超脱，而没了腿的和尚却在世俗的情义里了却凡尘。

乍看上去，《大路》可能是一则荒唐少年的青春轶事，但仔细读来，小说却隐藏着一种难得的力量。顽劣的"我"父母双亡，被送进工读学校，十六岁的时候已经学会了最顽强也最恶劣的生存方法。离开工读学校之后，"我"背着一把刀和简单的衣物，游走在火车站和一个别墅区，火车站是"我"的住所，别墅区让"我"有些财路。一天晚上，"我"抢劫了一个弱弱的女孩，她非但没有害怕，还不断送来钱和衣服，直到两人像朋友般坐在路边聊天。"我"知道了女孩的孤独和绝望，却在不久看到了她殡葬的灵幡。如果小说仅止于此，它便是青春的叛逆和伤痛，但"我"丢掉了刀子，只身前往漠河。"我在漠河铺路，铺了很多条，通向不同的地方。我谨慎地对待每一条路，虽然很多路我铺好了之后自己再没有走过……我看见很多人虽然做着正常的工作，实际上却和我过去一样，生活在乞讨和抢劫之间，而我则在专心铺路。"小说由此从绝望中杀出，在整个混沌而阴郁的氛围里放出坚忍而明亮的人性之光。当然，一切进行得细微而精妙，在"我"三十岁的时候，我抱着女孩的玩具熊钻进被窝，"不要把被子踢开，让被子包裹住我，明天暖气就会修好了吧"。如果说流行于文坛的冷酷和决绝是一种剑走偏锋的精明，那么双雪涛无疑是保守的，他更愿意从文字当中去发掘某种让生活成为生活的力量，他在自己的文学信条中笃定那个东西可能对现在的世界毫无意义，但其本身十分美好。于是，在尚新、尚怪、尚冷酷的文学场中，双雪涛的保守则成了一种赌博或是一场冒险。现在看来，这个人似乎是赢了。

原载《百家评论》2015 年第 6 期

城市的乡愁
——谈双雪涛的沈阳故事兼及一种城市文学

李 雪

一、当城市成为故乡

很多时候，当我们谈起城市文学，往往有种潜在的乡村视角参与其中，并极易生产二元对立的且带有批判性的话题。可是对于生长在城市的年轻作家来说，这种对照不过是观念的灌输，而鲜有经验的支持。如生长于北京的 80 后作家霍艳所说："五十年代的作家即便生活在城市里也对农村念念不忘，我只能自觉地书写城市，他们所要逃离的，正是我赖以生长的，我无法想象如果离开城市我的生活会变成什么样子，它冰冷无情，却并没有到达面目狰狞的地步。"[①] 如果我们来拆解霍艳的这段对城市的表白，并对照其他生长于城市的青年作家的小说，不难发现两点：第一，对于强调"个人故事"

---

① 霍艳：《我如何认识我自己》，《十月》2013 年第 4 期。

的 80 后作家，城市化进程已嵌入个人的成长史中，或者说城市本身作为一种结构性装置帮助塑造了个人，个人的成长史与城市的发展史实际上具有了同步性；第二，相异于对现代性、城市化的批判立场，这些将城市作为故乡的作家态度暧昧，批判中亦有对城市难以割舍的深情，甚至企图在城市中寻找到新的精神与文化来为城市正名，他们深知城市是他们的历史，也终将是他们的未来。基于此，笛安的提法丰富了我们对城市书写的想象，她认为："所谓'都市文学'，指的并不全是描写工业化或后工业时代的城市生活，不全是描写大城市里的生存状态，更重要的，是一种只可能诞生于都市中的情感模式，用我自己的更为文艺腔的表达，所谓都市写作，一定要有的，是对于都市的乡愁。"① 笛安试图在"龙城三部曲"系列中建立这种城市中生产出来的"情感模式"，但她的小说往往局限于对私人情感困境的呈现，"情感模式"的形成过多依赖于家庭，而无法与城市建立亲密联系，这样"乡愁"自然失去了原本的指涉对象。

　　生长于沈阳的 80 后作家双雪涛实践了带有"城市乡愁"意味的写作，他将个人历史与城市的历史进行着不露声色的同步化处理，并在回望自我成长与父辈遭际中探寻这座城与城中人的缘起、变化与未来，在他这里，乡愁不是对城市化的抵抗，乡愁表现为对城市历史的溯源与对自我起源的追问。值得注意的是，他的小说不是惯常的"家族史"写作，不追问过远的历史，他的历史原点始于自我记忆的开始——二十世纪八十年代，偶有一笔带过的父辈的简史穿插其间，所以小说中的城市历史也就是他的个人成长史。他的小说

---

① 笛安：《都市青春梦》，《名作欣赏》2013 年第 4 期。

多以"东北——沈阳——铁西区——艳粉街"为背景，多于当下追忆八九十年代的那个"我"与那群人，随着空间中老铁西区的消逝，时间的连绵确保了过往的存在、塑造了当下的城与人。即便在他的短篇小说中我们依然可以嗅到过往的味道、发现旧时代的遗迹，仿佛在时光之河中漫游，又不断折返此刻。

双雪涛的小说具有明显的地域色彩，冷硬的东北风格，以下岗工人家庭为书写对象的底层意识，且这些工人来自中国赫赫有名的铁西区，他们的个人命运与当代中国城市化进程中一个时代的兴盛与终结空前一致，这为现实主义写作提供了颇具话题性的素材。然而，因为他的小说具有先锋文学的特质，不断将具有现实感的故事进行抽象化处理，并且"内涵或可解读的空间复杂又广阔"[1]，会使人觉得地域、阶层、历史事件不过是闲来之笔，老工业基地的烟囱不过是给小说罩上灰黑之气的道具。其实恰恰因为城市化进程深度参与到个体的生命中，成为无形的手拨弄个人，背景才成为最不需要被强化的部分。对这种生于斯长于斯的作家来说，城市没有那么"面目狰狞"，城市在发展、膨胀的过程中显现的强力的确摧毁了故地，使记忆无法找到原有的空间确证存在，双雪涛也不回避怀念，不断在小说中讲述童年的家被摧毁，如今的铁西区面目全非。他在《聋哑时代》中写道：

> 我发现这里已经不是城郊，完全变成了城市的一部分，原来的那些废弃的火车道，杂乱无章的苞米地，每天生产大量噪

---

[1] 孟繁华：《80后：多样的讲述和不确定的未来——以双雪涛的短篇小说〈大师〉和〈长眠〉为例》，《名作欣赏》2015年第1期。

音的煤厂,已经消失不见,在我家原来的土地上,矗立着大片的商品房、超市、汽车的4S店,和堆满钢筋和水泥的工地。原来我所生活的城市已经变得这样大,吞噬了我所有童年记忆里的荒凉而又生机勃勃的景观,我一直以来藏在心底的属于我的故乡连同关于它的记忆,已经被巨大的推土机和铲车推倒,埋葬,我甚至都来不及看它们最后一眼,就与它们告别了。①

值得注意的是,他的写作却不是反城市化的写作,他书写的其实是人与城市共同成长的故事,包括人与城共同的暴力故事。怀旧不过徒增感伤,在成长与罪恶中重要的是,人需要通过细致的回忆记载历史,在被时代裹挟、失重的过程中努力发现某些恒久的具有"神性"的精神力量以自我支撑。

当城市不再成为镜像、成为景观、成为符号集合的时候,也许我们才能真正在这里安身立命,从而建立新的精神、伦理与文化,一种新的城市文学才可能随之产生。基于这样的角度,关注城市出身的80后作家尤为重要,他们没有可以回望、退守的乡村(甚至他们的父辈便生长于城市),他们没有前史、没有彼岸,城市便是他们的故乡,是他们全部历史的载体,所以他们有可能拓宽我们对城市的理解,提供一种新的人与城的关系。

二、 被遗忘的城与被遗弃的人

谈起城市文学,很多人认为那是北上广深才有资格生产的一种新型文学,工业社会已经不能给予它足够的养料,它应该携带后工

---

① 双雪涛:《聋哑时代》(之四),《鸭绿江》2015年第5期。

业社会的证件,具有后现代的品质;这种城市文学的主角应该是大都市中形成的、能够生产新文化的新兴阶层,如城市新贵、以"优雅"为特征的"中产",以及具有勃勃生机又在痛苦挣扎的"小资"。在这种讨论框架中,其实很多城与人都被淘汰了,他们既无法成为被铭记的历史遗址,也无法参与当下大都市的时尚生活。与此同时,文学中所表现的城市越来越趋同,它们会逐渐丧失传统的、内在的东西而以符号的形式被呈现。

沈阳当然属于欠发达的二线城市,在被城市化漏掉的城区死角中依然散发着小城镇甚或乡土的气息。当前东北经济发展大滑坡,经济增长值全国排名垫底,资金、人口大量流出,沈阳这座老工业城市已被视为"逆发展"的问题城市。可是,若有谁对沈阳人说,沈阳不算大城市,可能会引起沈阳人集体的不满。双雪涛在小说中不止一次写到"这座城",以及这座城的"大",仅仅一个铁西区就要走上一天,行走在艳粉街上最好有一张详细的地图,何况这条街还承载着颇具传奇性的历史。[①] 这座城很难被归类,却因为独特的历史、人群值得被发掘。相较于电影《钢的琴》、纪录片《铁西区》引发的热议,在文学的世界中这座城还显得过于沉默。

沈阳的这种特质很容易使人将其归入古都老城行列,而比起北京、南京、西安它又少了文化的包裹、历史的沉淀,若进入到日常生活的写作,它又不具有上海市民生活的典型性。而与其他市民气显著的内地城市相比,它的市民社会带有强烈的阶级意识,具体地说是新中国成立后在东北工业基地形成的以国有工厂为凝聚点的工

---

① 参见双雪涛:《光明堂》,《江南》2016 年第 3 期。

人阶级强烈的身份意识。很多时候，这些具有身份自觉的产业工人遵守的并非是中国传统市民社会因袭的生活方式与伦理守则，他们日常生活的细枝末节显得简单而粗糙，工厂强大的规训、整合力量帮助他们以单位为核心建立起人际关系和居住区，并在集体中获得个人尊严与荣誉感。对大部分工人来说他们没有办法跟随时代完成彻底的转型，更无法深入理解市场经济的逻辑。他们是这个城市现代化工程的奠基者，曾经是这个工业城市的新型市民，却在时代进程中被抛弃，被前进的列车拒载。当城市以资本划分居住地的时候，这些被新时代遗弃的工人成为低收入者、被去权的阶层流落到棚户区，流落到贫穷、品流复杂的地方，不得不与农民工、外来流浪者、罪犯混居。

在我们的城市文学中，城市新移民、农民工都可以被作为主要表现对象，可以被认定为观看城市的重要视角，而这群曾经的主流原住民却往往处于失语状态。双雪涛以"聋哑时代"给小说命名，以"默"给人物命名，或许正在暗示这样的一个群体及他们的后代正在城市的边缘漂浮着，无声无息地活着、死去，比如小说中李默的父亲——"他这一生忙忙碌碌，没有让自己和家人过上好日子，到最后，连动手术的钱都要东拼西凑，没有一件像样的衣服，查出毛病那天，身上穿的是我高中时候的校服。可他一点不笨，读过不少书，下了一手好棋，可这些除了我和妈妈没人知道。"[1] "没人知道"、没有声音，是这一群体的现状，但总有些不甘的人试图确证自己的存在，只不过被社会主潮冲击到岸边的失败者找不到释放能量

---

[1] 双雪涛：《聋哑时代》（之三），《鸭绿江》2015年第4期。

的出口，一种偏执的方式——暴力便成了他们捍卫尊严、抵抗不公的主要方式。

在双雪涛的大部分小说中，作为下岗工人的父辈的经验是作为背景、故事的缘起被呈现的，沈阳大量工人的下岗事件并非故事的主线索，但这种背景、阶层、出身显然被一再强化，与城市一同成长的少年正是在父母的一声叹息中、在衣食住行的变化中感受到了时代的巨变。双雪涛对外部生活的书写非常节制，每况愈下的生活细节被简化为几个冰淇淋球的指代："那条街上有一家冷食宫，卖五颜六色的冰激凌和冷饮，我小时候每到夏天，我爸都要带我去吃几次，我每次吃三个球，一个白色的，一个粉色的，一个巧克力色的。上初中之后，我就再也没有进去过。"① 在克制的写实中，现实生活中的贫穷、歧视以及由不平所引发的暴力恰恰成了"超现实主义小说"的潜结构，个人的、具体的、历史的痛在"先锋"技巧的包裹中抵达普遍的人类之痛，或者反过来看，抽象的对人性、命运的拷问正是在具体的经验中得以证实。所以，我觉得有必要在双雪涛小说的"虚"中读出"实"的部分，读出实实在在的被弃群体的困窘、自弃与被歧视。

在老师的眼中，工人阶级的孩子扶不上墙，在"我"的眼中艳粉街的确有那么多自暴自弃、无所事事的"二代"。如小说《光明堂》中所写："艳粉中学的校风一直不好，这个不怨艳粉中学，因为艳粉小学也这样，初中毕业能考上正经高中的孩子大概占百分之十，剩下的大部分离开艳粉街进入技校和职业高中，有的索性什么也不

---

① 双雪涛：《聋哑时代》（之三），《鸭绿江》2015年第4期。

念,就在艳粉街上游荡。在春风歌舞厅和红星台球社,经常能看到艳粉初中的毕业生,男生女生,一直待到二十岁,似乎还没待够,每天无所事事,细长的脖子,叼着烟卷,也没饿死。"① 作者在讲述这群人的故事时流露出矛盾的情绪,一方面他对这群失败者中的怪人无比热爱,情不自禁地将破败的艳粉街审美化、传奇化,一方面又不甘于固守,希望逃离故地,或实现阶层的改变。

贫穷的确是一种痛苦的体验,它带来的不只是肉体上的痛,更是精神上的苦。中篇小说《平原上的摩西》以悬疑的外衣包裹了一个阴差阳错的悲剧故事,悲剧的产生实际上缘于警察将犯罪与下岗工人、贫穷、艳粉街进行了关联想象,在偶然的汽油味的催化下错指了凶手。如果贫穷本身不能摧毁人心,那么对贫穷以及一个曾经具有强烈身份意识的群体的歧视和暴力想象则有可能毁掉他们最后的尊严和坚守,小说中被错指的"凶手"在多年以后的确通过犯罪去抗议不平、维护正义。小说里虽然有一个虚指的、升华的"摩西",看似引领人物超越了具体的历史情境,撞击人心的其实是现实的残酷。

双雪涛努力书写的就是这座城的过往与现在,并且以工人子弟的身份意识讲述工人阶级在时代变动中的痛。他的写作至少提醒了我们两点。第一,那些貌似被时代淘汰的城市依然具有自身独特的品质,它们可以丰富我们的城市体验,使我们获得书写城市的其他可能性。或许城市文学不止面对当下,城市文学也包括我们对城市过往的追忆,从而使城与人不仅具有在场感,亦可获得历史感。第

---

① 双雪涛:《光明堂》,《江南》2016 年第 3 期。

二、城市中那些被遗忘的群体，尤其那些与城市一起进化而来的群体，即使在当下处于边缘位置，依然是城市的重要组成。如果他们自己不能够发声，文学应当使他们被理解。

如今我们对城市与城市文学的认定和想象依赖的大部分还是西方的城市知识，"当我们描述城市时，主要借鉴的精神资源乃至技术手段，依然是来自西方文学给予我们的那些启发。而我们自身，依然缺乏足够的策略，难以依靠属于我们自己的情感方式来还原我们的城市经验"。[1] 当我们努力去寻找中国城市的独特性时，贺绍俊教授的提醒非常重要："工业经验和工人文化应该是建立我们自己的都市文学传统的重要因素。"[2]

当然，我并不认为这就是一种崭新的城市书写，但它应该成为城市书写的必要内容，或成为城市文学之一种。

三、"稍瞬即逝的光芒"

如果说电影《钢的琴》、纪录片《铁西区》尚有悼念一个时代终结、一个阶级陨落的意味，尤其《钢的琴》还将散落于社会各个角落的工人兄弟重聚，通过制造钢琴完成悼念自我、证明自我的最后仪式，那么作为下岗工人的孩子、充分投入城市生活的80后一代早已对城市的巨变习以为常，他们深知城市不相信眼泪，同样不需要悲情的悼亡诗。双雪涛若是仅仅满怀怜悯与自怜给失落的阶级写悼词，在现代主义技巧的包装下讨论善恶、感叹命运，那总会让人感

---

[1] 弋舟：《凭着气质和气味来感知新城市文学》，《山花》2013年第15期。
[2] 贺绍俊：《地域的社会性、都市化及其文学社区》，《长江文艺》2013年第9期。

到乏味。有力量的地方恰恰是他的小说没有悲戚的悼亡味道,虽然有一点乡愁与怀旧,落脚点却在追溯自我与城市的历史上,他想探寻自我的来处、寻找去处,并希望在追溯中从失败的父辈身上发现"灿烂的遗产"。

毫无疑问,作者笔下的人物大部分是被主流社会排挤的"失败者"。父辈因为下岗迅速滑落到底层,孩子们在严苛的教育体制中被压制,甚至被逼疯,所有人都逃不过个体之外力量的摆布,这种力量可以指向政治、社会、某种制度,甚至集体无意识的偏见,但这种被摆布就是人类在历史中无法彻底摆脱的命运,更何况每个人自带劣根性,往往是外力与自我合力毁掉了一个人。然而,双雪涛对这种带有宿命色彩的悲剧命运具有异常顽固的抵抗,他的抵抗首先通过发现"奇人/怪人"、书写"奇人/怪人"来实现。《大师》中的父亲虽然是看仓库的低等工,却有着超凡的棋艺和通达的处事原则,在遭遇下岗、家庭破裂后即使以酒麻醉自己,却仍能在面对棋局时瞬间清醒,乍现"光芒",进退有度。《无赖》中的老马一身缺点,贪财、嗜酒、好色,以无赖的方式求生存,却为了帮"我"以命相搏。《聋哑时代》中出现了数位超常的少年,他们虽被学校所不容,却能自我修炼,满身绝技。作者的意图再明显不过,这些人虽然被冠以"失败者"的名号,却都具有"稍瞬即逝的光芒"[1],通过发现那道"光芒",双雪涛试图证明"失败者"也有超凡的特质,他们甚至比其他人更为自尊、勇敢、值得信任。

在集体的失败中,当然有个别顺时而动的成功者,《平原的摩

---

[1] 双雪涛、走走:《〈写小说的人,不能放过那道稍瞬即逝的光芒〉》,《野草》2015 年第 3 期。

西》中就出现了一位在市场经济中跻身富裕阶层的父亲庄德增。不过当"红旗广场"的毛主席像被移走时,他仍不免要缅怀历史,莫名惆怅。而沦为罪犯的李守廉却清楚地认识到,那些消极抵抗的静坐者不是单纯在怀旧,当下生活的不如意才是怀旧行为的根本原因,他们不过是找个借口来发泄私愤。同为失败者的李守廉不屑于这种无为的、消极的抗议,也不会因为贫穷作恶,即便选择暴力作为最后的抗争方式,他却依然有对尊严、善的坚守。身为工人的后代,双雪涛努力在这群人身上发现可以值得被继承的遗产,所以父亲的"罪"从未成为儿子的原罪,父亲的"失败"从未指向儿子的失败,那个在当代史中获得强烈主体意识的"儿子"不止发现了失落阶级的"光芒",还在努力挣脱对失败的遗传,正是对"光芒"的发现,儿子珍藏了带有特定群体属性的荣誉、自尊、质朴以及朴素的道德意识,从而得以想象"神性"、抵抗沉沦。

《走出格勒》就是这样一个逆转失败的案例。爱好写诗的父亲经历了下岗、坐牢,成为不可翻身的失败者,羞于与儿子见面,儿子却始终有意识地保护、珍藏父亲赠送的钢笔并走上写作的道路,在这里,钢笔作为希望和信念的象征重建了儿子的生活。而在霍艳的《失败者之歌》中,下岗父亲与女儿一同走向失败,他们相互传染,不抵抗、不觉醒,无为成为失败者的常态,于是失败便不可逆转,失败具有了代际之间的延续性。

双雪涛与其他热衷书写城市中物质、欲望、阶层差异、精神困境的 80 后作家不同,他的写作是有身份自觉和历史来路的,所以在虚无的现代都市中他有所依傍。据他本人的表述来看,他具有宗教情怀,却不具有宗教信仰,所以他所谓的"神性"更多指向的是坚守、捍卫与信,相信美、善、尊严,也相信人自身的力量,而这种力量无法自我生成,它需要在自我经验、前代经验、集体经验与历史经验的融合中被提炼。所以双雪涛的沈阳故事延展了时间而获得历史层次感。

在进行城市规划和改造时,我们会考虑:"如何在城市重写本上规划建造下一个层次,既满足未来的需求,又不破坏先前产生的一切。先前产生的东西很重要,因为它是集体记忆、政治身份、强大的象征意义的场所。"① 而更多时候,新旧无法被平衡、融合,我们的城市被改造得面目全非。若有一天,今天的城市面貌已经无从辨认,至少我们可以通过文学发现曾经的那座城与曾经的自己,那里有我们的故乡,以及我们的历史。这种城市书写比起浅薄的批判和贴地的摹写,或许更有意义。

原载《当代作家评论》2016 年第 6 期

---

① [英]戴维·哈维:《可能的城市世界》,第 365 页,胡大平译,选自《西方都市文化研究读本》(第三卷),薛毅主编,桂林,广西师范大学出版 2008 年版。

诱饵与怪兽
——双雪涛小说中的历史表情

方　岩

一

双雪涛与《收获》编辑走走对话时，谈及自己在写作方面的野心：" 只要你足够好，足够耐心，足够期盼自己的不朽，就可能完成自己的伟业。"① "伟业"与"不朽"是夸张、虚幻的大词和身后事，而"好"与"耐心"确实是目前触手可及的事物。

这个时代，很多作家的名字在期刊、报纸和新媒体上频频出现，人们却想不起他写过什么，而有的作家的名字一出现，唤醒的则是作品的名字及相关想象，这是世俗意义上的成功与写作意义上的成功的区别，双雪涛的"好"很显然属于后者，在相当长的时间里，他的名字将一直与《平原上的摩西》(《收获》2015 年第 2 期，以下

---

① 双雪涛、走走：《"写小说的人，不能放过那道稍瞬即逝的光芒"》，《野草》2015 年第 3 期。

简称《摩西》)捆绑在一起。

2016年,双雪涛先后出版了三部小说集《天吾手记》(花城出版社,2016年5月)、《平原上的摩西》(百花文艺出版社,2016年6月)、《聋哑时代》(十月文艺出版社,2016年9月)。很显然,这三部小说集都是双雪涛因中篇小说《摩西》声名鹊起后的衍生品。在这个每天都有"好故事"产生的国度,恰恰缺少能把故事讲好的人,于是这个像"火球从空中落下"① 一样闪闪发光的故事,让人家记住了这个冷峻、克制的讲故事的高手。所以,双雪涛的"写作前史"也被挖掘出来,那些在《平原上的摩西》之前的许多作品得以集中性地出版。作品的优劣可以暂时不论,这些作品的出现却呈现了他成长为一个故事高手前的磨炼历程,这里是双雪涛的"耐心"。

二

"二姑夫拉了一下一个灯绳一样的东西,一团火在篮子上方闪动起来。气球升起来了,飞过打着红旗的红卫兵②,飞过主席像的头顶,一直往高处飞,开始是笔直的,后来开始向着斜上方飞去,终于消失在夜空,什么也看不见了。"③

这是双雪涛最新短篇小说《飞行家》的结尾。毛泽东时代的宠儿市场经济时期的弃儿、昔日的工人阶级如今的下岗工人及其同伴、后代,以一种荒诞而悲壮的方式与这个时代和世界进行了告别,至于是无可奈何地自我放逐还是以沉默的方式进行壮志未酬般的绝望

---

① 双雪涛:《平原上的摩西》,《收获》2015年第2期。
② 笔者注:毛泽东雕像底座上的浮雕。
③ 双雪涛:《飞行家》,《天涯》2017年第1期。

反抗，其实都是了无生趣的庸常现实张开其血盆大口的时刻。在这个时刻，现实与梦魇、真实与荒诞之间的界限消弭，历史怪兽显形。

前述片段无疑能够表明双雪涛是个有强烈历史意识的人，而与历史纠缠的方式确实能体现出一个故事高手的智慧和耐心。所以，尽管历史的幽灵常常在双雪涛的故事中闪现，但事实上，双雪涛并不是那种直面大历史写作的人，相反，一些历史信息会以极其简约的方式在文本中一闪而过，然后很快淹没在双雪涛精心编织的故事中。

"工厂的崩溃好像在一瞬之间，其实早有预兆。有段时间电视上老播，国家现在的负担很大，国家现在需要老百姓援手，多分担一点，好像国家是个小寡妇。父亲依然按时上班，但是有时候回来，没有换新的工作服，他没出汗，一天没活。"①

这里有着双雪涛面对历史的自信，借用他评价自己另外一部小说时的话来说："这一句话解决了故事背景、发生年代、幅员广度、个体认知的所有问题，最主要的人物也出现了。"② 通读双雪涛现有的所有作品，不难发现，他对大历史变革与个体/群体日常生活之间的密切关联是极其敏感的，只是他不愿意把这些故事变成关于历史进程的肤浅论证材料。所以，大部分时候，讲故事时的双雪涛是这副样子：他只是在以从容、舒缓的反讽语调推进着故事，偶尔会瞥向历史、投过去一两个漫不经心的眼神然后继续心无旁骛地讲述下去，哪怕是与历史正面相撞的时候，他也会视若无睹地穿行而过，似乎谁也不能阻挡他把故事讲完。事实上，当我们意识到历史从未

---

① 双雪涛：《平原上的摩西》，《收获》2015 年第 2 期。
② 双雪涛、走走：《"写小说的人，不能放过那道稍瞬即逝的光芒"》，《野草》2015 年第 3 期。

在他的故事中缺席的时候，才会发现，他早已把历史与人的紧张对峙编织进故事的纹理中。很显然，这个挺立着一个由精湛技艺所支撑的鲜明的小说观和历史观，即只有在精心编制的好故事的天罗地网中，历史怪兽才能被以一种具体、丰富同时也更具说服力的方式被诱捕、显形。

三

就"虚构"的常识来说，这里并不存在特别复杂的地方。一代又一代的人的尊严、前途和命运如何成为历史怪兽的养料，双雪涛心知肚明且有切身体会，只是他不相信历史只有一种抽象的表情，哪怕仅仅只是狰狞和吞噬，也会有具体的姿势和形态，更何况历史与时代的每一次狭路相逢，最终要由一个个具体的人来承担。所以，在双雪涛的小说中，故事不仅是目的，也是手段，而历史不只是背景，同时也是以各种形态渗进故事的有机构成部分。两者之间的相互对峙、提防和彼此引诱、成全，也就成为需要依靠技艺和智慧来成全的事情。这些年，大家在与"虚构"有关的问题上，说得太多，做得太少，所以常常会忘记，在常识层面做到卓越，杰作亦能诞生。

正是在这个层面上，双雪涛的小说呈现了若干值得反复讨论的精妙之处。最重要的便是，如何利用"诱饵"诱捕历史。抛开话语禁忌之类的制度性问题，当代作家不乏虚构历史的野心，只是这野心仅仅表现为大而无当、外强中干的史诗情结，以至于让"虚构"拖着孱弱的病体在空洞的历史抒情和价值判断后面气喘吁吁、步履蹒跚，甚至暴毙途中。事实上，未尝不可把与历史相关的"虚构"理解为某种形式的祛魅。史学研究的主流是把历史还原为事件、数据和规律（或者说趋势），以证明这个学科是现代科学意义上的祛魅工程，同时史学理论本身的意识形态问题又会让祛魅的合法性变得迷雾重重。因此，与其迷信所谓史实的真实性、价值的正确性，将"虚构"降低为依附性的技术因素，倒不如直面"虚构"本身之于历史的可能性，即把历史从抽象意义层面解放，使之重新获得可观、可感、可交流的"肉身性"，借用梅洛·庞蒂一个说法，便是"不可见之物的可见性"[1]。历史发生的时刻，最初必然表现为人的遭遇，即个体的言行，并最终物化为文字和器物，这是历史消散后留下的蛛丝马迹。从这个意义上讲，"虚构"介入历史的方式，便是用器物和文字对人进行招魂，正是在这个过程中历史逐渐脱离抽象意义上的神秘性和匿名性，逐渐呈现出具体可感的形态，这正是另外一种意义上的历史祛魅，即重建历史表情，或曰历史显形。所以，帕慕克坚持认为"小说本质上是图画性（visual）的文学虚构"[2] 是有一定道理的，而他坚持的另外一个观念则为"虚构"如何介入历史这样的问题，提供了一个非常具有启发性的结论，即"物品既是小说中无数离散时刻的本质部分，也是这些时刻的象征或符号"[3]。帕慕克说这句话的时候，虽然并未明确指向"虚构"与历史的关系，但这句话却能很贴切形容，双雪涛在设置历史的"诱饵"（物品或器物）时所体现出非凡的匠心和能力。

---

[1] ［法］莫罗·卡波内：《图像的肉身》，第 67 页，曲晓蕊译，上海，华东师范大学出版社，2016。
[2] ［土耳其］奥尔罕·帕慕克：《天真的和感伤的小说家》，第 86 页，彭发胜译，上海，上海人民出版社，2012。
[3] ［土耳其］奥尔罕·帕慕克：《天真的和感伤的小说家》，第 103 页，彭发胜译，上海，上海人民出版社，2012。

《摩西》无疑是一篇杰作，把它置于新世纪以来的小说创作发展态势中来考察，它的光芒依然令人瞩目。冷峻、简约的语言，步步推进而又沉稳的叙事节奏，鲜明但是克制的反讽，机巧但是极具说服力和平衡感的结构设计等等，这一切精湛而又不炫技的审美修辞为了一个好故事出现做足了物质铺垫，最终将这个多声部的悬疑故事以一种饱满多质的形态呈现出来。就故事本身而言，它不仅具有类型故事的感染力、流通性、可读性，又具有意义层次多维度解读的丰富形态。这里暂且只分析其中的一个细节，一种名为"平原"的香烟烟盒（或者说叫烟标）的作用。

"烟盒"最显而易见的功能，就是解决了情节设计的基本逻辑问题。故事里每个人的声音都是一条线索，众声喧哗，彼此纠缠，一直到烟标出现，错综复杂的线索才建立起一种比较牢靠的逻辑关系，由此，故事冲出迷局开始进入令人期待的"解密"程序。与情节转折并行的是多种意义在其中逐渐生成、汇聚。首先，香烟的上市年份是 1995 年，这个年份指向了国企改制及其带来的工人下岗潮。当历史与现实在文本中狭路相逢时，故事的起源便与宏大历史建立起了关联，同时"历史的原罪"的意味在现实语境中弥漫开来，越来越浓；其次，烟标上的那幅画源于一个日常场景，它是叙述者之一的李斐在现实困境想起的"另一件很遥远的事情"[1]。历史变动前日常的美好与当下的绝境彼此提醒，历史就这样明火执仗地闯进私人记忆和日常领域直白宣示自身不容质疑的权威和暴力；再者，烟盒最后一次出现是故事结尾的时候：

---

[1] 双雪涛：《平原上的摩西》，《收获》2015 年第 2 期。

"我把手伸进怀里,绕过我的手枪,掏出我的烟。那是我们的平原。上面的她,十一二岁,笑着,没穿袜子,看着半空。烟盒在水上飘着,上面那层塑料在阳光底下泛着光芒,北方午后的微风吹着她,向着岸边走去。"①

烟盒在这里不仅仅是连接了两个个体的私人记忆,它延展开来却是历史变动前同属一个阶层的共同记忆。如果说,烟盒在情节上制造了一种戏剧化的冲突,即昔日的发小如今却是警察与犯罪嫌疑人的对峙,那么,冲突、对峙背后秘密也就再也无法隐藏。曾经为着某种目的被塑造起来的一个阶层如今又被同一种历史力量拆分不同阶层,并随着代际传递日益隔绝。所以,隔开两人那片水面在渺小烟盒反衬下,更像是历史的汪洋,表面上的波澜不惊,实则暗流涌动,消除沟壑的"平原"永远只是停留在画面中的幻想。

我无意宣称《摩西》必将成为未来的经典,只是强调双雪涛在处理与历史有关的"虚构"时,将历史洞察力转化为创作实践的能力,这一点恰恰是当下许多作家所缺失的。无论如何,"诱饵"的精心设置让历史不断在一个好看的故事中不断具象化,于是,历史表达便言之有物,现实描绘又有纵深感,历史、现实、私情血脉相连、彼此成全。做到这一点,一部充满意义张力的小说至少已经成功了一半。

如果说,《摩西》的篇幅给双雪涛诱捕历史提供了足够的空间和耐心,甚至可以将《摩西》视为一个作家的才华、灵感昙花一现的产物,那么稍后发表的短篇小说《跷跷板》②则让我们看到双雪涛在

---

① 双雪涛:《平原上的摩西》,《收获》2015 年第 2 期。
② 双雪涛:《跷跷板》,《收获》2016 年第 3 期。

短兵相接迅速捕获历史的能力。同其他作品一样，双雪涛用他一贯的冷峻、克制的语言和出其不意而又恰到好处的反讽语调讲述着故事，医院陪护老人多少有点百无聊赖。然而，小说快结尾时，一具骸骨的出现，瞬间反转了小说的叙述基调，眩晕和惊悚的叙述氛围迅速回溯并统治了整部小说。这个眩晕和惊悚根植于对历史的深深恐惧，而"诱饵"正是压在骸骨上的跷跷板，移开跷跷板，便是打开了历史的潘多拉魔盒。

事实上，"跷跷板"只在小说里出现三次，除了最后一次，前两次都显得无声无息，事后想起却令人毛骨悚然。它首次出现于一场有些寡淡的相亲时的聊天中，"跷跷板"对相亲对象（后来成为女友）而言，意味着童年记忆和父爱的化身。另外一次则出现在与女友父亲的聊天中，女友父亲说自己在国企改制时期曾经杀死了同事就埋在跷跷板下，但是"我"很快发现那个人依然在为女友父亲看守废旧的工厂，所以与其说这是临死前的忏悔，倒不如说更像是一个濒死前出现严重幻觉的人的胡言乱语。但是，当骸骨真的出现的时候，上述场景便被重新赋予了意义。我们固然可以把骸骨视为人性罪恶的证据，甚至可以说被掩盖的历史罪恶重见天日。然而，如此浅显、直白的隐喻绝不是双雪涛的目的。事实上，"跷跷板"两端所承载的意义所形成的张力才是这篇小说的深刻之处。很显然，亲情、血缘、成长记忆等私人伦理在其中的一端高高扬起、闪闪发光；而另一端则是另外一番景象，以亲情为名犯下的命案在私人伦理面前既合理又荒诞，此刻的"跷跷板"大约是平衡的。然而命案发生的源头则是，历史变动所造成的人际关系、个体命运的变动和阶层分化所造成的对立和隔阂，并在人性层面表现出来。当历史变动所造成的种种沟壑需要真实的血肉之躯来填平的时候,跷跷板便严重失衡,甚至有把私人伦理抛出的危险。在这里,追究死者究竟是谁没有丝毫意义,更为巨大的问号矗立在那里:在当今,我们竭尽全力保护的私人伦理和个体成长记忆,在多大程度上,不是历史暗中操作的结果?换句话,如果历史洋洋自得的狰狞表情才是一切真实的根源,而我们赖以凸显自我身份及其认同的私人领域只是幻象,我们将如何辨识自身和周围的景观?

前述提及的《飞行家》大概是双雪涛创作中相对来说比较直面历史的一部。一个壮志未酬的下岗工人,和他的以替别人讨债为生的儿子,以一种极其荒诞的方式与这个世界做了了断。历史创伤的代际遗传只是这个故事的表层意蕴,"飞行梦"及其承载的历史反讽才是有意味的形式。1979 年的初夏之夜,李明奇酒后在屋顶畅想飞行梦是这篇小说最精彩的地方,让人觉得"世间伟大的事情,好像都是从李明奇目前这种手舞足蹈的醉态里开始的"[1]。事实上,这个国家刚刚摆脱一段梦魇般的历史,李明奇个人也正逐渐从因那段历史所导致的家庭变故的阴影中走出,所以说,此刻李明奇的亢奋并非仅仅是个人的偶发抒情,而是正与国家共同分享某种同质化的激情。所以,李明奇所畅想的飞行梦也并非止步于个人兴趣,他的飞行器创意所展现的前景充满了浓郁的日常气息。因此,这样的梦想更像是国家情绪感染下关于未来社会形态的设想,毕竟李明奇连飞行器普及后的交通信号灯设计这样的细节都想到了,这很容易被理解为有关未来社会基本秩序想象的隐喻。只是时过境迁之后,先进

---

[1] 双雪涛:《飞行梦》,《天涯》2007 年第 1 期。

工作者变成了社会弃儿，不变的只有个体的持续迷醉及其顽固的飞行梦，它矗立在那里醒目而刺眼，以一种极其尴尬的方式提醒，历史随心所欲而又极其功利地对人的角色和身份进行赋予和篡改。当飞行梦通过一种非常简陋的方式，即"热气球"，来实现的时候，历史的荒谬感便升腾而起。这里的"荒谬"并非是审美修辞，而是事实描述。因为，在这一刻，"历史""虚构""现实"之间的界限完全消失，三者完全实现了运行逻辑的同一性。马尔克斯与略萨的一段对话可能有助于形象地说明这个问题。在谈及"虚构"与"历史""现实"之间的关系时，马尔克斯曾说："在拉丁美洲，一切都是可能的，一切都是现实……我们周围尽是这些稀罕、奇异的事情，而作家却执意要给我们讲诉一些鼻尖下面的、无足轻重的事情。"① 在马尔克斯看来，拉丁美洲始终在以荒诞的历史逻辑在运行，现实中充斥着各种光怪陆离的事情。对此，作家的态度只能是："我以为我们必须做的就是直截了当地正视它，这是一种形态的现实。"② 反过来说，直面拉丁美洲的历史和现实，即"那些极其可怖、极为罕见的事情"③，其结果便是修辞效果和故事内容中呈现的"荒诞"和"魔幻"。略萨对此的评价是：这是"给人以某种幻觉之感的这种习以为常的现实存在"④。直言之，这不是"虚构"层面的技巧和想象力的

---

① ［哥伦比亚］加西亚・马尔克斯：《与略萨谈创作》，《20世纪世界小说理论经典（下）》，第127页，北京，华夏出版社，1995。
② ［哥伦比亚］加西亚・马尔克斯：《与略萨谈创作》，《20世纪世界小说理论经典（下）》，第124页，北京，华夏出版社，1995。
③ ［哥伦比亚］加西亚・马尔克斯：《与略萨谈创作》，《20世纪世界小说理论经典（下）》，第124页，北京，华夏出版社，1995。
④ ［哥伦比亚］加西亚・马尔克斯：《与略萨谈创作》，《20世纪世界小说理论经典（下）》，第128页，北京，华夏出版社，1995。

问题,而是对现实真实性的洞察力和对具体经验中历史痕迹的敏感性的问题。

四

双雪涛对历史的洞察力在他较早的创作中已经展现出来。《聋哑时代》里的每一章都是可以独立成篇的精彩故事,因此这并非是严格意义上的长篇小说,更像是有着共同历史背景的故事集:

"这样按部就班的一对幸福工人阶级不会想到,到了我小学毕业的那个夏天,他们赖以生存的工厂已经岌岌可危,我饭桌上听见他俩经常哀叹厂长们已经开始把国家的机器搬到自己的家里另起炉灶……

那个外面一切都在激变的夏天,对于我来说却是一首悠长的朦胧诗,缓慢,无知,似乎有着某种无法言说的期盼,之后的每一个夏天都无法与那个夏天相比。"[1]

于是,随后的中学生活便成了这部小说的主体内容,然而这些故事无一不呈现出阴郁、压抑的扭曲形态。所以双雪涛对此评价道:"我初中的学校,在我看来,是中国社会的恰当隐喻。控制和权威,人的懦弱与欲望,人的变异和坚持。"[2] 不难看出,双雪涛很早就意识到自己的成长轨迹与大历史的纠缠。所以,写作便成为对这种关系的辨识和清理,既是对自身经验的重新确认,也是展示历史对人的塑造过程。对此,双雪涛有着同龄人少有的清醒:"只有把初中的磨难写出来。而我一致认为,那个年龄对人生十分关键,是类似于

---

[1] 双雪涛:《聋哑时代》,北京,北京十月文艺出版社,2016。
[2] 双雪涛、走走:《"写小说的人,不能放过那道稍瞬即逝的光芒"》,《野草》2015年第3期。

进入隧道还是驶入旷野的区别。"① 追溯青春记忆的历史起源，其实便是辨识、标记一代人与其他历史代际不同的历史经验、历史感受。如双雪涛自述的那样："写出我们这代人有过的苦难，而苦难无法测量，上一辈和这一辈，苦难的方式不同，但不能说谁的更有分量。"②这段自述很容易让人想起近些年的一个"伪命题"，即不断有人指责大历史在青年作家的创作中是缺席的，或者说 80 后作家不关心大历史。只是大部分讨论都是空洞无物的，显示了讨论者自身在常识层面的缺失：一是对历史经验、历史感知方式的代际差别视而不见；二是误把"虚构"中的"历史"理解为棱角分明、清晰可见的道具装置或舞台表演的幕布。事实上，双雪涛在《聋哑时代》这样的早期创作中就有力地反击了这样的指责，他不仅呈现了一代人的成长轨迹、生命历程如何被大历史塑造并区别于其他历史代际，更为重要的是，他通过写作表明，大历史就生长在个人具体的经验中，只有通过对个人经验繁复而精细的描绘，大历史才会以具体、可感的形态现身。直言之，只要个体经验处理得足够有张力、饱满、充沛，书写个体经验便是书写大历史，甚至可以说，个人经验即是大历史。

或许是因为这些经验都过于沉重，以至于双雪涛在看清历史的表情之后，总是试图逃避。《跷跷板》的结尾，"我"想"痛快地喝点酒"。《飞行家》结尾处，"我非常想赶紧回家睡觉"。即便是《平原上的摩西》中貌似明媚的结尾，其实也是双雪涛对逃离意图的掩饰，因为这个想象过于自欺欺人。其实这不难理解，与历史缠斗是一个

---

① 双雪涛、走走：《"写小说的人，不能放过那道稍瞬即逝的光芒"》，《野草》2015 年第 3 期。
② 双雪涛、走走：《"写小说的人，不能放过那道稍瞬即逝的光芒"》，《野草》2015 年第 3 期。

全神贯注斗智斗勇的过程,而当历史怪兽真的现身时,无能为力的挫败感便蔓延开来。努力地看清历史真相后,绝望的倦怠感总是会扑面而来,除了立刻逃离的冲动,再也没有更好的办法。这不是双雪涛一个人的问题,而是处在历史阴影中的这个国家的民众普遍的精神困境。如果现在还要求作家通过"虚构"去解决历史困境或描绘未来蓝图,无疑是迂腐而愚蠢的。只是当下很多作家,连描述这种困境的基本能力都是匮乏的。双雪涛不仅出色地描述了这种困境,或许还找到一个能带来些许安慰的方法,即通过不失时机却张弛有度的反讽,抓住历史尴尬的时刻:

"毛主席①的大衣也开始掉毛,离远看去,好像患了牛皮癣,因为脸上的皮也掉了几块,所以原先和蔼可亲的笑容也看着诡异了,近于狞笑。"②

事实上,"反讽"发生的时刻,也是文学自身虚妄显形的时刻。这样的时候,往往只是再次证明了一个道理:面对历史时,"虚构"确实只是"无能的力量"。然而,片刻的逃离、短暂的慰藉后,还是要继续面对历史将西西弗斯式的缠斗进行下去,不管是主动还是被动。所以,这也是"虚构"还在继续被我们需要的理由。

2017年1月25日(阴历腊月二十八)晚上七时二十五分梦都大街50号

原载《当代作家评论》2017年第2期

---

① 笔者注:广场雕像。
② 双雪涛:《生还》,《山花》2014年第5期。

"新的美学原则在崛起"
——以双雪涛《平原上的摩西》为例

黄 平

一、平 原

如果为"80后文学"寻找到一个标志性的成熟时刻，笔者以为是双雪涛《平原上的摩西》(《收获》2015年第2期) 的出现。长久以来，"80后文学"和其对应的80后一代相似，一直被囚禁在"自我"及其形塑的美学之中。如果说这种"自我"的美学在世纪之交曾经有一定的解放性，那么随着时势的推移，这种解放性已经消耗殆尽，渐渐呈现为一种陈腐而自私的美学，并且毫无痛苦地转向市场写作与职业写作，IP热与创意写作热是其两点表征。而与之相伴随的是，80后一代面临愈发严峻的社会结构性危机，但文学的能量始终无法得以激活。

走出"自我"的"美学"，就文学而言，首要的是依赖文学形式的再发明，观念的变化最深刻地体现在形式的变化。《平原上的摩西》先后从庄德增、蒋不凡、李斐、傅东心、李斐、庄德增、庄树、孙天博、傅东心、李斐、庄树、赵小东、李斐、庄树的第一人称视点展开叙述，一共十四节。合并重复的人物，先后有七个人物出场叙述。蒋不凡、孙天博、赵小东分别是被害的警察、案犯"帮凶"与办案的警察，他们的叙述主要是功能性的推动情节发展，姑且不论。小说主要的叙述围绕庄德增（讲述两次）、傅东心（讲述两次）、庄树（讲述三次）、李斐（讲述四次）展开。

考虑到很多读者对这篇新小说不熟悉，如果我们按照线性时间整合这七个人物的第一人称视点复合叙述，这个时间跨度长达四十年的中篇小说大致可以做如下概括：1968年"文革"武斗时，沈阳市某大学哲学系的傅教授也即傅东心的父亲遭到殴打，被路过的少年李守廉所救，傅教授的同事被红卫兵庄德增殴打致死。1980年卷烟厂供销科科长庄德增通过相亲与27岁的傅东心结婚，婚后有了儿子庄树。李守廉成为拖拉机厂的钳工，妻子难产去世，留下女儿李斐。1988年6岁的李斐认识了5岁的庄树，傅东心开始在家中给李斐讲课。1995年7月，庄德增从卷烟厂离职，带着傅东心以李斐为原型画的烟标入股云南某卷烟厂，有了第一桶金后回到沈阳收购曾经的工厂。1995年冬天来临，下岗工人激增，治安不稳，有人专寻出租车司机抢劫行凶，已死多人。1995年12月24日，警察蒋不凡化装成出租车司机巡查，将无意中上车的李守廉、李斐父女误会为凶手，这个平安夜李斐本想坐车去郊外放一场焰火给庄树看。蒋不凡开枪将李守廉击伤，坐在车里的李斐被追尾的卡车撞成瘫痪，愤怒的李守廉将蒋不凡重伤成植物人，从此带着李斐躲在艳粉街开诊所的朋友家中，朋友的儿子叫孙天博。1998年蒋不凡去世。千禧年前后，已经将卷烟厂私有化的庄德增，打车到红旗广场看老工人游行，红旗广场上的毛主席像即将被替换为太阳鸟雕像，而开车的司机正是李守廉。同一时期的庄树打架斗殴，屡次进看守所，在看守所中见识了一位硬气而富于尊严的年轻辅警，后这位辅警遭到报复遇害，庄树受其感染，选择读警校。2007年9月，庄树成为刑警。当月两名城管被袭击致死，这两名城管在一次执法中造成12岁的女孩被毁容，有关部门对此定性为女孩自行滑倒。警方在一名城管尸体上发现了蒋不凡当年失踪的手枪子弹，庄树受命调查，发现李守廉有重大嫌疑。庄树登报寻找李斐，两个人怀中揣着手枪，在公园的湖面上各划一条游船相见。

如上可见，《平原上的摩西》的故事时间很清晰，在小说中经常精准到某年某月某日，为什么双雪涛不以线性的时间来讲述这个故事，而是选择了多重第一人称视点？如果仅仅限于文学内部来讲，这种写法其来有自，比如著名的福克纳《我弥留之际》（1930），叙述形式与《平原上的摩西》庶几相似。就当代文学而论，在90年代中后期的青春写作中，也出现过类似的叙述形式，比如许佳《我爱阳光》（1997）。双雪涛开始写作时所流行的，依然是福克纳、马尔克斯、博尔赫斯等等影响了先锋作家的作家，可以想见双雪涛对于福克纳有所借鉴。但一种叙述形式之所以重要，并不是与哪位经典作家相似，而是"不得不"如此叙述，否则不足以穷尽叙述的能量。对于《平原上的摩西》而言，非如此叙述不可的原因，在于小说故事开始启动的历史时刻，任何一个人物都无法把握时代的总体性。

《平原上的摩西》开篇有深意存焉：小说第一节是庄德增叙述1980年秋天与傅东心的第一次见面，但作者安排庄德增从1995年回述，小说第一句话是"1995年，我的关系正式从市卷烟厂脱离，带着一个会计和一个销售员南下云南"①。小说时间开始于"下岗"来临的1995年，在这一年里庄德增开始将工厂私有化、李守廉下岗、搬家、李斐被9000元初中择校费所困，直到这一年的平安夜所发生的惨剧。正是作为历史事件的"下岗"，使得庄德增一家与李守廉一家所拥有的共同体生活趋于破碎。

我们所拥有的共同体生活的破碎，导致哲学层面的思维总体性的破碎，思维的总体性深刻依赖于共同体的生活。如果一定要在文学史中定位双雪涛的叙述探索，《平原上的摩西》的叙述技法可以追溯到北岛的《波动》(1974)。《波动》安排杨讯、萧凌、林东平、林媛媛、白华依次讲述，从不同人物的第一人称叙述视角出发结构文本。在1950—1970年代小说中，占据绝对主导地位的是第三人称全知叙述，文本所依附的价值秩序是高度稳定的，小说的语调徐缓沉稳；而在《波动》中，已经没有任何一种价值秩序能够统摄这些显露出巨大阶级差异的青年的生活。这一总体性的瓦解，落实在具体的文本形式上，形塑了《波动》的叙述形式。同样，在《平原上的摩西》中，1995年之后，每个人都只能通过他的视角，及其视角所联系的社会结构性的位置，来理解眼前的时代，理解他人，并以此讲述自己的故事。故而，理解《平原上的摩西》的形式艺术，不必援引福克纳或其他作家，这是对应于当代中国的历史内容的"形式"，做到了这一点就是我们这个时代的现实主义。

与此同时，《平原上的摩西》不是对我们过于强大的现实主义文

---

① 双雪涛：《平原上的摩西》，百花文艺出版社，2016年，第1页。

学的复刻，小说叙事没有依附于历史事件，像一些"底层文学"小说那样将叙述轻易地组织进历史的"大叙述"。这篇小说特别不凡的地方在于，偶然性与必然性在小说内部无限循环，既不是必然性，也不是偶然性，而是二者的辩证冲突，推动着小说叙事不断向前。小说中不同人物的命运，对应于所属的阶级在"下岗"中的命运，这场悲剧有一种必然性，李守廉一家逃无可逃。但是，具体到小说处理的核心事件，1995年平安夜警方对于李守廉的抓捕，完全是一场误会，李守廉与李斐上了蒋不凡的出租车，不过是一个意外。在一切矛盾交织冲突的地方，是无法把握的命运的偶然，历史的必然性在这一时刻分崩离析。小说借此挣脱出"老现实主义"的窠臼，从每一个人回到所属的阶级，又从阶级还原到每一个人。

在这种偶然性中漂移的典型，就是小说中反复出现的"烟标"。这个烟标首先是傅东心为李斐画的一张素描，诚如李斐的回忆，"画里面是我，光着脚，穿着毛衣坐在炕上，不过不是呆坐着，而是向空中抛着三个'嘎拉哈'，三个'嘎拉哈'在半空散开，好像星星"[1]。《平原上的摩西》这个题目中的"平原"，就来自这幅画，傅东心将这幅画命名为"平原"。之后这张画被印在烟盒上，云南烟厂对这个烟标很满意，这给离职的庄德增带来了第一桶金。

庄树在2007年重新侦破1995年平安夜的悬案时，通过蒋不凡裤袋里残留的平原牌香烟，开始逼近案件的真相。最后，是小说结尾处的对峙，李斐出了一道"摩西出埃及"式的难题，告诉庄树只要将面前的湖水分开，她就跟他走。庄树说他可以做到将湖面化为平

---

[1] 双雪涛：《平原上的摩西》，百花文艺出版社，2016年，第38页。

原,让李斐走到对岸。他随即取出一盒印着这个烟标的平原烟投到湖面上,微风推着画面中 1995 年的李斐向岸边走去。小说也结束于这一时刻。

作为烟标的"平原"在不同的社会结构性关系中移动,无论被组合进经济系统中还是司法系统中,都带有一定程度的偶然。但无数的偶然性背后,又被历史铁的必然性所限定:无论是否有这张烟标帮助庄德增,卷烟厂都将和其他厂子一样被私有化;假设蒋不凡的裤袋里没有留下那个烟头,已经找到孙天博离家出走的母亲的庄树,依然可以获得决定性的线索。劫数难逃,但在这种历史漩涡的漂流中,"平原"渐渐呈露出本质性的意义:"平原"在初始的瞬间铭刻了作为生命本质的爱与美,在历史时间中铭刻了对于被侮辱与被损害的共同体的体认。诚如小说结尾庄树面对烟标的认知:"那是我们的平原"[1]。这双重意义在小说结尾处叠落在"平原"上,1995 年的李斐和 2007 年的李斐长成了同一个人。就像摩西可以在红海中带领族人步行,困扰我们的多重对立在文学的逻辑中瓦解,李斐既是这一个"个人",也是共同体的象征。庄树对于李斐的"爱"也是对于共同体的"爱",在作为对象化存在的李斐——"平原"中,庄树最终看到了自己。

以往的研究者似乎无法理解"平原",有的研究者认为这是"小说意图不必要的含混",有的研究者疑虑"是否可能是庸常生活的象征"(这种"向下"的"日常生活"的理解带有明显的纯文学训练痕

---

[1] 双雪涛:《平原上的摩西》,百花文艺出版社,2016 年,第 54 页。

迹)①。笔者不愿强化共同体经验来论证自己的看法,但不得不说"平原"对于出生在"东北平原"上的我们,不是一个晦涩的象征。这里的"东北"不仅仅是地理空间,更是以地理空间转喻被粉碎的共同体。②

基于此,老练的读者会在《平原上的摩西》冷静的叙事下感受到浓烈的抒情性,但双雪涛对于"平原"的哀悼庄重沉静,并不沉溺于伤感,作者不屑于以伤感完成小资式的自我救赎。《平原上的摩西》有一种高贵的气质,作者因其成熟的作品——往往不是作家使得作品成熟,而是作品使得作家成熟——而获得一种面对生活的镇定。这就像小说中傅东心画的另一幅画:庄树警校毕业的时刻,母亲傅东心送来一幅画,画的是童年的庄树与李斐的游戏,正是那一天傅东心为李斐讲解《出埃及记》:"上面一个小男孩站在两块石头中间守门,一个小女孩正抡起脚,把球踢过来。画很简单,铅笔的,画在一张普通的A4纸上,没有落款,也没有日期。"③ 在悬疑的黑色故事下,《平原上的摩西》就像圣经中的故事,是素朴的诗。

二、摩 西

双雪涛自述他的文学偶像是王小波,在《我的师承》(这显然是

---

① 王玮旭、孙时雨发言,参见金理等:《永不回头的生铁:关于双雪涛〈平原上的摩西〉的讨论》,"批评公坊"微信公众号,2016年11月2日。
② 就此值得补充的是,近年来的一些写作将"真问题"地方化,地理空间被严丝合缝地落实,将社会结构的问题归结在地方文化之中,由此吊诡地生产出一种排斥性的逻辑。这种思维方式还是在寻根文学漫长的延长线上,受制于"寻根文学"与共同体(地方文学/国家文学、魔幻现实主义/现实主义)的紧张。
③ 双雪涛:《平原上的摩西》,百花文艺出版社,2016年,第28页。

向王小波《我的师承》遥遥致敬）一文中谈到,"对于文学的智识,我是王小波的拥趸,他拒绝无聊,面向智慧而行,匹马远征"。① 双雪涛不如王小波的地方在于,就小说技法而言,王小波《万寿寺》等小说的复杂精妙要远在《平原上的摩西》之上；然而双雪涛超出王小波的地方在于,如果说王小波的小说高度依赖偶然性也将否定性的诗学发挥到淋漓尽致的话,双雪涛的小说穿透了偶然性也穿透了必然性,他有一种确信,对于"摩西"的确信。

也许双雪涛还没有勘破王小波的关键词,比如他念兹在兹的"无聊"与"智慧"背后的奥秘。在王小波的叙述中,"所谓诗意,心灵的饥渴与智慧的探索只是表象,其饥渴的是另一个'我',其探索的是另一种叙述,以此摆脱沉重的过去,追寻逃离的自由。……王小波对于历史'偶然性'的把握,是将历史视为无法理解的、非逻辑的一种永恒的惩罚,偶然性没有导向对于历史的否定,而是导向无法在偶然性的历史中把握个体命运的悲观"②。王小波的叙述是围绕虚无的无限游戏,对于王小波而言,他的诗学始终是关乎个体的逃逸。

但是摩西的远行,却是带着族人一同出走。这个差距是如此之大,将撑破双雪涛所以为的与王小波的师承关系。作为小说的核心隐喻,摩西是叙述的价值基点,是代上帝也即恒定的价值立言发声的位置,如上帝对摩西的嘱咐,"我必与你同在"③。

理解《平原上的摩西》的核心线索是：摩西指的是谁？或者用

---

① 双雪涛：《我的师承》,《文艺争鸣》,2015 年第 8 期。
② 黄平：《革命时期的虚无：王小波论》,《文艺争鸣》,2014 年第 9 期。
③ 《圣经·出埃及记》,《圣经》和合本,第 55 页。

更直接的方式提问：哪个人物承担着小说确定性的价值？回到原文，摩西的故事出现在 1995 年 7 月 12 日傅东心为李斐讲解《出埃及记》，傅东心是小说中唯一有文化能力阅读《出埃及记》的。那么摩西是傅东心吗？在和双雪涛的对谈中，张悦然比较近似这一立场，也偏重从傅东心出发解释文本。张悦然认为："其实这个小说，主要角色是女性，美好的东西，都承载在女性的身上。"① 张悦然就此用"浪漫主义的""空幻的""美好的"来定义《平原上的摩西》的小说内核，她认为："当读者抵达这个故事的核心时，他们将收获的是爱与善，并且有一种暂时与污浊、烦扰的人世隔绝开的感觉，就像小说末尾那两只漂在湖中央的船所隐喻的一样，他们如同置身于一个静谧的央心孤岛。这种万籁俱静的体验会有一种洁净心灵的作用，这大概正是你想要给予读者的。"② 无疑，如果持有这种唯美化的、浪漫化的立场来理解《平原上的摩西》，那么核心人物只能是傅东心——傅东心是这篇小说中唯一和今天的小资美学接近的，双雪涛表示人生经验里没有遇到过傅东心这样的人，张悦然则回应说，"我倒是立刻会在我的记忆里找到这样的原型"③。

笔者的看法是，《平原上的摩西》如果有人物写得比较苍白，那正是傅东心。傅东心这个人物因其在小说结构中带有鲜明的功能性而显得概念化，她的功能之一就是将"形而上"的维度重新赋予作

---

① 张悦然、双雪涛：《时间走廊里的鞋子》，《收获》微信专稿，2015 年 3 月 2 日。
② 同上。
③ 同上。

为工人的李守廉一家。在五十到七十年代"学哲学用哲学"①之类的文化运动土崩瓦解后，工人无法在形而上的维度开口发言。双雪涛在和张悦然的对谈中已经说得很明白："因为她的身上，有我父亲的影子，我父亲当了一辈子工人，但是极爱阅读。"②正是今天的工人无法"学哲学用哲学"，不得不依赖傅东心代言。但傅东心始终无法以阶级视角来理解自身的命运，她只能停留在以"抽象的恶"来把握当代史从"文革"到"改革"的延续，她既无法理解庄德增这曾经的红卫兵今天的资本家，也无法理解李守廉这始终如一的工人，在历史辩证法的各个位置上，傅东心都无法成为历史主体。所以她只能在故事之外，和今天的小资美学相似，以空洞的概念来把握剧烈的历史运动。③

如果傅东心无法承担摩西的角色，下一个可能的人物是谁？金理对此偏重于庄树这个人物："我认为摩西的意象在小说中其实较贴切，摩西在领受神指派的任务之前，有过犹豫和推脱，摩西打动我的地方，不是带领以色列人出埃及过红海时见证种种神迹，而是在开悟、领受自身使命过程中的曲折，就好像庄树所面临的选择的重负。"④ 金理在此倾向于以内在性来把握人物，关注人物内心世界的

---

① 参见周展安：《哲学的解放与"解放"的哲学——重探20世纪50—70年代的"学哲学用哲学"运动及其内部逻辑》，《开放时代》，2017年第1期。
② 张悦然、双雪涛：《时间走廊里的鞋子》，《收获》微信专稿，2015年3月2日。
③ 傅东心那种高度抽象化的理解，却依托于高度具象化的细节：在"文革"武斗中，红卫兵暴徒将铁钉插入了作为知识分子的教授的脑袋。仅仅就笔者有限的视野而言，这个通俗化的暴力情节不仅出现在张悦然的《茧》中，也出现在余华的《兄弟》中，更早的还出现在80年代的通俗小说《出山第一案》中。不同类型的作家对于"文革"的想象如此趋同，由此可见一斑。
④ 金理等：《永不回头的生铁：关于双雪涛〈平原上的摩西〉的讨论》，"批评公坊"微信公众号，2016年11月2日。

曲折挣扎,"选择的背后其实有着惊涛骇浪,但也正是这种选择的严肃性,往往产生一种崇高感"①。在此金理准确地指出了庄树这个人物重要的"心灵史",而理解庄树的内心冲突与成长,是小说的一个关键点所在。

但笔者看法略有不同的是,庄树尽管在小说中最自觉地表达出寻找"意义",但他不足以承担摩西的角色。庄树觉悟了意义,但他不是意义的给出者。庄树觉悟到承担意义的时刻,在于高中斗殴时被抓进派出所后与值班民警的一次对话。这个似乎游离出小说主线的故事特别重要,在对话中庄树挣脱出困扰他的无聊感,见识了触目惊心的生活与社会边缘的尊严。这个没有编制的民警后来遭到报复,被捅死在自家的楼下,他的死亡震动了庄树,庄树由此想报考警校,"想干点对别人有意义,对自己也有意义的事儿"②。庄树虽然是庄德增的儿子,但是庄德增只能给予他物质生活,无法构建认同,"我爸常说我叛逆,也常说我和他们俩一点都不像"③。庄树对于"父亲"的认同,落在这个年轻的辅警身上,这个警察就像是一个穿着警服的李守廉。被损害者那不可被剥夺的尊严,这个情结不断在双雪涛的小说中浮现,这一次召唤的是庄树。

最后,承担摩西角色的是李斐么?摩西的故事始终伴随着李斐,在瘫痪后隐藏在诊所的岁月里,她托孙天博去图书馆借的书,第一本就是《摩西五经》(作者特谓不用《圣经》而用更为集中的《摩西五经》来凸显"摩西"的重要性)。小说结尾处李斐面对庄树时,她

---

① 金理等:《永不回头的生铁:关于双雪涛〈平原上的摩西〉的讨论》,"批评工坊"微信公众号,2016 年 11 月 2 日。
② 双雪涛:《平原上的摩西》,百花文艺出版社,2016 年,第 27 页。
③ 同上,第 26 页。

回忆起傅东心教给她的摩西出埃及的故事。在小说中摩西这个故事就出现过三次,每一次都和李斐有关。但是,就像作为老师的傅东心无法承担摩西的角色一样,李斐也无法承担。傅东心讲给李斐的只是纸上的经文,李斐真正的老师,在东北平原上真正践行摩西出埃及的故事的,是她的父亲李守廉。

在所有人物的中心,我们都和李守廉相遇。笔者认为,只有李守廉真正承担了摩西的角色,他锚定着这篇小说的价值基点。李守廉始终在沉默地承担着不间断的崩溃,工厂的崩溃,共同体的崩溃,时间的崩溃,作为隐喻他一直在费力地修理着家里的老挂钟。小说中他始终在保卫那些沦落到社会底层的下岗工人,从接到下岗通知的当天起,就一而再地反抗欺辱。这种反抗就像青年摩西,《圣经》如此记载:"后来摩西长大,他出走到他弟兄那里,看他们的重担,见一个埃及人打希伯来人的一个弟兄。他左右观看,见没有人,就把埃及人打死了,藏在沙土里。"[1]

尤为重要的是,在小说中李守廉不仅仅是反抗具体的不义,而且自觉地反抗不公正的叙述。小说中一个意味深长的细节,就是红旗广场上的毛主席像要被换成太阳鸟雕塑,老工人们群起保卫。已经将烟草厂私有化的庄德增,神差鬼使地坐上了李守廉的出租车,两个人随着抗议的人群缓缓前行。庄德增基于念旧,将毛主席像理解为"好像我故乡的一棵大树";李守廉的感觉更为复杂,他认为静坐的老人"懦弱",在庄德增下车的时候,他告诉庄德增毛主席像的底座,一共雕刻了三十六位保卫毛主席的战士。

---

[1]《圣经·出埃及记》,《圣经》和合本,第 54 页。

这个太阳鸟雕塑源自沈阳新乐遗址出土的"木雕鸟",暗合着满族起源的图腾。女真人认为仙女佛库伦吃下了神鸟衔来的朱果,生下了始祖库布里雍顺①。广场上的雕塑由毛主席像换成太阳鸟,意味着不再以"阶级"而是以"民族"理解历史,而李守廉对此耿耿于怀。在小说的结尾,李守廉安排李斐去见庄树时,首先告诉李斐"广场那个太阳鸟拆了"。

然而,我们也不能简单地将李守廉左翼化,李守廉和毛主席像的关系,并不能类比于摩西与上帝的关系。小说中有两种对于"文革"的想象:老工人对于毛主席像的保卫,傅东心回忆中的红卫兵的暴行。这两种矛盾的想象没有对话,只是并列在小说中。《平原上的摩西》还无法整合这种分裂,这也完全可以理解。整合当代中国"前三十年"与"后三十年"这种分裂的小说,将是划时代的巨著,那样的作品尚未出现,在今天的我们所能想象到的范围之外。

李守廉感觉到了共同体的存在,但他的反抗终究是个体化的,像一个好莱坞式的城市义警。他更多的是基于内心的道义,而看不到历史性的习得,比如说工人阶级文化的影响。某种程度上李守廉的反抗未完成,我们的摩西停留在原地,承担,没有移动。在小说的主要人物中,只有李守廉从来没有以第一人称叙述者的方式开口说话②。也许沉默比讲述意味着承担更多,但恐怕也是作者还没有找到有效的方式让李守廉发声。有社会学家认为在由计划经济向市场

---

① 祝勇:《辽宁大历史》,东方出版社,2013 年,第 36 页。
② 有研究者注意到这一点,比如金理指出:"《平原上的摩西》这篇中,有一个小说人物是我特别喜欢的,而他恰恰没有作为第一人称叙事者出现,就是李斐的父亲。"金理等:《永不回头的生铁:关于双雪涛〈平原上的摩西〉的讨论》,"批评公坊"微信公众号,2016 年 11 月 2 日。

经济转型的过程中，工人们不可能反抗全球化和市场自由主义的抽象理想，而只能辨识直接面对的对立者。[1] 这在小说中就落实在李守廉一而再地反抗城管。李守廉作为"摩西"，停留在青年摩西之后，遇到"上帝"之前。

当然某种程度上也可以说，李守廉既是"摩西"，也是与"摩西"同在的"上帝"。"摩西"的角色，意味着承担着共同体的责任；"上帝"的角色，意味着锚定着共同体的意义。在小说中"意义"始终被限定在共同体生活内部，在人性的、道德的维度之内，而不是在形而上层面。有必要厘清的是，笔者绝不是批评这一点，绝不是借助传统左翼文学的老调，强调"理论"与"群众"相结合。罗岗在一篇借助保罗·弗莱雷《被压迫者教育学》讨论"底层发声"的文章中谈到过，"我们很容易在抽象的理论意义上质疑人性的普适和理想的虚妄，然而却不能不在弗莱雷的教育理论和教学实践的深刻结合中看到，某种超越性的'乌托邦'想象（在'被压迫者教育学'中，往往体现为'人性的希望'和'爱的呼求'）可以激发出巨大的道德和行动勇气。"[2] 以往的左翼文论强调"革命理论"，过于看重"上帝"的角色，而今天的我们应更为公允地看待"解放"与"人性"的关系。在《平原上的摩西》中，尽管李守廉无力拯救他的共同体，但他人性中的正直与尊严，使得小说有一种内在的明亮。他反抗着不义，对其所忠诚的共同体而言，活在每一个人的生命里。

在当代小说中，李守廉重新擦亮了"父亲"这个角色，在李守

---

[1] 李静君观点，转引自吴清军：《市场转型时期国企工人的群体认同与阶级意识》，《社会学研究》，2008年第6期。
[2] 罗岗：《"主奴结构"与"底层"发声——从保罗·弗莱雷到鲁迅》，《当代作家评论》，2004年第5期。

廉面前，庄树与李斐更像是一对兄妹。笔者第一次阅读这篇小说时，最为感动的就是小说隐含的"父"与"子"的和解。不必追溯到遥远的"五四"时代对于"父亲"的批判，就以更为切近的八九十年代之交而言，"弑父"的主题在当代文化中无处不在。以李守廉念兹在兹的毛主席像为例，90年代初标志着"第六代"崛起的一批电影中，几乎都带着一种空洞的伤感向这位"父亲"告别。[①] 在当代文学中这种"弑父"也比比皆是，上一辈的作家中阎连科的《受活》堪为代表，列宁遗体在商业狂欢中被出售，被展览，"革命之父"再一次死去。80后作家的作品中，则充满着对于父亲的怀疑与沮丧，父亲联系着软弱不堪的秘密。在那种商业化的青春写作中，比如郭敬明的《小时代》，"父亲"则往往是一个空缺，在小说中从不出现，仅仅负责源源不断地提供资本支撑。

　　面对着种种断裂，在以讲述"自我经验"为重心的时代，双雪涛逆向而行。双雪涛的小说文体有钢铁与冰雪的气息，但在骨子里，他是一位温情的小说家，他的所有小说，都是写给平原上的父亲与姊妹兄弟。《大师》《无赖》《我的朋友安德烈》等等莫不如此。这些

---

① 在《头发乱了》（管虎导演，内蒙古电影制片厂，1994年上映）中，导演安排怀孕的萍姐在家看放映机消遣，放映机居然缓缓播放着毛主席追悼大会。镜头一摇，萍姐的孩子出生，母亲抚爱着婴儿，说了这样一句台词，"这孩子长大了，肯定不知道毛主席是谁了吧？"在《北京杂种》（张元导演，独立制作，1993年拍摄完成，未上映）中，一群人经历了深夜中的酗酒、呕吐、厮打以及清晨的奔跑，电影突然转入一个抒情段落：无声源轻音乐响起，观众跟随一个不属于电影中任何一个人物的视点，穿越着雨中的天安门广场，凝视着毛主席纪念堂。类似的例子也出现在路学长《长大成人》等电影中，电影结束段落，导演以画外音的形式交待《钢铁是怎样炼成的》全本在苏联出版，奥斯特洛夫斯基博物馆更名为"战胜自我人道主义中心"。在这段画外音中，导演以蒙太奇的方式，以一个快速驶过长安街的视点，再一次注视着不远处的毛主席纪念堂。参见刘春：《光影中国的情感结构——中国大陆电影（1978—2010）》，华东师范大学传播学院2013届博士论文。

小说篇幅更为短小，结构相对简单，也因此更为抒情。① 在这些作品中，《平原上的摩西》是代表性的典范，作家不仅直面着广阔的被侮辱与被损害的人群，并且在人群中最终找到了"父亲"。"父亲"净化了这类小说中软弱的悲悯，以不屈不挠的承担，肩住闸门，赋予"子一代"以力量。

且让我们重返铁西区，站在艳粉街，在死寂的工厂的坟墓里，感受着被九千元择校费所驱赶的下岗家庭的痛苦，重温作为小说核心的摩西的故事："只要你心里的念是真的，只要你心里的念是诚的，高山大海都会给你让路，那些驱赶你的人，那些容不下你的人，都会受到惩罚。"② 当代文学迎来一个让人热泪盈眶的时刻：下岗职工进入暮年的今天，他们的后代理解并拥抱着父亲，开始讲述父亲一代的故事。一切并没有结束，似乎已经被轻易揭去的历史一页，突然间变得沉重。以往笼罩着我们这一代人的文学的，是那些纤弱的虚无与可笑的自恋，矫情的回忆与造作的修辞。当背叛了父亲的我们成为父亲，我们准备留给子女的，就是这些小鸟歌唱一样的作品么？《平原上的摩西》的出现，让我们得以重温文学伟大的品格。

三、"新的美学原则在崛起"

双雪涛的出现并非偶然，在近几年的"东北题材"乃至"下岗

---

① 有的评论将献给父亲的《大师》与《棋王》对比，这是没有读懂《大师》的旨趣所在。双雪涛对此在《关于创作谈的创作谈》（《西湖》2014 年第 8 期）有过微妙的讥讽："《大师》和《棋王》有很大的关系，具体关系是，时间上，《棋王》在前面，《大师》在后面。"
② 双雪涛：《平原上的摩西》，百花文艺出版社，2016 年，第 18 页。

题材"文艺作品中,一种新的美学正在悄然出现。《平原上的摩西》中李斐想放而未得的焰火,在《白日焰火》(刁亦男编剧、导演,2014 年 3 月公映,柏林电影节金熊奖)这部电影的结尾处升起。《白日焰火》同样聚焦于东北,同样运用从 90 年代末期跨越到新世纪的"案中案"的架构,以"黑色电影"的视觉风格,表现着灰暗低沉、迷离不安的东北,一个内在瓦解的、丧失稳定性的世界。诚如美国电影批评家泼莱思与彼德森对于"黑色电影"的看法,"在这个环境中,没有一个人物具有坚定的、使他能充满自信地行动的道义基础。所有想要寻找安全和稳定的企图,都被反传统的电影摄影术和场面调度所打破。正确和错误成为相对的,服从于同样的、由灯光照明和摄影机运动所造成的畸变和混乱"[①]。

由于总体性的破碎,生活重新成为令人不安的谜,这是《白日焰火》乃至于《平原上的摩西》运用刑侦案件之类故事外壳的关键所在。诚如刁亦男的夫子自道,"它(电影)更关注生活,因为生活本身是一个巨大的悬念、悬疑,里面有生活的秘密。"[②] 在美学风格上,刁亦男与双雪涛都在描绘一个黑色调的东北,只是刁亦男的世界更为颓废,充斥着成年人苦闷的欲望。

可能文学在文艺类别中已经是最迟钝的了,大多数作家沉浸在虚幻的美学教条之中,把自身青春岁月的问题意识与美学趣味无限延展,丧失对于当下剧烈变动的生活的回应。在电影界,不惟《白日焰火》,《钢的琴》(张猛编剧、导演,2011 年 7 月公映,上海国际

[①] J·A·泼莱思、L·S·彼德森:《"黑色电影"的某些视觉主题》,《当代电影》,1987 年第 3 期。
[②] 刁亦男、李迅、游飞、陈宇、叶子:《白日焰火》,《当代电影》,2014 年第 5 期。

电影节最佳影片奖)、《八月》(张大磊编剧、导演，2017年3月公映，台湾电影金马奖最佳剧情片)等等电影都在回到破败的工业区，重新理解"下岗"对于生活的冲击以及下岗工人的尊严。最近几年屡获国内外大奖的、标志着国产电影艺术上的突破的，也正是这批电影。这几部电影形式技法各异，比如《白色焰火》的黑色电影风格、《钢的琴》的黑色幽默、《八月》的"子一代"视角等等，但贯穿其中的有一致性的美学追求，这种美学立场也是《平原上的摩西》的美学立场：从本土历史经验出发，回到现实的生活之中，思考尊严、命运以及我们与生活的关系，以充满创造性的形式，将生活凝聚为艺术。

长久以来，关于东北的主流美学被赵本山集团的小品、二人转、电视剧所限定。研究者刘岩精彩地指出赵本山的表演在"东北"与"农民"、地域身份与阶级身份之间建立了一种同质性的象征交换，契合着宰制"东北想象"的文化霸权中一个深刻的悖谬："'东北'是'老工业基地'，东北人却是'都市外乡人'。但这种组合的悖谬在当今的主流书写逻辑中是完全无法被感知的，因为市场原教旨主义话语中的计划经济习性恰是对经典马克思主义话语中的小农习性的隐喻式的复写：仿佛工人如同农民依附土地一样依附于国家。"[①] 对此刘岩提出了一个笔者认为十分关键的问题，"在其中，工人对分配正义和体制保障的诉求不被承认为是现代公民意识，而被指认为是一种前现代的保守和依附惰性"[②]。某种程度上，赵本山这种以"农民

[①] 刘岩：《历史·记忆·生产——东北老工业基地文化研究》，中国言实出版社，2016年，第20页。
[②] 刘岩：《历史·记忆·生产——东北老工业基地文化研究》，中国言实出版社，2016年，第20页。

形象"置换"工人形象"的叙述策略，是"下岗"这种结构性危机所派生出来的"安全"的美学，在这种置换以及相伴随的自我嘲弄与自我贬损中，"下岗"的深刻根源在文化层面上去政治化了，被本质化地铭刻进地方性与地方文化之中，一些歧视性的文化标签比如"忽悠"从此如影随形。这种作为文化霸权结构的"喜剧"，压抑着尊严政治的可能。

在笔者写作的同时，东北在 90 年代的"下岗"大潮后，于 2014 年左右再一次陷入危机之中，经济增速位列各省市最低，有些县市财政濒于破产。2015 年年初《经济学人》的报道中率先揭开这一切，将其称为"Bad days are back"（糟糕的日子重来），由此开始，近年来关于东北断崖式下跌的报道铺天盖地。遗憾的是，大多数报道的思维框架，还是将东北"地方化"，将东北的衰败归结为一种地方式的"国民性"。昔日重来，对于新一代的艺术家而言，应该破茧而出，创造一种新的文艺。这种文艺从"地方"开始，但要始终对抗地方性，严重一点讲，也可以说对抗 80 年代中期"寻根文学"以来将地方"地方化"的趋势，并且重新从"地方"回到"国家"，从"特征"回到"结构"，从"怪诞的人"回到"普通的人"。这种美学上的破局，可能首先会从双雪涛这样东北籍的作家开始。

回到本文开始的段落，双雪涛这样前途无限的青年作家，同样要警惕对于"80 后作家"而言市场写作与职业写作这双重陷阱。或者为了市场上的快钱向电影票房倾斜，或者开始大谈小说的节奏、细节、韵律、心理、动作、场景，发言开始带着获奖词的口吻，像一个美国青年作家讲话，这些精致的投机和令人疲倦的表演，都会毁灭一个有抱负的青年作家。幸好双雪涛对于"写作的根基"有所自觉,"小说家有点像匠人,其实完全不是,天壤之别,跟书法、绘画也有着本质区别。没有所谓技术关,只有好还是不好"①。现在流行的"小时代"的文学观,似乎忘记了这个世界上曾经有过托尔斯泰、巴尔扎克、雨果、狄更斯这样的作家,对好作家的理解近似于对受过良好训练——或者说驯服——的作家的理解。而双雪涛写作的根基,是他的愤怒,他的写作有一种和名利场格格不入的东西。但愿双雪涛像摩西一样,永远铭记一个群体被驱赶的痛苦,从"父亲"走向吾土吾民。

双雪涛出生于1983年,在2015年的《收获》上发表《平原上的摩西》时,双雪涛32岁。时年32岁的北岛登上文坛时,孙绍振先生在《诗刊》1981年第3期发表著名的《新的美学原则在崛起》予以呼应。三十多年过去了,作为另一种致敬,请允许我在今天反写孙绍振先生1981年的这段话,献给在1980年代出生的我的同代人:

他们不屑于做舶来的文学的号筒,也不屑于表现自我感情世界之内的丰功伟绩。他们甚至于回避去写那些我们习惯了的技巧和语言、弥漫的虚无和空虚生活的场景。他们和我们80年代的先锋文学传统和90年代的纯文学传统有所不同,不是直接去赞美文学大师,而是表现生活带给心灵的震动。

(原文:他们不屑于做时代精神的号筒,也不屑于表现自我感情世界以外的丰功伟绩。他们甚至于回避去写那些我们习惯了的人物

---

① 双雪涛、走走:《"写小说的人,不能放过那个稍瞬即逝的光芒"》,《野草》,2015年第3期。

和经历、英勇的斗争和忘我的劳动的场景。他们和我们 50 年代的颂歌传统和 60 年代的战歌传统有所不同,不是直接去赞美生活,而是追求生活溶解在心灵中的秘密。①)

2017 年 1—2 月

上海二三书舍

原载《扬子江评论》2017 年第 3 期

---

① 孙绍振:《新的美学原则在崛起》,《诗刊》,1981 年第 3 期。洪子诚在答李云雷的访谈中讲过,"但里面也确实有着我的一个基本看法,即并不将 1950 年代要崛起的'美学原则',和 1980 年代崛起的'美学原则',看作对立、正相反对的东西"。(洪子诚:《材料与注释》,北京大学出版社,2016 年,290 页)洪子诚先生的这个提醒笔者觉得十分重要,今天不应该再用一个"美学原则"替换另一个"美学原则",任何一种"美学原则"都不是永恒的,而是将"美学"理解为社会结构变化的对应物,随着社会的变动,"美学"也要随之变动。

Part3

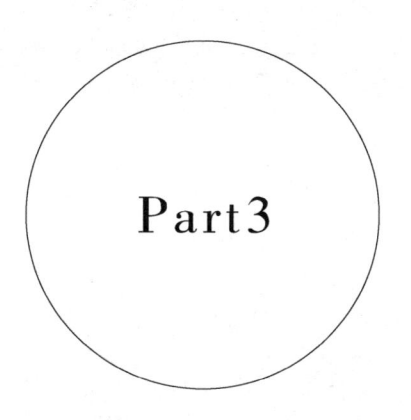

创
作
谈

我的师承

作为写作者，我是地道的学徒。回看自己写过的东西，中短篇十几个，大多是过去两年所写，乏善可陈者多之，差强人意者几个，默然自傲的极少，有几个竟极其陌生，好像是他人所做，混到自己的文档里。长篇写了两个，都不真正长，十万字出头，一个类似于中短篇集锦，当时企望能承接《史记》的传统，勉力写人，现在再看，多少有混乱自恋之处，一个向村上春树致敬，想写个综合性的虚构品，于是矫揉造作处多，如同小儿舞着大刀，颠倒手脚。但是通论这些东西，也有些不太心虚之处，即都是全力为之，无所保留，老实地虚构，笨拙地献出真心，有人谬赞我是个作家，实在汗颜，岂能和莎士比亚托尔斯泰共用一个称谓？若有人说我是个诚恳的小说人，似乎可以窃自消受，确实是想把这世上的几十年用来弄小说，若是能不急不缓地弄下去，兴许碰巧写出一二，将灵魂送进某个人迹罕至的庙堂中。

我没有师门，老师却是极多。小学一年级，刚习了几个字，母亲便送给我一个红色的笔记本，其大其厚，大概是我手掌的两倍。

那是旧物,好像是多年前母亲上学余下的。写下一句话,母亲说。我便坐在炕头,在方桌上写下了一句话,今天我上学了,大概如此,"学"字不会,用 xué 代替,然后又写上了日期。于是每天写这一句话,今天把脸摔破了,今天中午吃了土豆。基本上以今天二字起首,有一个动词,格律整齐,如是我闻。父母都是工人,下乡知青,初中文化,可是非常重视我的教育,似乎我每多认识一个字都让他们鼓舞。当时学校的班主任姓金,朝鲜族,随身带着辣酱,脾气火爆,无论男女,若是顽皮,必以手掴之,或抬脚踹之,动若脱兔。她极喜欢文学,字也写得好,讲台的抽屉里放着毛笔,下午我们自习,昏昏欲睡,她就临帖,能写柳公权。后来看班上有那么几个,还算不笨,就在黑板上写上唐诗宋词,谁背好就可以出去疯跑。我家境不好,爱慕虚荣,每次都背得很快,有时背苏东坡,气都不喘,白衣卿相柳永,为了卖弄,可先背下半阕。老师便嘱我把日记给她看,一旦要给人看,日记的性质就发生了变化,多了不少涂改,努力写出完整段落。她鼓励我,当众表扬我,把我写的小作文给别的老师炫耀,此举导致我虚荣心进一步贪婪,攒下饭钱买了不少作文选,看见名人名言就记下,憋着劲在作文里用。父亲看书很多,什么书都看,是下乡时养成的毛病,带字儿的就是好。他很少表扬我,但是心情不错时,便给我讲故事,没头没尾,冬天我坐在自行车的后座上,他挡着风蹬车,讲着故事。我才知读书的妙处,全不是作文选所能代替。于是年纪稍长,便把钱省下来买《读者》,期期不落。那时家里的老房子被政府推掉,举家搬到父亲的工厂,住在车间里,就是在那生铁桌台上,我第一次读到《我与地坛》,《读者》上的节选,过去所有读过的东西都消失了,只剩下这一篇东西,文字之美,之深邃，之博远，把我从机器的轰鸣声之裹挟而去，立在那荒废的园子里，看一个老人在园里呼唤她的儿子。我央父亲给我办张区图书馆的图书卡，半年时间便把少儿部分的书看完了，大概是小学六年级，金庸的所有小说，古龙的代表作，《福尔摩斯探案集》《基督山伯爵》《傲慢与偏见》《巴黎圣母院》，如此等等，大概都看了一些，所写作文也与过去大不相同，金老师勉励我，她知道我笨，数学不行，但是语文可以强撑，兴许将来可借此安身立命。但是我没有志气，只想考学，所谓写作文，只是想让人知道我厉害，无他，从未想过要成为作家，读书也是自娱，为了跟同学显摆自己知道的故事，小学毕业后，面向新的圈子，便和老师断了联系。

　　初中第一次作文，我的文章震动了老师和同学，老师将我大骂，说我不知跟谁学的，不知所云，这么写去中考肯定落榜，同学认为我是抄的，此文肯定埋伏在某本作文选中。我心灰意冷，唯一的利器钝了，立显平庸。不过读书从未间断，《麦田里的守望者》《水浒传》，巴金王安忆，老舍冯骥才，一路看下去，当时的初中离市图书馆很近，我便把原来的图书卡退掉，换了市图书馆的，每天中午跑去看。当时有两个朋友，一个后来去了清华后去欧洲，做了科学家；一个天赋不差前者，但是为人好斗任气，后来不知沦落何处，似乎是疯了。当时我们三人都无朋友，便合成一组，结伴去图书馆消遣孤独，他们二人去研究宇宙科学，我钻进文学类的书架猛看。就是站在那里，我看了赵树理的《小二黑结婚》、孙犁的《白洋淀》、邓一光的《狼行成双》、赵本夫的《天下无贼》、李佩甫的《败节草》、莫言的《红高粱》、张贤亮的《绿化树》，还有杂书无数，陈寅恪、费孝通、黄仁宇、钱锺书，下午跑回去上课，中午看过的东西全忘，继续做呆头呆脑的庸学生。

挨到高中，已非当初那个貌似有些异禀的孩子，只是个凑合高中的凑合分子。高一的语文老师姓王，年轻，个矮，面目冷俏，在老师中人缘不好，孤傲非常，据说婚礼时几乎无人参加，冷冷清清。可是极有文学才能，能背大段的古文，讲课从不拘泥，信手拈来，似乎是脑中自带索引。我当时已知自己无论如何写，也不会入老师法眼，她第一次命题作文题目很怪，没有限定，但是必须是两个字。彼时外公刚刚去世，我便写了篇文章叫做《生死》，写外公去世前，给我买一个大西瓜，翠绿非常，我看见他从远处怀抱西瓜走来，面带微笑，似乎西瓜的根蒂就长在他身上。满分60，王老师给了我64分。那是一只温柔有力的手，把我救起，我努力想写得更好，仔细读了张爱玲、汪曾祺、白先勇、阿城，看他们怎么揉捏语言，结构意境，仔细读了余华、苏童、王朔、马原，看他们怎么上接传统，外学西人，自明道路。我的作文字迹极乱，老师尽力辨认，有时候我嫌作文本的格子框人，就写在八开的大白纸上，蝇头小字，密密麻麻，老师也为我批改。高中毕业前，我写了一篇东西叫做《复仇》，写一个孩子跋山涉水为父报仇，寻找的过程大概写了近两千字，结尾却没有，老师也给了我很好的分数，装作这是一篇作文。高中毕业后，我回去看过她一次，她独自坐在办公室角落的格子里，周围没有人，我站在她身边说了些什么已经忘记，只记得她仰头看着我，满怀期待而无所求，眼睛明亮非常，瘦小朴素，和我初见她一样。

大学四年什么也没写，只是玩。书也是胡乱看，大学的图书馆破旧落后，电脑都没有一台，借出的书似乎可以不还，直到看到王小波，是一个节点，我停下来想了想，那是我想成为的人啊，但是我自知没有足够的文学才华，就继续向前走去，随波逐流，虚掷光阴，晚上从不失眠。

  2010年开始写小说，2013年第一次在期刊上发表，之前拿过两个台湾的文学奖，在台湾出过一个单行本的中篇。说实话，虽是认真而写，但是心态都是玩耍，也不自认是文学青年，从未有过作家梦。只是命运奇诡，把我推到写作的道路上，或者是推回到这条道路上，让我拾起早已零落的记忆，忘记自己曾是逃兵的事实。对于小说的做法，我被余华启迪，他从未停止探索叙述的奥秘，尖利冷峻，不折不从。对于文学的智识，我是王小波的拥趸，他拒绝无聊，面向智慧而行，匹马孤征。对于小说家的操守，我是村上春树的追随者，即使不用每次写作时打上领带，向书桌鞠躬，也应将时间放长，给自己一个几十年的计划，每天做事不休。对于文学之爱，我是那两个语文老师的徒弟，文学即是生活，无关身份，只是自洁和精神跋涉。对于文学中之正直和宽忍，我是我父母的儿子，写下一行字，便对其负责，下了一盘棋炒了一盘菜，便对其珍视，感念生活厚爱，请大家看看尝尝。对于未来的文学道路，我不及多想，妻儿在侧，上有慈母泰山丈母娘，他们都是我的老师。我也许有着激荡的灵魂，我坐在家中，被静好时光包围，把我那一点点激荡之物，铸在纸上，便是全部。

原载《文艺争鸣》2015年第8期

海明威的擂台

从开始写小说到现在常常因野心煎熬,那些小说史上闪光的界碑如同沉默不语的训诫,时刻提醒我只是个匍匐的爬虫。海明威说没人能与陀思妥耶夫斯基来几个回合,如今海氏自己已是重拳手,享有历史上最简洁锋利的刺拳。我高中时第一次读海明威的小说,叫做《杀人者》,底下有一行简略的分析,说这篇小说的主旨是发现了罪恶。我不关注主旨,只觉得此人发明了某种语文,这种语文散发着男人的骄傲和少言寡语,还有某种不锈钢的光泽,和我认识的某些东北酒鬼有些类似。我当时是个男孩儿,每天为搞不懂数学公式发愁,是海明威最瞧不起的那种软蛋,于是极想成为海明威那种男人,不惧生死,遍体鳞伤也无法被击败。可悲的是,那是资本主义的男人,而我生长的地方提醒我"世界上所有人都身着军装,在道德上永远保持着立正姿态"(菲茨杰拉德语),我就这么立正着挪动,直到大学毕业成为银行职员。

后来阴差阳错写了小说,竟也壮着胆子写起了短篇小说,于是便想起了海明威的擂台,没有护具,只有飞来的拳头的擂台。短篇小说是极为困难的作业，有时候一个故事会因为几个不准确的标点符号毁掉，就像是几个不太利索的步伐，乃是跌倒的前兆。据说海明威有时候会站立着写作，为了清除小说中的赘肉，如同动物保持着对猎物的警惕。我不行，我一站起来就会变得匆忙，不过我狭隘地把自己的短篇小说都限制在一万五千字以下，大部分低于一万字，我称之为万字小说。有时候我会写一个中篇，我大概计算了一下，我写过的中篇，平均消耗的时间是四到五个月，换句话说，我把中篇小说当做简短的长篇小说来写，反复写几遍，锻造叙述，洗净尘垢，压紧命运，如同训练一个肥胖的食客变成一个瘦削的士兵。然后我会写一个万字短篇，初稿大多是两三天，不站着写，而是唱着歌写，当然不是每次都唱得出来，有时候跑调跑得很厉害，但是必须要放松，保持一种对万字这个体量舒适的手感，这种手感很难比喻，硬要说，应该是一种踩着冰刀自由旋转的感觉，要有速度，但是要自由，要锋利，但是也要有分量。然后开始修改，大多用十几天，每天看几遍，如果看了多次变得不耐烦那说明这个小说问题很大，要继续改下去，写时那些自以为机灵的比喻，那些自以为含义丰富的场景，有时候一个动词就可以更好，所以十几天主要是寻找词语，卸掉粉底和唇彩，用一个形容词替换就是：朴素。

《跷跷板》这个小说就是这么写出来的，起点是我的朋友和室友郑小驴给我讲了一个故事，说曾经参观过一个工厂，十几年前就已经废弃，如今变成骸骨一样的东西，盘踞在城市的一角。小驴不是工人子弟，竟然知道这么一个工厂的故事，让我生气。我跟他说，这个东西我写，你继续写你的《蚁王》和昆虫系列。于是就写起来，写了三天，叫做《骸骨》，发给我的一个朋友，这个朋友是我认识的最聪明的人之一,聪明到有了些喜感。她说,你这题目不好,吓人,而且后半段的速度有问题,有点踉跄。我一般发小说给别人的唯一目的就是想听到褒奖,对于提意见的人都有马上拉黑的冲动。我忍了忍,把小说放了放,回头再看,果然有些踉跄,于是重写了一遍后半部。一个短篇小说比较合适的速度应该比步行快,比奔跑慢,但是这个速度不好定义,大概写来写去能找到,于是就定在这个竞走的速度。我的编辑走走说,题目改叫《我叔》吧。我说,不能叫《我叔》,我不是新写实主义,我爸又是独生子。她说,那叫《跷跷板》吧。我说,好,就叫《跷跷板》,只要不叫《我叔》,我愿意叫《跷跷板》。

其实无论叫什么,小说都跟骸骨、我叔和跷跷板有关系,或者说,大概是我和我叔坐在跷跷板上谈论着骸骨的故事,其实我是胡说,也不是这个故事,只是一个写小说的人站在拳台上,面对伟岸的对手,攥着瘦小的拳头打出的一记无关痛痒的刺拳。不过有那么一个人叫洛基,即使对手是世界拳王,自己是个无名氏,也不知为了什么上了拳台,而且没有被击倒。想想在凌晨四点奔跑在费城街道上的洛基,可能海明威也没那么可怕。重要的是,这场拳赛只要你想打下去,并且不介意爬上爬下,就大概有一生那么漫长。

原载《收获》微信公众号 2016 年 5 月 20 日

Part4

访
谈

侦探·工匠·小说家
——双雪涛访谈录

李雪：2014 年是你发表小说较多的一年，《大师》《跛人》颇受好评，我也是看了你这一年的小说再回头看 2013 年发表的《无赖》《我的朋友安德烈》和《靶》。那个时候你给大多数人的印象是"横空出世"，一出手就是比较成熟的作品，并且有个人风格，这包括故事本身的独特性，作为一个小说家自身经验的独特性和写作技巧、叙述口吻的较高辨识度。恰恰因为这种成熟，更使人好奇，因为此前你的写作经验并不算很丰富，从已发表的作品来看，并没有一段很明显的模仿、训练期。而中国当代很多著名的作家在写作初始都有模仿、尝试各种风格的试笔期。当前进行严肃写作的很多 80 后作家，一部分是从"青春文学"写作开始的，一部分出身于高校文学专业，他们都有相对比较长的准备期和练笔期。如你此前所说，少年时代开始的广泛阅读为你的写作提供了必要的养料，那么就谈谈你的阅读史、所受的文学影响和进行创作前的文学储备吧。

双雪涛：过去我说过，如果没有先锋文学，没有余华、苏童、格非那批作家的作品，我是不可能写作的。如果只是阅读"鲁郭茅巴老曹"，说实话，我是不可能写作的。因为我的天性里可能有一种杂耍者的心态，或者说是手艺人的心态。当然也不是全对，这种心态可能影响了我钻牛角尖，但是作为出发点还是可以的。我最初的阅读是跟着我爸，我爸读了不少书，给我讲了不少，而后在我初中时给我办了一张区图书馆的借书卡。少儿区。那个区域有不少世界名著，不过都是缩略版，长知识可以，但是干巴巴的。唯一的两套全本是金庸全集和古龙全集。武侠小说脱颖而出，而且这两位确实写得好，一个古典，一个现代，一个市井，一个都市。我现在有时候进人大的图书馆，会不自觉地拿下金庸的书读，有点昨日重现的感觉，还是图书馆，还是金庸，只不过我长高了，也吃了这口饭。我想，可能就是那时候，在这些武侠小说里，在大仲马和雨果的帮助下，我学会了阅读。一个人学会阅读很重要，不是认字儿就行，而是领略到阅读和自己的交互作用。阅读给人的东西很多，有很多层面，如果运气好能学会领略其中高级的层面，是一生的偏得，这确实是运气，我也曾经有过阅读的障碍，随着年龄增大好了一点，希望这个运气能一直有。

略大了一点，我从图书馆借回一本书，我印象很深，那本书大概意思是，把最近受到猛烈批判的小说汇集在一起，底下是维护的和批判的两种声音，大概是一种争鸣。我是带着阅读大字报的心态读的，里面有王朔的《一半是火焰，一半是海水》，张贤亮的《绿化树》，莫言的《红高粱》。这差不多是我第一次接触到当代文学，确实是心头一紧，觉得太有意思了，这些受到批判的作品太好看了，现在看，那些作家真的很不容易，我们现在经常说那是文学的黄金时代，可是他们受到的压力，面对的环境，保守势力对他们的压制都是很厉害的，能够坚持写自己认为有意义的东西是需要勇气的。从这点说，他们赶上了好时代，但是也确实是有才华有骨头，才留了下来。后来我就持续地阅读这代人的作品，苏童的《妻妾成群》，史铁生的《我与地坛》，余华的《活着》，阿城的"三王"。包括他们的文论，包括他们选出的影响自己的十篇中短篇小说。说实话，我深受他们的影响，因为他们先进，而且他们的文学更靠近我理解的文学本身。这些前辈里头，余华、王朔、阿城，我觉得是天纵英才，后两个现在不怎么写了，头一个还在写，但是也不同于以往。到底为什么，这个话题可能比较大，不适宜在这里谈。此外还有两个人的作品让我心头一紧，对于我影响很大，前一个影响了我的思考，后一个影响了我的工作态度，这两人是王小波和村上春树。王小波是个自由派，坚决抵制苦难的绑架，提倡趣味，提倡参差多态，提倡个人主义。这些我基本上是认同的，我也很难想象如果中国没有出现过王小波会如何，说实话，我觉得这个人虽然不是大学者、大思想家，自己的创作实践也不是毫无瑕疵，尤其在小说上，可能假以时日会更好，但是他对文化界的影响是非常大的，尤其对于广大的文学爱好者影响是非常大的。现在有些人因为他的书很好卖，回头去批判他的简单和浅显，其实是很不公正的。这是一只知更鸟，叫醒了很多人，功德无量。村上春树是另一种代表，类型化的文学写作，他有独特的调性，你不喜欢就觉得是狗屎，你喜欢就会着魔。我是后一种，我也很庆幸我是后一种，多了不少喜悦。他的书几乎我都有，心情低落的时候会读，村上的世界观里头，有一种热血的东西，这是我特别喜欢的，也有一种无所谓的，自己舒心就不错，不管你们怎么讲的态度，我也很喜欢。他基本上是把自己当作匠人看待，这点非常日本，虽然他的文学有非常西化的部分，但是骨子里的工作方式，还是很日本的。写作是一个人的事儿，努力工作吧，朋友们，写几十年再说，哈哈哈，多有意思，这是村上告诉我的事儿。

李雪：大学的时候学的是法律而不是文学，你觉得没有经过中文系的基础文学教育对你的写作有影响吗？或者要感谢自己当初没读文学专业，那种刻板的常识性灌输和规范化训练反倒会限制作家的想象力和创造力。

双雪涛：我觉得这些事情都不能一概而论，有人因为系统地学习了文学而成为作家，有人因为没有接受过文学教育而成为作家，我觉得这里头没有什么一定的规律。就我个人而言，我觉得我不太适合在文学院系这种地方做学生，不是规范化与否的问题，是正襟危坐地把文学当作一个营生，等着受教育，我觉得在一个人特别年轻的时候，这种思维没啥意思，能够被很好地教育的人也不一定能写出什么东西，但是也许可以做点别的。

李雪：当初怎么那么决绝地选择从银行辞职从事写作，一个年轻人赋闲在家专门写小说心理上还是多少有些压力的吧？当时是对自己的写作能力比较有信心，比如接到了《收获》编辑的电话，给予你肯定，还是只是想试试，也做了最坏的打算？小说《生还》里的主人公在身份上与当时你的具有相似性，当然你有家人的理解和支持，现实处境要比他好得多，你是想通过《生还》来表达自己的隐忧吗？

双雪涛：实话说，若不是你提，《生还》这篇小说我都快忘了。辞职的原因是确实混不下去了，也没人撑我，我自己受不了了。我身上有一种叛逃的情结，在很多年里都被掩盖，这 2012 年掩盖不住了，就撂挑子走了。我喜欢写东西，写东西也回馈了我，成为我的一根稻草，信心什么的，没有，其实是一种侥幸心理，我觉得我在太久的年华里都在权衡利弊，你这个问题也在询问我当初权衡利弊的心理动向，其实我当时没想太多，随便吧，当时是这么想的，现在回想起来，那种破罐子破摔的情绪还使自己得到了净化。

李雪：《翅鬼》是你最早发表的小说，它当然和玄幻小说有着很大的不同，你也讲过，之前不看玄幻小说。那《翅鬼》的写作缘起是怎样的，怎么会有这样的创意呢，选择虚构一个王国？写《翅鬼》的思想来源和写作资源来自哪里？

双雪涛：当时是有个朋友看到了《南方周末》上的征文启事，告诉我，"也许你可以搞搞，看你读了不少小说，也看了些电影，这个比赛两样都有"，我就去参加了。当时家里一团乱，总之是有一堆家族琐事，我就让他们吵吵闹闹，自己关起门来写，写了二十一天，好像是一口气写下来，几乎没怎么修改，也没有太多犹豫。因为是台湾的比赛，首先想到了海峡，想到征服和被征服，奴役和被奴役，想到了自由，然后想到一个非常令自己心动的意象，就是井。先想到井，然后想到长城，然后想到一对男子，也就是义气，然后想到一大群人，也就是族群。我想了一周时间，其实这些基本上都比较清楚，但是想不出开头的第一句话。后来脑海中突然冒出一句："我的名字叫默，这个名字是从萧朗那买的。"这一句话解决了故事背景、发生年代、幅员广度、个体认知的所有问题，最主要的人物也出现了。后面的写作就比较简单,基本上就是写,不停地写下去,这是我第一个可以叫做小说的东西,也是我第一次体验到创作的巨大乐趣。我常在深夜里战栗,因为自己的想象,和自己超越自己的想象,自己给自己的意外,现在回想,那真是太令人怀念的夜晚,一切存在未知,只有自己和自己的故事。

这里面的翅膀,其实是我当时心境的写照,是因为当时手头的工作相当刻板无趣。单位的朋友也很多,其实对人本身,很多我是喜欢的,但是那个氛围确实让人窒息,一切都像是卡夫卡笔下的世界,我内心向往着挣脱,但是不知道要挣脱到哪里去。挣脱首先要有翅膀,翅膀是我逃走的最好工具,但是这双翅膀,有几次被我自己斩下,因为我很难确定自己到底是谁。这个自己到底是谁的问题,和我的血缘方面的东西关联较小,也许有潜意识的关联,更多的是,我到底是个什么货色,该干点什么,飞,能飞多远,有没有属于我的故乡。而这个故乡,也许是安妥心灵的所在,我找寻得更多的是这个东西,精神世界的安放地。

李雪: 而在现实中,沈阳是你的故乡,它可能不是你的精神安放地,但或许是你的情感所系地。以《平原上的摩西》为中心,从《无赖》到《北方化为乌有》其实是成体系的,你前后的作品显然已经构建了属于你自己的文学世界。作家当然不喜欢被贴标签,被认定为主要写某种题材、具有固定的风格,但东北——沈阳——铁西区——艳粉街,产业工人、下岗、工人子弟这些关键词显然对理解你的小说比较重要。很多作家有意识地建构属于自己的城、镇、街,比如苏童的城北地带——香椿树街,有的作家终身写哪怕"一枚邮票"那么小的地方。你的文学地理的独特性和丰富性在于,这个地点是实有的，并且它本身就具有历史感、政治内涵、阶级意味。你是怎么看待你小说的地域性的？可能你会发现，很多人对你小说中的"沈阳故事"尤为感兴趣，也许有同行、朋友期待你写"沈阳故事集""艳粉街异人传"这类小说。我觉得你之前写东北时，有一种悲情中的亢奋，但到《北方化为乌有》时，口吻特别沮丧。这预示着你的沈阳故事将有某些变化吗？到北京之后，再回头去看东北，你觉得你对故乡的认识和理解有变化吗？

双雪涛： 我觉得地域这个东西是每个小说里都有的，哪个小说里没有地点呢？有些地点让人觉得比较熟悉，有些地点让人觉得比较陌生，因为以前并不关注，但是其实都没什么大的区别。都是一个词语而已，沈阳，东北，在文学里首先是个词语，这个词语不是先天具备了文学的意义，是因为书写而具备，所以把一个词语当作一个真实的地点，多少会离开小说的场域，进入到一个政府工作报告的范围。但是就像余华始终会被人当作先锋作家一样，马尔克斯永远代表着魔幻现实主义一样，这样简单的思维方式易于使用，其实也可以理解，人总愿意少花力气。近几年，我对故乡的理解多少有些变化，主要变化是不想再那么刻板。

李雪： "刻板"？具体是什么意思？

双雪涛： 故乡在人的心目中总是带着一种先天的优势或者劣势，这是因为不能客观的缘故，就像我们对于父母的认识，有时候把他们想得过于好了，有时候想得过于坏了，在旁人看来是一点芝麻蒜皮的小事，自己当作大事，故乡也是一样的，总有定见。因为离开了一段时间，所以可能有一点陌生感，这种陌生感对于认识一个地方，或者这个地方的人是有用的。

李雪：你的小说与同代作家不同的一方面是你不只写"我"和"我们"，你更愿意探究他人，尤其是作为产业工人的父辈、失落的下岗工人，并且不会把处于社会底层的父辈写得那么孱弱，哪怕是写"无赖""罪犯"，你总会发现他们身上的精神力量。我在你的小说中看不到文学中惯有的"弑父"，我觉得你是饱含深情带着敬意来写父辈的。作为工人的后代，我看到你早期的自我介绍中都有"工人子弟"的字样。你是怎么看待父辈的？

双雪涛：觉得那一代人，有些看起来更笨拙的东西，其实可能是很可贵的东西。在我父母那一代，有很多夫妻关系也不好，也有真的是相濡以沫的。小说里的父母的爱情其实是我对爱情的一种美好想象，其实是很难的，都会吵架，都会有问题，贫贱夫妻百事哀，这个家如果是条件不好，往下走的话，一定会有很多摩擦。我在小说里面把它剥离出来，把它变成一个童话一样的东西，这也不是一种美化，因为核心是两个人一直在支持对方，在支撑这个家，这个小家比世界上任何事都重要，一定要把这个小家维护好，给孩子好的教育，要有家的样子，父母要有父母的样子，这个是很明确的，当然也时有摩擦，这些问题只是小小的噪音，真正核心的东西还是相互支撑，绝对不放弃。我觉得最可悲的是，在我父母那一代，我看到很多人都在勤勤恳恳地努力，但是就是过不好这一生，就是会变成一个失败者。因为有时候命运是一只大手，把你玩弄于股掌之间。他们那代人有一个重要问题是，他们脑筋不是那么灵活，说得好听一点就是，非常本分，说得不好听一点就是非常僵化。这个东西就导致，越努力工作，有的时候会越失败。

李雪：你的同代作家大多是走上社会后才逐渐意识到个人与大

历史的关系，对于一些作家来说，通过小说去写个人与社会结构的纠缠这种写作观念可能是被灌输的。而如多位批评家发现的那样，你比较早地意识到历史转折、社会结构变化对个人的影响，比较明显的作品不论，单看你的《聋哑时代》，看似写成长，实际成长背后有社会转型、历史事件对个人、家庭的拨弄。这使你的小说格局从一开始就比较开阔，有历史纵深感。你是怎么看待作家书写历史的？有写大历史的意图吗？对宏大叙事排斥吗？

双雪涛：我觉得大历史有历史学家去处理，小说家关注的可能还是主观的历史，也就是渺小的自己对宏大的历史的认识，这个认识当然也要求真，但是不用太强求，历史发生在每一个人的身上，认识到这一点，就会好一些。我没有写大历史的意图，可能也不会去写曾国藩张之洞的历史，宏大叙事总给人感觉是一场交响乐，在一个金色大厅里，也许这也是我的错觉，到底什么是宏大的叙事，多么宏大才叫宏大，我也拿不准，但是我个人不太喜欢宏大这个词儿。

李雪：明白。写个人，但个人是历史中的个体。说完历史，再说说现实吧。写当下、写我们所处的这个时代好像成为现在作家们的头等难题。你看余华到北京生活多少年了，但他不写北京，《第七天》应该说不能算他特别好的作品；苏童写来写去，还是要不断回到香椿树街。你的小说也多用少年视角，有对过往的追忆，在《北方化为乌有》中编辑激怒作家时说："你除了你的童年你什么也不会写。"通常对于作家来说，写稍远点的人和事更有创作和想象的空间，也更易于从整体上进行掌控，写太近的的确是有难度的。但我发现你到北京之后的小说迅速融进了新的经验，比如《间距》《宽吻》。你是怎么看待写现实和写当下的，你觉得对你来说这是有难度的写作吗？

双雪涛：我觉得写现实按道理说是最没有难度的东西，任何人都可以，早上干吗了，中午干吗了，晚上干吗了，想一想，写进去，就叫做当下。重要的是这些经验，是不是属于文学，或者说，你能不能把他们处理成文学。（李雪：对，这才是难题。）这里头涉及一个小问题，就是一个人为什么写作？如果他有好奇心，他可能就可以一直写，如果他没有好奇心，写过去写现在都差不了多少。

李雪：所以，你是对生活一直具有敏感度和好奇心的作家，这样不必担心经验的不更新。读你的小说，我一直脑补你是个侦探，或许你不认同。一方面因为你的小说具有悬疑色彩，有些小说非常明显，有案件，涉及犯罪、侦查、追捕，小说中的多位人物是警察，除了比较典型的《平原上的摩西》，《天吾手记》中的主人公、叙述者李天吾也是警察。另一方面，即使不写警察、案件，你写人物的方式往往是探秘式的，人物大都具有神秘感，一点点泄露他们的身份、历史、心理，需要作者和读者一起去探究他们的秘密。但你的方式是到最后也不全都暴露，让读者通过细节自行分析、探察。这是侦探式的，依据细节抽丝剥茧，而不是警察式的，警察需要真凭实据，侦探是浪漫派，警察太具有职业感。我好奇的是为什么你喜欢写案件、警察、犯罪和罪犯，喜欢留下伏笔，制造悬疑？如果不做作家，想过去做警察吗？

双雪涛：我干不了警察，主要是没那个胆量。我喜欢有意思的事情，所以也就喜欢写一些能让我自己觉得有意思的东西。其实我的短篇小说，有些篇章密度并不大，可能是跟我写短篇的出发点有关系，就是我几乎都没有想清楚故事的全貌就开始动笔了。当时可能是有个故事的轮廓，也有个大概的走势，但是基本上写出来的东西和原来所想的东西出入很大，到底是什么激发我开始写一个短篇小说，我也说不清楚，可能是一个题目，也可能是一个人物，有时候就是一个细节，或者某种气氛，但是有一个共同点，就是总有些让我激动的东西，让我想一下就感觉到心头一紧的东西。就为了这个心头一紧，我就开始工作，有时候可能写到最后，这个最初让我激动的东西也变形了，甚至隐匿了，呈现出来的东西完全变成了另一样。这可能也是这两年我持续写短篇小说的原因，就是好玩，伴有很大的不确定性。有些短篇的故事含量多一些，跨度大一些，有些少一些，可能里头没什么事儿，就是稀里糊涂地东拉西扯，总体来说，如果和大多数短篇小说相比较，可能故事的密度还是偏大，也不知道是好事儿还是坏事儿。可能是我的习惯，叙述是一种推动，不太愿意停滞下来，这也是一种简化，有时候是应该停下来的，而不应该总是像车轮一样跑。我喜欢踢足球，用足球来比喻就是有时候不能老追着球跑，适当地回传一下，拉拉边，可能效果更好。中篇小说我写得不多，只有两三个，因为写中篇对于我来说比较累，我可能确实要构思一下，想一下里面到底有什么东西。我可能很难写那种以情绪为主体的中篇，为了让自己一直保持着动力，我可能还是偏向写故事量比较大的中篇，这样我能一直写，如果故事断了，我可能就没有了劲头。基于这种习惯，我的中篇小说没有结构太简单的，也没有故事太简单的，基本上都是往复杂的层面走。没有困难制造困难也要上。别人怎么说我不太在乎，自己的快感最重要。第一稿写完，通常一团乱，修改需要很久，有时候我自己看，诶？

这东西不像中篇,像个小长篇的故事,只是把小长篇里一些过渡的、描述性的、缓慢的东西去除了。但是因为原来就是想要写中篇,所以也不存在是从小长篇压缩来的,只是从故事的含量和时间的跨度来说,大一些。这也是我的某种局限,就像有些朋友说的,还是偏奇崛一路。我也希望自己以后能放松些,更丰富些,不过我也觉得,无论再怎么放松,也只能写自己风格的东西,所以顺其自然比较好,强扭的瓜不甜。

李雪:对于短篇、中篇和长篇,你偏爱哪种?会有对长篇的执着吗?觉得一定要有好长篇才能给予自己写作上的成就感。

双雪涛:我近几年写中短篇比较多,里头有阴差阳错的原因,因为刚开始写作的时候,写了两部长篇,都无法发表,费了挺大的劲,发表不出来,很受挫败,就开始写短篇小说,船小好掉头,一晃一直写到现在。我对长篇还是有一种向往的,不是特别特别长的那种,步子可能不能迈得太大,不是说长篇就比短篇重要,而是说,有些东西好像只有到了一定体量才能完整地表达,所以写长一点的东西也是一种自我刺激的方式。这东西不能强求,可能写着写着就有了。

李雪:70后、80后作家多少都受先锋文学的影响,比较注重写作技巧的探索,你也说过,自己有匠人精神。注重艺术品的品相、尽量精致、使讲故事的方式新奇可能也是你的追求。但目前作家在技术上谋求突破是不是比较困难?你多用多声部,或双线并行的方式来结构小说,《平原上的摩西》《光明堂》《飞行家》《刺杀小说家》《天吾手记》等看似是不同的,但在结构上其实具有某种趋同性。包括你的短句子、对话的气口、叙述口吻都颇具个人风格,已经具有很高的辨识度了，但太具有个人特征容易形成写作惯性。到目前为止，你觉得你遭遇到技术难题了吗？你觉得自己的突破应该在哪里？

双雪涛： 我觉得写作不是一个技术性的工作，这句话我说过很多次，我找不到更合适的表达，另一个层面，一个人每天都想着突破，是挺痛苦的，好像田径运动员要破自己的记录，我不太用突破这个词，听上去太厉害，我比较喜欢用变化这个词，如果你的想法有变化，认识有变化，人生有变化，你的文学多少会有变化，这是一个自然的过程，我们现在不太重视写作人的自然性，比较爱强调他的主观能动性，我觉得两种都有意义。

李雪： 现在我们要求文学提供精神出路其实是对文学的为难。在你的小说中，除了人本身对尊严、体面、善的守护力量，很多时候宗教或者说宗教精神起着很重要的作用。请谈谈你有意识地将宗教引入小说的考虑。

双雪涛： 宗教的使用并不是特别有意识，是我有时候找不到一个特别好的方法，或者说，我在中国的世俗社会里找不到一个我要找的对应物，所以只能这么弄。宗教是一个特别精神性的东西，尤其他进入文学之后，这一点是特别适合作为一种上层的表达，人的肉身怎么能迅速地享有精神性，这些东西有时候小说里是需要的，也是我比较喜欢的，我不太喜欢人特别匍匐，这可能也是我的局限。

李雪： 下面我们谈谈具体的小说和人物吧。《平原上的摩西》应该是你的小说中最被关注的作品，在这篇小说中被讨论得比较多的是李守廉和傅东心，他们俩的意义承载是相对明确的。有批评家说傅东心这个人物"比较苍白"，但我非常理解你对傅东心的喜欢。

双雪涛： 傅东心是一个诗化的人，李守廉是一个扭曲的侠，这是自我阐释，我写的时候没想这么多，我觉得两个人都有不适应社会的部分，但是表现方式不一样。

李雪：你笔下的一类女性，比如安娜、刘一朵，刘一朵这个名字出现了不止一次，她们看似直接、简单、放浪，实际是有心理深度的女性，在她们身上有很明显的寄寓。有的时候，你小说中的女性似乎是理想中的另一个自己，一身反骨，她们代替不那么勇往直前的男性去探查世界的边界。你觉得你在写女性的时候，她们更多是在观念中生成的，出于你对此类女性的"情结"，还是你觉得她们的个性更偏于写实，她们本来就是你所熟悉的泼辣的东北女孩，你在有意地将东北女性文学化？

双雪涛：我一直认为女性是相当了不起的，随着年龄增长越来越这么觉得，剽悍的女人其实比较简单，有很多温柔的女人才是比海更深，我也希望自己能写出一些其他样子的女性，证明我也多少了解一点女人。

李雪：你认为《飞行家》是你写过最好的小说之一，为什么如此钟爱《飞行家》？作家都会意识到自己觉得写得好的作品，可能并不是批评家、各大奖项最关注的作品。我听到不止一位作家说，你们反复评论的小说不是我写得最好的小说，我觉得另一篇更好。那么你觉得你自己比较看中的小说是哪几篇？

双雪涛：我觉得《飞行家》还可以，因为写得比较舒服，没觉得特别遭罪。我挺喜欢《白鸟》那篇小说，从小说的形态来说，我希望我自己还能再写那样的东西，就是比较纯化的小说。每一篇小说都倾注了一些东西，可能有一些自己觉得还可以的处理，也可能有很多不满意的地方，从重要性上来说，《大师》是很重要的。

李雪：随着你的成名，到《芒种》工作，到人民大学读书，获得各种文学奖项，小说被知名导演改编，生活内容和节奏都有了很大改变，这在何种意义和程度上影响着你的写作？因为要处理的事情越来越多，写作时间受到挤压，这两年的作品不多，会焦虑吗？

双雪涛：作品不多，有时候不代表没有在写，发表只是一个有序公开的形式，所以我不太焦虑。（**李雪**：看来我们很快就可以读到新的作品了，非常期待。）我上班的时候时间更紧张，跟那时候比，现在等于是放长假，所以这些事情其实没什么困扰，外部的事情没有看起来那么严重，至少我没觉得有太大变化，可能有些人比较愿意想象一个人如果这样的话会很忙很忙，其实事实并非如此。

李雪：能谈谈你在人民大学读创意写作的经历吗？

双雪涛：是个挺好的经历，长了不少见识，没有这个班就不会来北京，来北京还是挺好的。

李雪：到北京之后，新的人生经历对写作有什么影响？个人的观念有什么变化？

双雪涛：主要是有了些活力，想的事情也多远了一点。这个东西会在写作里流露，因为来的时间还不太久，所以还不容易总结。

李雪：《平原上的摩西》刚发表的时候，很多人就期盼着它被改编成电影。我觉得它若碰上好的导演和团队会比《白日焰火》更出色。《刺杀小说家》，我还挺好奇路阳会改编成什么样子。你会参与剧本创作吗？对于自己小说的"触电"，你是不干预的态度，还是希望电影更大程度地还原小说，体现你原本的思想？在这个时代，电影无疑比文学更能带来名与利，当年苏童、余华、莫言、王朔在大众中的"走红"、具有了商业价值与电影有很大关系,你对此有期许吗?

双雪涛: 我觉得苏童、余华的影响力,可能和电影没有直接关系,观众去看电影,真的会看这个电影是根据谁的小说改编的吗?我觉得有这样余力的观众并不太多。(**李雪:** 当然,读过小说,再因为小说去看电影的是少数人。我是说这些作家的小说被改编成电影后,他们更容易被大众熟知,从而具有商业价值。有更多之前不读他们作品的读者会因为电影关注他们。)那一批作家的成就是因为自己确实写得好,王朔可能是一个特例,就是他自己参与电影比较多,所以我对此没什么太多期许,我不写剧本,也不怎么干预电影人的想法,我觉得人家可能都想得比较清楚,我去干预,也干预不了,有时候我会去学习,学习和干预是两码事。电影的一切结果,是属于电影人的,文学的东西,要在文学里面去实现。

李雪: 你认为在我们这个时代电影和小说的关系是怎样的?不仅是小说被改编成电影,电影其实也会成为作家的写作资源之一,并且好多小说本身就自带类电影的画面感。

双雪涛: 我觉得思考这个问题首先要弄清楚一点,无论现如今电影和小说的关系多么密切,或者说,很多时候很多人希望通过让这两种艺术形式共谋,从而产生某种集合他们优点的产品,这两样东西总归是完全不同的两种东西。甚至在某些情况下,是相反的两种艺术形式。首先一点,载体,文学的载体是语言,文学语言,文字叙述,电影的载体是声光。载体不同决定了思考方式完全不同,文学有时候从一个词语开始的,这个词语很多时候无论如何也不可能外化，比如像《追忆似水年华》中很多迷人的段落，是从一个触觉，某块味蕾的觉醒开始的，这是不可能外化的，只能通过描述完成。而电影是通过画面和声音思考的，比如在电影初始的时代，一辆火车在大屏幕上呼啸而来，观众惊呼着四散而逃，这种直接的冲击是文学不可能完成的，比如在《辛德勒的名单》里，通篇黑白，突然一个穿着裙子的小女孩出现，画质变为彩色，女孩儿的红裙如血般鲜艳，这种手法给人的艺术感受也是文学不能完成的。再比如《断背山》里，结尾处，男人看着套着爱人外套的衬衫，音乐响起，很多人为之泪下，这是画面、表演、情绪、音乐综合的效应，使人为之伤怀。概而言之，阅读文学需要教养，因为文学是含蓄的、语焉不详的、支离破碎的、潜移默化的、指东打西的、天凉好个秋的，观看电影需要的东西少些，当然高级的电影也需要艺术素养和知识的准备，不过绝大部分电影只需要你准备好你的眼睛和与人物共呼吸的情绪，加上一点的联想和思考能力，便可以得到很大的享受，因为电影与文学比起来，是直观的、动物性的、短暂的、工业化的，因集体创作的原因而略显折中的。我们的时代，电影成为前所未有的势力，翻涌着泡沫在突进，因为电影海纳百川，很多艺术形式的成果都可以吸取，摄影、绘画、音乐、表演、小说、诗歌，还有重要的一点是，电影是某种科技，在我们这个科技成为某种霸权的时代，电影比文学显得更激进和多变，可以吸取科技的成果，无论是特效、3D，还是未来的更颠覆性的视听享受都是这种科技成果的展示。换句话说，电影是人类的大玩具，具有未来性，至少在可见的年头，人类还是会对其爱不释手。而文学，这种存在了几千年的古老的艺术形式，却是以另一种方式体现她的永恒性，便是朴素。而我们知道，朴素的形式所能达到的纯粹、深邃、力量，是其他东西无法代替的。因为其他艺术形式的崛起，文学在某种程度是可以毫发无损地卸载下某种功能，更露出某种朴素的面目。

而关于小说和电影的关系，我有一个比喻，就如同我们也许会因为一个词语、一段旋律、一个哭泣的面庞而开始写就一部小说一样，小说对于电影人来说，也许就是一个激起他思考，撩动他情感，致使他开始创造的词语，而最终呈现的东西，远远不是词语。我想这是一种小说和电影比较好的关系，我们是不能够用电影去诠释小说的，电影只能诠释它自己。我们也不能因为电影而去更改我们写作的方式，因为所有好的小说首先是因为他是小说，而不是脚本。不过因为文学是某种基础性的艺术，不但影响着电影，也影响着很多其他艺术门类，所以小说家的任务就是做好自己的工作，成为某种基石，无论谁来取经，都没有问题，因为大海是不会因为几个人舀了些水去洗澡而干涸的。

李雪： 最后谈谈你的小说观吧，或者说你认为什么样的小说是好小说？批评家的意见会影响你对小说的判断和写作吗？

双雪涛： 我觉得小说家首先要自由一点，有的时候也要略微淡泊一点，当你淡泊一点，可能就不会那么温顺，一个搞文学的人如果跟单位的办公室主任有相似的快乐和烦恼，那可能不是什么好事情。批评家我都很尊重，批评这个事情难搞，尤其在中国，批评家需要不小的智慧，因为我常年踢球，所以我比较会有一个运动员思维，就是我尊重解说员，但是我还得自己想办法把球处理好，如果大喇叭里有人喊了一嗓子，我就不敢射门了，那确实也没必要再去搞这个运动。我的希望是小说家好好写作，批评家也好好做自己的工作,现在的环境并不太好,无聊的文章比较多,科员思维弥漫,我想这两者都有责任。

李雪:我们谈了很多。谢谢雪涛老师!期待你的新作。

2018 年 8 月 25 日

双雪涛创作年表

2011 年

长篇小说 ｜《翅鬼》｜台湾远流出版事业股份有限公司｜2011 年 5 月

2012 年

长篇小说 ｜《翅鬼》（再版）｜春风文艺出版社｜2012 年 8 月

2013 年

中篇小说 ｜《我的朋友安德烈》｜《文学界》｜2013 年第 6 期

短篇小说 ｜《靶》｜《芳草》｜2013 年第 6 期

短篇小说 ｜《无赖》｜《文学界》｜2013 年第 10 期

2014 年

短篇小说 ｜《冷枪》｜《芙蓉》｜2014 年第 1 期

中篇小说 ｜《北极熊》｜《芙蓉》｜2014 年第 1 期

创作谈 ｜《小说家的时钟》｜《芙蓉》｜2014 年第 1 期

短篇小说 ｜《大路》｜《上海文学》｜2014 年第 2 期

短篇小说 ｜ 《跛人》｜ 《收获》｜ 2014 年第 4 期

文学评论 ｜ 《田耳的几个基本面——评长篇小说〈天体悬浮〉》｜ 《江南·长篇小说月报》｜ 2014 年第 5 期

短篇小说 ｜ 《大师》｜ 《西湖》｜ 2014 年第 8 期

短篇小说 ｜ 《长眠》｜ 《西湖》｜ 2014 第 8 期

创作谈 ｜ 《关于创作谈的创作谈》｜ 《西湖》｜ 2014 年第 8 期

短篇小说 ｜ 《安娜》｜ 《创作与评论》｜ 2014 年 9 月号（上半月）

短篇小说 ｜ 《生还》｜ 《山花》｜ 2014 年 10 月号（上半月）

2015 年

短篇小说 ｜ 《终点》｜ 《鲤·不上班的理想生活》｜ 北京十月文艺出版社 ｜ 2015 年 1 月

短篇小说 ｜ 《自由落体》｜ 《青年文学》｜ 2015 年第 1 期

长篇小说 ｜ 《聋哑时代》之一 ｜ 《鸭绿江》｜ 2015 年第 2 期

中篇小说 ｜ 《平原上的摩西》｜ 《收获》｜ 2015 年第 2 期

长篇小说 ｜ 《聋哑时代》之二 ｜ 《鸭绿江》｜ 2015 年第 3 期

长篇小说 ｜ 《聋哑时代》之三 ｜ 《鸭绿江》｜ 2015 年第 4 期

短篇小说 ｜ 《走出格勒》｜ 《十月》｜ 2015 年第 4 期

长篇小说 ｜ 《聋哑时代》之四 ｜ 《鸭绿江》｜ 2015 年第 5 期

随笔 ｜ 《我的师承》｜ 《文艺争鸣》｜ 2015 年第 8 期

文学评论 ｜ 《誓不退下阵地的子弹：评东西〈篡改的命〉》｜ 《作家》｜ 2015 年第 15 期

2016 年

随笔 ｜ 《写一会儿就好》 ｜ 《文艺报》 ｜ 2016 年 3 月

长篇小说 ｜ 《天吾手记》 ｜ 《花城》 ｜ 2016 年第 3 期

中篇小说 ｜ 《光明堂》 ｜ 《江南》 ｜ 2016 年第 3 期

短篇小说 ｜ 《跷跷板》 ｜ 《收获》 ｜ 2016 年第 3 期

长篇小说 ｜ 《天吾手记》｜ 花城出版社 ｜ 2016 年 5 月

文学评论 ｜ 《双手插袋的少女——读〈茧〉札记》｜《上海文化》｜ 2016 年第 5 期

中短篇小说集 ｜ 《平原上的摩西》｜ 百花文艺出版社 ｜ 2016 年 6 月

长篇小说 ｜ 《聋哑时代》｜ 北京十月文艺出版社 ｜ 2016 年 8 月

中短篇小说集 ｜ 《我的朋友安德烈》｜ 人间出版社 ｜ 2016 年 11 月

2017 年

中篇小说 ｜ 《飞行家》 ｜ 《天涯》 ｜ 2017 年第 1 期

随笔 ｜ 《志明与小平》 ｜ 《西湖》 ｜ 2017 年第 1 期

短篇小说 ｜ 《北方化为乌有》 ｜ 《作家》 ｜ 2017 年第 2 期

短篇小说 ｜ 《白鸟》 ｜ 《收获》 ｜ 2017 年第 3 期

短篇小说 ｜ 《宽吻》 ｜ 《收获》 ｜ 2017 年第 4 期

短篇小说 ｜ 《间距》 ｜ 《花城》 ｜ 2017 年第 5 期

中短篇小说集 ｜《飞行家》｜ 广西师范大学出版社 ｜ 2017 年 8 月

2018 年

短篇小说 ｜ 《抱河》 ｜ 《上海文学》 ｜ 2018 年第 1 期

短篇小说　|　《窄门酒馆》　|　《南方周末》　|　2018 年 2 月

随笔　|　《写作与莫谈写作》　|　《青年报》　|　2018 年 2 月

随笔　|　《关于想象力的一些废话》　|　《青年报》　|　2018 年 2 月

短篇小说　|　《女儿》　|　《作家》　|　2018 年第 4 期

短篇小说　|　《武术家》　|　《鲤·时间胶囊》　|　九州出版社　|　2018 年 11 月

2019 年

短篇小说　|　《松鼠》　|　《小说界》　|　2019 年第 1 期

短篇小说　|　《预感》　|　《作家》　|　2019 年第 1 期

短篇小说　|　《剧场》　|　《作家》　|　2019 年第 1 期

短篇小说　|　《猎人》　|　《收获》　|　2019 年第 1 期

短篇小说　|　《起夜》　|　《收获》　|　2019 年第 1 期

长篇小说　|　《翅鬼》（再版）|　广西师范大学出版社|　2019 年 1 月

短篇小说　|　《心脏》　|　《上海文学》　|　2019 年第 3 期

短篇小说　|　《杨广义》　|　《收获》　|　2019 年第 3 期

短篇小说　|　《火星》　|　《花城》　|　2019 年第 4 期

短篇小说集　|　《猎人》|　北京日报出版社|　2019 年 7 月

短篇小说　|　《Sen》　|　《收获》　|　2019 年第 5 期

2020 年

中篇小说　|　《不间断的人》　|　《收获》　|　2020 年第 1 期